Tabula Smaragdina
Eine chymische Hochzeit
Alexandra de Leeuw

Alexandra de Leeuw

Tabula Smaragdina

Eine chymische Hochzeit

Kriminalroman

Impressum

Bibliografische Information der Deutschen
Nationalbibliothek:
Die Deutsche Nationalbibliothek verzeichnet diese
Publikation in der Deutschen Nationalbibliografie;
detaillierte bibliografische Daten sind im Internet über
http://dnb.dnb.de abrufbar.

Lektorat: Michael Schachner
Korrektorat: Heidi Bürzl
Cover: Alexandra de Leeuw
Absatzbild: Rama
https://commons.wikimedia.org/wiki/File:Caduceus_large.jpg
Alle Rechte vorbehalten!

Herstellung und Verlag: BoD – Books on Demand,
Norderstedt

ISBN: 9783754339541

INHALT

GEHEIMNISVOLLE
VERWECHSLUNGEN

Von der chymischen Hochzeit des Rosencreutz und seinem
Versagen. Wenn eine Geschichte beginnt weiß man nie, wie sie endet.

Missmutig starrte Noah hinunter auf die Straße. Menschen
eilten betriebsam umher. Autos schlängelten sich aneinander
vorbei, hielten, fuhren weiter. Er hasste es von seinem Onkel
gerufen zu werden, als ob er noch ein kleiner Junge wäre. Seine
Stimmung war genauso trist wie das Wetter. »Hast du mir
nicht zugehört, Junge? Wir reden hier nicht von irgendeinem
kleinen Geschäft.« »Und was habe ich damit zu tun? Schick
doch Gruber oder Wolf.«, brummte Noah und fuhr sich mit
der Hand durch die dunklen, kurzen Locken. »Es handelt sich
hier um ein Artefakt, das uns allen genug Geld bringen könnte,
um uns zur Ruhe setzen können. Damit beauftragt man
niemanden, der nicht zur Familie gehört.«
Familie. Ein Wort, das für Noah vor einer gefühlten
Ewigkeit seine Bedeutung verloren hatte. »Es ist wirklich
ungünstig momentan. Viel zu tun.« Streng blickte ihn sein
Onkel an. Nein, so leicht kam man ihm nicht davon. »Viel zu
tun, dass ich nicht lache. Hast du vielleicht auf dem Grund des

Jacuzzi im Adlon nach Hummern getaucht? Die beiden Damen, die in deiner Gesellschaft waren, sind dir dabei sicher gut zu Hand gegangen.« »Sind sie, aber ich wüsste nicht, was dich das angeht.« »Tut es nicht. Was mich aber etwas angeht ist dieses Artefakt. Wir müssen den Caduceus in unseren Besitz bringen.« Noah schnaubte.

»Natürlich. Warte! Ich sattle nur schnell Pegasus, dann können wir los. Sagst du Zeus und den anderen Bescheid? Dem Weihnachtsmann vielleicht? Sorry, ich bin echt zu alt, um an diese Märchen zu glauben.« »Dein Sarkasmus ist unangebracht, wenn man bedenkt, dass dir die Jagd nach Artefakten solcher Art deinen ausschweifenden Lebensstil finanziert.« »Onkel, der Caduceus, der Hermesstab, ist nur ein Märchen. Was hoffst du denn, dass ich finde? Einen goldenen Stab mit Flügeln, um den sich Schlangen winden, der die Welt nach Gut und Böse richten wird? Das ist doch sinnlos. Du verschwendest meine Zeit.«

»Und sie sind sich ganz sicher, dass es sich hier um den Originaldruck von Basilius Valentinus handelt, Frau Alighieri.« Kassandra nickte und eine Strähne ihres schwarzen Haares löste sich aus dem lockeren Knoten in ihrem Nacken. »Jawohl, eure Eminenz. Wir haben das Schriftstück mehreren Tests unterzogen, um wirklich ganz sicher zu gehen, Kardinal Vorknitz. Unseren Erkenntnissen nach ist es echt. Alle im Labor sind sich in diesem Punkt absolut einig. Selbstverständlich erhalten sie von uns bei Kaufabschluss ein Echtheitszertifikat ausgestellt.« Zufrieden nickte der beleibte Mann mit der grauen Tonsur, seine kurzen Stummelfinger strichen fast ehrfürchtig über den Bericht, den sie ihm vorgelegt hatte.

Verstohlen warf sie einen Blick auf ihre Armbanduhr. Eine Stunde noch, dann konnte sie endlich raus aus dem Büro. Sie konnte es kaum noch erwarten sich mit Saskia, ihrer frisch geschieden Freundin und wiedergewonnenen Mitbewohnerin, ins Getümmel zu stürzen. Vor einem halben Jahr war sie mit allen ihren Koffern nachts vor Kassandras Wohnungstür aufgetaucht, weil sie Peter, diesem Versager, endlich den Laufpass gegeben hatte und zog wieder bei ihr ein. Gestern wurde die Scheidung endlich amtlich und sie wollten ihre wiedergewonnene Freiheit feiern. So wie früher. Frankfurt würde ihnen gehören!

»Die alchemistischen Werke von Valentinus sind für die damalige Zeit äußerst weit gewesen, wussten sie das, Frau Alighieri? Er war mehr als nur ein Benediktinermönch. Er war Vertreter der drei Prinzipien Lehre.« Kassandra nickte höflich und lächelte. »Mercurius, Sulfur und Sal.«, gab sie die passenden Fakten aus der Akte des Objekts zum Besten. Sie war recht gut in ihrem Job, der zu Anfang eigentlich nur dazu gedacht war, ihr die Ausgaben während ihres Studiums zu decken. Kassandra wollte Künstlerin werden und irgendwann, da war sie sich sicher, würde ihr schon ein Durchbruch gelingen und ein wichtiger Kunstkritiker und Philanthrop würde ihre Talente sicher erkennen und fördern. Die wilden Fantasien, die sie zu dem wie und wo entwickelt hatte, ließen sie sachte schmunzeln.

»Aber natürlich ist die Kirche weniger an der Alchemie interessiert, junge Frau, als daran sie aus dem Verkehr zu ziehen. Das sollte auch ihnen ein Anliegen sein. Der Glaube an Gold, die Gier - eine Todsünde, hat schon so manche Seele verdorben.« Der Kardinal faltete seine weichen Finger und wandte seinen Blick kurz gegen die Decke ihres Büros.

Irritiert folgte Kassandra seinem Blick, um dann festzustellen, dass der Geistliche diese Geste wohl an Gott gerichtet hatte und nicht etwa, weil dort eine Fliege saß. »Ja, selbstverständlich, da gebe ich ihnen recht, Kardinal Vorknitz.«, nickte sie. »Der Glaube an Gott sollte immer vor allem stehen.« Ergänzte sie schnell, als der Geistliche vor ihr keine Miene verzog. »So ist es, Frau Alighieri. Die Abbildung ist wirklich einzigartig. Sehen sie doch nur wie detailverliebt Valentinus die Platten vor dem Druck vorbereitet haben muss.« »Wirklich schwierig, wenn man die Zeit bedenkt und die zur Verfügung stehenden Mittel.«, ergänzte Kassandra schnell. Wenn sie ehrlich war hatte sie keinen ausführlichen Blick auf das Kunstwerk geworfen. Sie wollte den Verkauf endlich abschließen.

Der Kardinal nickte. »Wussten sie, dass es geheime Orden und Logen gab, die tatsächlich glaubten, es gäbe dieses Artefakt, dessen Abbildung wir hier sehen?« Irgendwie unangenehm eindringlich musterten Vorknitz kleine Schweinsäuglein sie und Kass rieb ihre Hände an ihrem Bleistiftrock. »Wirklich? Reden sie hier von den Freimaurern?« »Auch. Aber das ist nicht die einzige Loge, die es gibt, Frau Alighieri. Jedenfalls glauben diese Vereinigungen, dass es mit Hilfe des Stabs hier möglich sein sollte, einen reinen, gottgleichen Menschen zu erschaffen, der das Gleichgewicht zwischen Gut und Böse in den Händen hält. Die Kirche glaubt selbstverständlich nicht an diesen Humbug.« »Selbstverständlich, Kardinal Vorknitz.«, wiederholte sie in einem, wie sie hoffte, respektvollem Tonfall. »Allerdings hat auch uns die Vergangenheit gelehrt, dass Gott den Menschen wohl nicht genug ist. Glauben sie, dass es diesen Stab, dieses Artefakt tatsächlich geben könnte?«

Kassandra verstand nicht so ganz, warum Vorknitz ihr das alles erzählte, andererseits erzählten Kunden oft Dinge, die mit dem eigentlichen Geschäft wenig zu tun hatten, um sie so abzulenken und einen besseren Preis erzielen wollten. »Ich arbeite in einem Auktionshaus, Kardinal Vorknitz. Ich habe schon viele seltsame Artefakte und sogenannte Kunstobjekte gesehen, aber ich denke, wenn es diesen Stab oder diese Smaragdtafel wirklich gibt, ist Valentinus' Druck im Vergleich ja ein wahres Schnäppchen.«, schloss sie keck.

Der Geistliche kicherte auf. »Das ist wohl war. Gut, Frau Alighieri, dann schlage ich vor, dass sie die Papiere für mich fertigmachen und vergessen sie nicht mir Bescheid zu sagen, sollte der Hermesstab in ihrem Auktionshaus auftauchen.« Widererwarten zwinkerte der Kardinal ihr vergnügt zu. Etwas hölzern stand Kassandra auf und streckte ihm die Hand entgegen. »Sagten sie nicht gerade, das wäre Humbug?« Seine Hand umfasste die ihre widerlich weich und feucht. »Das heißt aber nicht, dass wir kein Interesse daran haben.« Auch wenn es nicht nach einem Scherz klang, lachte Kassandra höflich. Sie wollte endlich hier raus.

Wenn eine Geschichte beginnt, dann weiß man nie, wie sie endet. Der Abend für Kass begann mit einem genervten Stöhnen, als sie erst im Taxi bemerkte, dass sie, einer verqueren inneren Routine nach, ihren Aktenkoffer mit sich genommen hatte. Natürlich war es zu spät umzukehren, da es sich für sie, bis vor einigen Sekunden, ganz normal angefühlt hatte. Sie war eben zerstreut. Eine gute Stunde später stolperte Kassandra ziemlich unelegant in die Luna Bar. Selbstverständlich war sie zu spät dran und Saskia, durchgestylt und gewohnt sexy, hielt bereits von diversen Männern umgeben bei einem Cosmopolitan Hof.

»Kass! Da bist du ja endlich! Jungs! Das ist Kass! Kass - die Jungs!« Kia sagte es mit vielsagend wackelnden Brauen, was hieß, dass sie die beiden längst abgecheckt hatte und sie ihrer Meinung nach perfekt wären, ein paar Cocktails zu spendieren. »Hallo Jungs!«, winkte Kassandra dienstbeflissen lächelnd in Richtung der beiden Männer und drückte ihre Freundin an sich, während sie ihr ein »Ist das dein Ernst?« zuraunte. Saskias Dackelblick angereichert mit einer Portion Lass uns den Spaß ließ Kass leise schnauben. »Das sind Markus und Jens.« Jens!? - Kia! Jemand der Jens heißt!? Kam das nicht gleich nach Kevin? Ihre schrägen Gedanken brachten Kass erneut zum Grinsen »Hi.« »Sie arbeiten für ein Auktionshaus?« »Ja, tue ich und sie?« Bankwesen. Natürlich. So wie die meisten männlichen Wesen hier in Frankfurt, war es nicht das, dann Versicherungen oder Anwälte. Sie hielten die Unterhaltung flach, aber aufrecht, bis die beiden Jungs sich schließlich verabschiedeten, als sie merkten, dass Kass und Kia nicht an mehr als Drinks interessiert waren.

»Was denkst du? Sollen wir uns heute Nacht mal wieder eine Runde extra Spaß gönnen oder musst du nochmal ins Büro?« »Was?« »Na, warum schleppst du sonst deinen Aktenkoffer mit dir rum?« Kass verdreht die Augen. »Weil ich ein zerstreutes Huhn bin.« Die Freundinnen kicherten. »Na wenn das so ist.« Saskia schob Kassandra eine kleine Schachtel hin. Sofort zog sich ein breites Grinsen über ihr Gesicht. »Du meinst…«, verstohlen sah sie sich kurz um. »Du hast einen Joint?« »Aber selbstverständlich. Schließlich feiern wir meine Scheidung und du hast doch ein großes Geschäft abwickeln können, wie man so munkelt.« »Was? Das ist gerade mal ein paar Stunden her, wer sollte das jetzt schon munkeln können? Das ist doch ein Schuss ins Blaue, du Starreporterin.«, lachte Kass auf und nahm einen Schluck von ihrem Caipi.

»Hab' ich denn getroffen?« Fragte ihre Freundin unschuldig und schlürfte an ihrem Strawberry Daiquiri. »So nicht, junge Dame! Denkst du wirklich, dass ich dir das brühwarm auf die Nase binden würde? Die würden mich sofort rausschmeißen und dann könnte ich keine schicken Cocktails mehr mit dir trinken gehen, meine Liebe.« »Na gut, dann gibt es wohl auch keinen Grund, dass wir uns amüsieren.« »Was? Wer sagt das? Deine Scheidung reicht doch!« Lachend griff Kassandra Kia's Hand und eine Schachtel Streichhölzer aus einem großen Glas, das auf der Theke stand, und verließ mit ihrer Freundin und ihrem Koffer die Bar. »Komm, wir suchen uns draußen eine dunkle Ecke.«, zwinkerte Kass, reichte dem Bartender 20 Euro und zog ihre Freundin mit sich.

Der Caduceus. Wie schlicht und unscheinbar er doch war. Er sah völlig anders aus, als auf den meisten Abbildungen. Wenn er es denn war. Bestätigen konnte man ihm die Echtheit des Artefakts nicht, laut seinem Onkel, war dies aber auch noch nicht von Belang. Erst wenn absolut klar war, dass es sich um keine Fälschung handelte, die er hier auf seinem Schoß hatte, würde ein ansehnlicher Batzen Geld von Giovannis Konten auf das des Verkäufers wandern und keinen Augenblick vorher. Praktisch, da ohne Kauf auch der Zoll aus dem Spiel blieb. Noah schüttelte lächelnd den Kopf und schloss den Aktenkoffer auf seinem Schoß wieder.

Als sein Onkel davon angefangen hatte, wollte er ihn zum Teufel jagen, weil er so an diesem Ammenmärchen festhielt. Als er dann von seinem Kontaktmann in Paris einen Tipp bekommen hat, dachte Noah zuerst, der Mann würde ihn aufs Korn nehmen und jetzt, eine knappe Woche später, hatte er das Artefakt tatsächlich in seinem Besitz. Er war schon vielen Kunstobjekten hinterhergejagt. Verschollenen Monets, Lincolns Zylinderpistole, dem Zepter des Herodes, diversen griechischen und ägyptischen Texten und Tafeln, aber das hier würde seine Reputationen ins unermessliche treiben. Zufrieden streichelte Noah nochmal den Koffer, bevor er ihn wieder in das Fach für das Handgepäck oberhalb seines Platzes legte und sich dann anschnallte, da die Maschine in Kürze in Frankfurt landen würde. Er zückte sein Handy, scrollte durch die Kontakte, tippte darauf und wartete bis abgehoben wurde. »Ich brauche dringend einen Drink.« »Und ich weiß, wo du den bekommst, Süßer.« Noahs Lippen verzogen sich zu einem Grinsen.

Die beiden Freundinnen hatten sich in die nahegelegene Parkanlage verzogen, um dort in aller Heimlichkeit schnell ihren Joint durchzuziehen. Nach diversen Hustenanfällen, denen konsequent mehr und mehr Kicheranfälle folgten, war es dann auch geschafft. Kass hatte nie wirklich geraucht, alle paar Monate einen zu Kiffen war alles, was sie bereit war, ihrer Gesundheit anzutun und Kia, - die hatte seit sie Peter kennengelernt hatte, die Existenz von Rauchwaren und Nikotin schlichtweg ignoriert, ebenso wie die Tatsache, dass sie seit mehr als fünf Jahren mal öfter, mal seltener rauchte, und nicht nur Gras.

»Maaann, Alter, Kia!« Sie saßen sich gegenüber in mitten von ein paar Büschen und starrten in den Himmel. »Wo treibst du nur immer dieses Zeug auf.« Was wollte sie eigentlich damit sagen? War es wichtig? »Ich mein, ist schon stark.« Ihre Freundin lachte. »Von Randy Dandy – Reinhard aus unserer EDV.« »Randy Dandy – Reinhard?« Kass fühlte wie sich ihr Zwerchfell bereit machte, erneut einem Lachanfall standzuhalten. »Was? Der ist voll die Schnitte, der Kerl, irgendwie so nerdich sexy eben und macht einen auf unnahbar, aber eigentlich ist er voll der alternative Langweiler.« Und Kass Zwerchfell machte sich an die Arbeit. »Du hast so einen an der Klatsche, Mädel.«, keuchte Kass und ihre Freundin blitzte sie lachend an. »Das merkst du erst jetzt? – Uhh! Ich krieg grad voll Lust auf Döner!« »Oh ja! Geile Idee.«

Die beiden Frauen rappelten sich umständlich auf und klopften sich übertrieben sauber. »Eis hätte ich Bock drauf!« Fiel Kass plötzlich ein, eigentlich wusste sie gar nicht mehr, wovon sie beide eben noch gesprochen hatten, aber Essen passte doch immer. »Maaann! Krasse Idee!«, stimmte Kia ihr begeistert zu. »Los geht's!« »Wohin?« »Na nach Hause! Erstens haben wir da noch Bier und zweitens: Cookies Eiscreme!« »Gute Idee! Nach dir!« Kichernd hängte sich Kass bei ihrer Freundin ein. Bier! Ihr Mund war trocken wie die Wüste Gobi, aber Eis?! Kia hatte immer die schrägsten Ideen, wenn sie dicht waren.

Kichernd bahnten sich die Freundinnen ihren Weg aus den Büschen und zurück auf den Fußgängerweg. »Pscht. Still, da vorne kommt einer.«, kicherte Kia. »Wir müssen uns normal verhalten.« »Ich bin cool.« Antwortete Kass überzeugend, musste aber ein Lachen unterdrücken und richtete sich auf, als sie dem Mann näherkamen. Dann ging alles sehr schnell und doch verlief es irgendwie wie in Zeitlupe. Der Kerl zückte ein Messer und machte einen schnellen Schritt auf die beiden zu.

»Stehenbleiben! Geld her!«, verlangte er ohne Umschweife. Während Kia noch erschrocken quietschte, jagte Kass der Schock ernüchterndes Adrenalin in die Adern. »Kia lauf!« Sie gab ihrer Freundin einen Schubs und lief selbst in eine andere Richtung davon. Ihr Plan ging auf, allerdings mit dem Nachteil, dass der Widerling ihr folgte. Ihr Zustand ließ sie alles so überzeichnet fühlen. Ihre Angst, ihr Herzschlag, der schnell in ihren Ohren dröhnte, ihr Atem, der sich in einen Rhythmus mit dem schneller werdenden Geräusch ihrer Füße fügte.

»Hilfe!«, schrie sie verzweifelt. »Hilfe! Ein Überfall!« Brachte es eigentlich etwas, das zu tun? Gab es nicht Statistiken darüber, dass Menschen sich bei einem Hilferuf sogar bewusst abwendeten? So schnell sie konnte lief sie auf ihren Stöckelschuhen davon, bis sich einer ihrer Absätze in einem Gullideckel verfing und Kass der Länge nach auf den Kiesweg schlug. So ein Mist! Ihr Aktenkoffer rutschte ihr aus der Hand. Schnell blickte sie über die Schulter, der Verbrecher war bereits hinter ihr und wollte nach ihrer Handtasche greifen, die ihr wohl beim Sturz von der Schulter gerutscht war, als sie eine weitere Gestalt hinter dem Angreifer im Dunkeln auftauchen sah, die nach dem Widerling griff und sofort zuschlug.

Noah hatte beschlossen ein Stück zu Fuß zu gehen, schließlich war er den ganzen Tag gesessen, beim Abschluss des Deals, im Flugzeug, beim Abendessen. Also hatte er Franco, seinen Fahrer, angewiesen am Opernplatz auf ihn zu warten und ihn da wieder einzusammeln. Kaum hatte er den Bürgerpark betreten, hörte er eine junge Frau um Hilfe rufen und rannte los. Da er sportlich war, dauerte es nicht lange und er sah den verwahrlosten Kerl vor sich rennen. Sah, wie dessen Opfer fiel und der Kerl sich auf die Handtasche der Dame stürzen wollte. Noah ließ seinen Aktenkoffer fallen, packte den Kerl, ohne auch nur darüber nachzudenken an der Schulter und versetzte ihm einen Schwinger. Erst jetzt sah er, dass der Kerl ein Messer gehabt hatte, da es zu Boden fiel. Schnell stellte Noah seinen Fuß auf die Klinge.

»Verschwinde du Arschloch! Das geht dich nichts an.«, schrie der Dieb jammernd auf. »Oh – wow! Wo hast du das denn gelernt? Gabs das bei Primark im Angebot?« Geistesgegenwärtig duckte sich Noah zur Seite, fing die Faust seines Angreifers ab und stieß ihm seine eigene erneut gegen den Kiefer, packte den Kerl schnell am Kragen und zog ihn an sich. »Und jetzt verschwinde, sonst ruf ich die Polizei, du lächerliches Würstchen.« Noah stieß den Kleinkriminellen mit Nachdruck von sich und machte ihm noch einen Schritt hinterher, um seine Drohung zu verdeutlichen. Der Kerl zog den Kopf ein und nahm die Beine in die Hand.

Zittrig blickte Kassandra sich um. Offensichtlich hatte Kia es zur U bahn geschafft, denn von ihrer Freundin fehlte jede Spur. Während sie mit einer Hand versuchte ihre Haarsträhnen zu bändigen streckte sie ihre andere nach ihrer Tasche aus, doch sie war ein paar Zentimeter zu weit entfernt. Etwas kitzelte sie am Knie. Ihre Strumpfhose war zerrissen und die Haut darunter aufgeschürft und blutig. Ihre Beine zitterten und als sie sich aufrichten wollte streckte sich eine Hand in ihr Sichtfeld. Eine männliche Hand, gepflegt und mit langen, schlanken Fingern. Verunsichert blickte Kassandra am Arm der Hand entlang und in das Gesicht eines Mannes. »Kommen sie, ich helfe ihnen auf. Geht es ihnen gut?« »Danke. Ja.«, murmelte sie, wurde auf die Beine gezogen und fühlte, wie der Mann ihr ihre Handtasche in die Arme drückte. Mechanisch hängte Kass sie über ihre Schulter.

»Kein Problem. Und gehen sie besser nicht allein im Dunkeln durch einen Park.« Benebelt versuchte Kassandra das Gesicht des Mannes vor sich zu erkennen. »Ich war nicht allein. Meine Freundin war bei mir, sie ist in eine andere Richtung gelaufen.« Er war recht groß und hatte dunkles Haar. »Sicher ist es jedenfalls nicht, der Kerl hatte immerhin ein Messer und sie lagen am Boden.« Das wusste sie selbst. Hohe Wangen, trotzige Nase, fordernder Mund. »Sie sollten jetzt besser nach Hause gehen, junge Frau.« »Wer sind sie! Mein Vater? Vielleicht will ich noch gar nicht nach Hause!«

Noah hatte mit vielem gerechnet, aber mit Trotz? Als ihm der glasige Blick und der torfige Geruch an der jungen Frau auffiel. »Sie sind bekifft und haben wohl den Ernst der Lage nicht so ganz erfasst? Der Kerl hätte sie ausgeraubt und wahrscheinlich schlimmeres.«

»Ich bin nicht bekifft! Nur betrunken.«, log Kassandra schnell und, wie sie glaubte, überzeugend.

Noah musterte die junge Frau mit den schwarzen Haaren belustigt, machte einen Schritt auf sie zu und fasste ihren Oberarm, damit sie gezwungen war ihm ihre Aufmerksamkeit zu schenken. »Sie haben gekifft. Glauben sie mir, ich kenne den Unterschied. Es ist in ihren Augen zu sehen und man kann es riechen.«

Irritiert blickte sie dem Mann in die Seinen. Sie schimmerten hellgrau, fast silbern. Erstaunlich, dachte Kass, bevor sie unbeholfen versuchte sich seinem Griff zu entwinden. »Pfff. Egal. Ich denke, es ist besser, wenn ich jetzt gehe.«, brummte sie. Irgendwie passte die Farbe der Iriden des Mannes nicht zu seinem dunklen Typ und irgendwie wirkte der so groß und bedrohlich. Überhaupt wurde ihr die Situation zunehmend unangenehmer, sie war Hilfe nicht gewohnt und auch nicht, dass man ihr ihren Zustand vorwarf. »Ich werde ihnen ein Taxi rufen.« Kassandra machte sich endgültig los oder besser gesagt verschwanden seine Finger nach einem giftsprühenden Blick in deren Richtung endlich von ihrem Arm. »Das wird nicht nötig sein. Nochmals danke für ihre Hilfe.« Sie schulterte ihre Tasche nach, bückte sich nach ihrem Aktenkoffer und ging.

»Was soll das heißen: der Vertrag ist nicht in deinem Fach, Bert?« Kass wurde am darauffolgenden Morgen vom enervierenden Läuten ihres Handys geweckt. Robert Brühtner, ein agiler mitfünfziger und ihr direkter Vorgesetzter, gratulierte ihr zum Verkauf der Smaragd Tafel und erkundigte sich nach den Dokumenten, von denen Kassandra glaubte sie gestern vor Dienstschluss noch in seinen

Vorsortierer gelegt zu haben. »Aber da ist er nicht. Kann es nicht sein, dass du ihn mitgenommen hast?« Kass schälte sich aus dem Bett und ging hinüber in ihr Wohnzimmer, wo sie ihren Aktenkoffer und die Handtasche letzte Nacht abgestellt hatte und machte sich am Schnappverschluss ihres Koffers zu schaffen. »Dann ist er vermutlich noch hier bei mir.«, sagte sie, als sie ihn nicht sofort aufbekam. »Ich bringe ihn dann gleich mit ins Büro.«, versicherte sie noch schnell, bevor sie auflegte.

»Guten Morgen! Kaffee?«, flötete Kia mit einem frisch duftenden Kaffee in der Hand von der Küchentür aus. »Bin ich froh, dass du es auch gesund nach Hause geschafft hast. Noch fünf Minuten länger und ich hätte die Bullen angerufen. Ich konnte erst einschlafen, als ich die Türe gehört habe, aber ich war zu faul nochmal aufzustehen. Bist den Kerl losgeworden, was?« »Ja.« »Wars schwer? Also: ist der dir noch lange gefolgt?« Kass nahm einen Schluck Kaffee und widmete sich wieder dem Aktenkoffer. »Ne, wohl nicht so lange. Ein Mann ist aufgetaucht und hat mir geholfen, hat diesen Verbrecher vertrieben.«

Warum bekam sie das Ding denn nicht auf? Ungeduldig fuhren ihre Finger über den Zahlencode. »Oh cool! So richtig mit harter Männeraction?« Kass runzelte die Stirn und drehte die Ziffern mit viel Gefühl weiter, während ihre Freundin neben ihr jubelnd ausflippte. »Was soll daran schon cool sein?« »Also Kass!«, setzte Kia tadelnd an. »Zivilcourage ist heutzutage selten! Edle Ritter gibt es nicht mehr.« Kass schnaubte. »Na so edel. Er hat dem Kerl ein paar geknallt und ihn dann verjagt, das war es auch schon. Dann hat er mir vorgeworfen bekifft zu sein und dass ich nach Hause fahren soll.« »Was ja auch richtig war.«

Kass warf ihrer Freundin einen vielsagenden Blick zu, doch Kia ignorierte ihn, wie meistens, gekonnt. »Jetzt erzähl schon! Wie war der Typ, dein Retter, war er sexy? Jung?

Gutaussehend?« »Kia, ich bitte dich! Es war ein normaler Mann, der mir eben geholfen hat. Nicht mehr und nicht weniger.«, antwortete sie angestrengt, als endlich das Schloss ihres Aktenkoffers aufsprang und sich dessen Inhalt über dem Sofa ergoss. Neugierig trat ihre Freundin näher. »Was ist das für ein seltsames Buch?«

Überrascht riss Kassandra die Augen auf. »Das weiß ich nicht! Das...« Sie griff nach ein paar Dokumenten und sah sie durch. »Das ist nicht meiner! Ich muss ihn verwechselt haben!« Ungläubig starrte sie wieder auf den Haufen Papier und den Koffer. Sie konnte sich auch wirklich nicht erinnern den Code auf drei, fünf, eins – neun, acht, acht geändert zu haben. Es musste ein Datum sein. Der 03. Mai 1988. »Mit dem von einem deiner Kunden?« Kass zuckte die Achseln. »Wahrscheinlich.« »Na dann überleg mal, wer von deinen Klienten deinen eingepackt haben könnte, du kleines Chaos.«, grinste Kia und verschwand wieder in die Küche.

»Ja doch! Ich kriege meinen Koffer schon wieder, Onkel! Schließlich habe ich auch ihren!« Verzweifelt drehte Noah sich im Kreis. »Das will ich auch hoffen! Dass dir das überhaupt passieren konnte, ich hatte wirklich mehr von dir erwartet, Noah!« Er schnitt eine Grimasse und widerstand dem unbändigen Drang sein verdammtes Smartphone auf den Boden zu donnern, nur um diese paar Sekunden der Genugtuung genießen zu können, die es seinen Nerven bescheren würde, dann ging er weiter. »Auch die Besten haben mal Pech.«, knurrte er, um endlich seine Ruhe zu haben, damit er sich wieder voll und ganz auf die Suche konzentrieren konnte.

An der Stelle, wo er die junge Frau letzte Nacht gerettet hatte, war er schon vorbei, doch von seinem Koffer oder der Frau fehlte natürlich jede Spur. »Finde du lieber raus, wer dahintersteckt. Ich will alles über diese Frau und ihre Hintermänner wissen.« »Das ist vorerst unwichtig, Noah! Wenn du sie in die Finger bekommst, dann kannst du dich selbst darum kümmern, si? Das Weibsbild hat dich entweder aufs Kreuz gelegt oder du siehst Gespenster, und jetzt hol uns endlich das Artefakt zurück und zwar subito!« Dann war die Leitung tot.

»Naturalmente subito! Was denn auch sonst!«, brüllte er noch frustriert in sein Telefon und ließ es dann in seine Hosentasche gleiten, bevor er sich die Haare raufte. Als er die Hände wieder nach unten nahm, traute er seinen Augen nicht. Ungläubig weitete er sie und fokussierte nochmals die zarte, dunkelhaarige Gestalt, die da vorne in dem Café am Fenster saß und in ein Notebook stierte.

»Sie haben meinen Aktenkoffer!« Es war eine zornige Anschuldigung und Kass zuckte erschrocken zusammen, als die aufgebrachte Männerstimme sie aus dem Artikel über Salvatore Dali, in dem sie völlig vertieft gewesen war, riss. Eingeschüchtert sah sie auf und musterte den Mann jetzt im Licht, der ihr gestern Nacht so ritterlich geholfen haben dürfte. Sie erkannte die hellgrauen Augen, die sie verärgert anblickten. Kassandra versuchte sich entspannt zurückzulehnen, aber umfing nervös ihre Ellenbogen mit den Händen dabei.

Dass er groß war, hatte sie sehen können, doch jetzt, wieder nüchtern, sah sie auch, dass der Typ ziemlich gut gebaut war. Unter einer saloppen Jacke, die wie ein Sakko geschnitten war, ein weißes Hemd über einem breiten Brustkorb, eine schmale Taille, die in einer eleganten, grauen Hose steckte. »Das ist richtig!«, bestätigte sie schließlich bedächtig.

Da relativ schnell klar war, dass keiner ihrer Klienten ihren Koffer versehentlich mit dem eigenen verwechselt hatte, blieb nur noch ihr heldenhafter Retter. Für Kia ein gefundenes Fressen, die ständig etwas von Schicksal und glücklicher Fügung faselte. Da in dem Koffer allerdings weder ein Kontakt oder ähnliche persönliche Unterlagen waren, wusste Kass nicht, wo sie ihn suchen sollte. Also war ihre Idee in dieses Kaffee in der Nähe des Parks zu gehen und einfach abzuwarten, ob er vielleicht zufällig auf dieselbe Idee kam und so war es wohl. »Und sie haben wohl meinen.«, fügte sie schnell hinzu.

Noah stutzte. Eigentlich hatte er fest damit gerechnet, dass sie es abstreiten würde, dass sie vielleicht versuchen wollte zu fliehen. Sobald sein Blick heute Morgen auf den Koffer gefallen war, wusste er, dass es nicht der war, den er am Abend zuvor nach Frankfurt gebracht hatte. Er hatte den wenig geistreichen Code, 666 – 999, geknackt und den Koffer nach dem Caduceus durchwühlt. »Sie meinen diesen Haufen wertloses Papier und diese Kritzeleien?« Dabei hatte er sich nicht damit aufgehalten, dem Mappenchaos seine Aufmerksamkeit zu widmen. »Nichts davon ist wertlos! Was bilden sie sich eigentlich ein!«, zischte sie empört auf.

Noahs Geduld neigte sich dem Ende. »Wo ist der Koffer?« »In Sicherheit.« Jetzt war er sich sicher, dass der Überfall nur eingefädelt war, um ihn abzulenken und ihm den Koffer samt wertvollen Inhalt zu stehlen. Es wäre nicht das erste Mal, dass ihm so etwas passierte. Wenn er da an die Geschichte in Madrid dachte oder in New York. »Was ich mir einbilde? Jetzt passen sie mal gut auf, Fräulein! Ich werde hier warten und sie bringen mir meinen verdammten Aktenkoffer und zwar pronto, capito?«

Pronto? War das etwa sein Ernst? Der Inhalt von dem Ding sah einigermaßen wichtig aus, deswegen hatten Kia und sie beschlossen, dass es das Beste wäre den Koffer zu Hause zu lassen. Kass schleppte sich ohnehin schon mit ihrer Tasche ab und, realistisch gesehen, wie hoch war die Chance, dass sie den Kerl wirklich wiedersah. Plan B wäre gewesen, das Ding zur Polizei zu bringen. Aber so musste sie sich auch nicht behandeln lassen. »Wie wäre es, wenn ich hier warten würde und sie bringen mir zuerst meinen Koffer wieder!«, zischte sie und kniff herausfordernd die Augen zusammen. »Warum haben sie meinen denn nicht dabei?«

Noah runzelte die Stirn. Wahrscheinlich, weil er gar nicht damit gerechnet hatte sie hier wirklich wiederzutreffen oder überhaupt so schnell eine Spur zu finden. »Mir reichts jetzt, ich werde jetzt gehen.« »Oh nein, sicher nicht! Hältst du mich für so dumm? Damit du dich endgültig aus dem Staub machen kannst? Wer schickt dich? Die jüdische Gemeinde? Die Muslime oder sind es die Katholiken?« Aufgebracht stützte er seine Hände auf die Tischplatte und lehnte sich drohend in ihre Richtung.

Die Zeit für Höflichkeiten war wohl vorbei, doch damit konnte Kass umgehen, seit sie damals hinter der Shotbar im Tresor gearbeitet hatte, um sich eine Wohnung und Möbel finanzieren zu können. Der Kerl, so ritterlich er sich auch verhalten hatte, hatte offensichtlich einen gewaltigen Knacks. »Jetzt pass mal gut auf, Sir Lanzelot, mich schickt niemand und du kannst deinen dämlichen Koffer wiederhaben, sobald du mir meinen bringst und bis dahin solltest du vielleicht eine Runde schlafen um, was auch immer für Drogen du genommen hast wieder aus deinem Organismus zu kriegen!«, schloss sie betont cool und war stolz auf sich.

Sie spielte ihre Unschuldsrolle gut, das musste er ihr lassen und wie arrogant sie ihr schwarzes Haar in den Nacken warf. »Sagt die Kifferin. Ich nehme keine Drogen.«, schnaubte Noah. »Gut, dann eben anders.«

Ruckartig richtete sich der Fremde auf und winkte dem Kellner. »Die Dame will zahlen!«, rief er quer durch das Lokal und der junge Ober reagierte sofort.

»Was soll das!?«, hörte Kass sich aufquietschen, als der Kerl jetzt grob ihr Handgelenk ergriff. »Pack deine Sachen zusammen, du wirst mich begleiten!« »Das werde ich sicher nicht tun!«, wehrte sie sich vehement und machte sich los, um diesem Idioten ein für alle Mal die Meinung zu sagen, als der in seine Jacke griff, sein Portemonnaie hervorholte und dem angedackelten Kellner die Rechnung aus der Hand nahm. Hätte sie gewusst, dass sie eingeladen werden würde, hätte sie nicht nur Wasser und Kaffee bestellt, dachte Kass schmollend, als sich der Kerl wieder zu ihr umdrehte. »Können wir gehen?« Hatte er ihr nicht zugehört? »Ok, nochmal zum Mitschreiben: ich werde sie nirgendwohin begleiten. Sie müssen mich für ziemlich bescheuert halten, wenn sie denken, dass ich einen wildfremden Kerl, der anscheinend an einer Persönlichkeitsstörung leidet, einfach so begleite!« Stur drückte sich Kassandra tiefer in das Sitzkissen.

Natürlich, als ob das Miststück nicht ganz genau wüsste, wer er war. Eine Schauspielerin par excellence, mit ihren unschuldigen blauen Augen. Grinsend blickte Noah sie an. »Mein Name ist Noah Rosencreutz und wenn du deinen Laptop wiederhaben willst, dann folgst du mir jetzt besser.« Schnell klappte er das Ding zu, schob es sich unter den Arm und ging selbstsicher davon. »Hey! Hallo! Was bilden sie sich ein!«, rief Kassandra aufgebracht, sprang auf und beeilte sich ihre Tasche und ihr Handy zu greifen, um dem unverfrorenen Typen so schnell wie möglich nach draußen zu folgen.

Leise lachte Noah in sich hinein, als sie nach kurzer Zeit neben ihm auftauchte, laut und saftig fluchend. »Jetzt machen sie nicht so schnell! Ich habe mir gestern das Knie aufgeschlagen! Was sind sie eigentlich für ein seltsamer Mensch! Erst helfen sie mir aus der Patsche, dann attackieren sie mich wegen ihres bescheuerten Koffers, den ich ihnen, wie ich betonen will, ohnehin wiedergeben wollte, und dann stehlen sie mein Notebook und machen sich einfach auf und davon, um mir vermutlich – weiß Gott was - anzutun!«

Noah warf dem aufgeregten Energiebündel neben sich einen Blick zu. »Ich will dir nichts antun. Wir fahren jetzt in mein Hotel, da holen wir deinen Koffer und danach begleite ich dich zu dir, damit du mir meinen aushändigen kannst. Dann trennen sich unsere Wege und ich will dir raten, mir künftig nicht mehr unter die Augen zu kommen, denn ich vergesse nie das Gesicht eines Spions.« »Eines was?«

Bisher hatte sein Vorschlag ja noch halbwegs vernünftig geklungen, doch das Finale driftete erneut in eine bizarre Richtung. »Entschuldigung, Spionin. Entspricht das eher deiner vermutlich emanzipierten Grundgesinnung?« Meinte dieser irgendwie verstörende Kerl das etwa ernst? Kassandra schüttelte den Kopf und lachte auf. »Was ist denn jetzt so komisch?«, hakte er verständnislos nach. »Dass sie denken, ich wäre ein Spion oder eine Spionin, wenn das ihrer emanzipierten Grundgesinnung besser gefällt.« Sie schüttelte den Kopf. »Ich bin nur eine einfache Assistentin. Ihren Aktenkoffer habe ich gestern Nacht im Park aus Versehen an mich genommen, so wie sie auch meinen. Ist ihnen das nicht klar?«

Natürlich versuchte sie jetzt einzulenken dachte Noah. »Eine Assistentin, natürlich.« Wahrscheinlich würde sie ihn geradewegs in irgendeine Falle locken, eine unangenehme, mit Schmerzen verbundene Falle, so wie damals in Tiflis, als Al Fayid, dieser Sohn einer Ziege, ihm nicht glauben wollte, dass er die Amphore der Uto nicht bei sich hatte. Immerhin war diese Falle hübsch anzusehen.

Er warf ihr einen ungerührten Blick zu und hob den Arm, um ein Taxi zu stoppen. Es dauerte nicht lange und ein schwarzer Mercedes hielt an. »Das ist kein Taxi.«, sagte Kassandra mit einem Blick auf die edle Limousine, die angehalten hatte.

Noah öffnete die hintere Tür und wies einladend hinein. »Doch, Assistentin, es ist ein Taxi, mein ganz privates Taxi. Nach dir.« Charmant verneigte er sich leicht.

Unsicher blickte Kass sich um. Was, wenn er ihr doch etwas antat? Wenn er sie entführen wollte. Würde Kia nach ihr suchen? Ihre Eltern? »Na los, du willst doch dein Notebook zurück.« Ja, das wollte sie und ihre Unterlagen, allen voran den Kaufvertrag. Sie atmete zweimal tief durch und stieg in den noblen Wagen.

»Franco, per l'hotel per favore.", beauftragte Noah seinen Fahrer und schloss die Tür, nachdem er hinter der Schwarzhaarigen in den Benz gestiegen war. Kass drückte sich so schnell wie möglich auf die andere Seite der ledernen Sitzbank, möglichst weit weg von dem seltsamen Kerl, der offenbar italienische Wurzeln hatte. Und wenn der Kerl von der Mafia war? Wenn sie es tatsächlich mit der Mafia zu tun hatte? Ihr Vater hatte sie immer gewarnt vor la familia. War es so, dann würde sie vermutlich nicht in einem Stück aus dieser dummen Verwechslung herauskommen! In diesem Koffer waren vielleicht irgendwelche belastenden Beweise und weil die Spinner dachten, sie hätte sie gelesen und könnte sie gegen sie verwenden, waren die jetzt hinter ihr her.

Schwachsinn, rief sie sich schnell wieder zur Ruhe, gar nichts hatte sie gelesen und ganz sicher gehörte so ein Typ nicht zu Mafia, oder? Sie hatte sich den Inhalt des Aktenkoffers ja nicht einmal genau angesehen, nachdem sie festgestellt hatte, dass es nicht ihrer war. »Hören sie, Herr Rosencreutz, ich kann ihnen nur versichern, dass es sich um ein Versehen handelt, ich war – der Überfall, er ist mir dabei aus der Hand gerutscht und dann...« Selbst wenn ihre Fantasie nur mit ihr durchging, sie hatte schon etwas Schiss, auch wenn sie sich das nur ungern eingestand. Wäre sie der abenteuerlustige Typ, hätte sie sicher ihre Karriere als Künstlerin nach dem Studium nicht auf die lange Bank geschoben. »Jedenfalls können sie mir glauben, dass ich keine Auftraggeber habe.« Kass konnte ein zittern ihrer Hände nicht unterdrücken.

Noah musterte die junge Frau, die ihre zartgliedrigen Finger zu Fäusten ballte und in ihren Schoß presste. Anscheinend wurde ihr endlich der Ernst ihrer Lage bewusst. »Aber Interessenten hast du doch sicher. Von irgendjemandem musst du doch einen Tipp bekommen haben? Du kannst es mir ruhig sagen.« Er hielt seine Stimme betont lässig und freundlich.

Irritiert schüttelte Kassandra den Kopf und blickte aus dem Fenster. »Nochmal: es war ein Versehen. Ich habe ihren Aktenkoffer nicht absichtlich genommen, es war eine Verwechslung, mehr nicht.«

Versicherte sie ihm wieder. So überzeugend, dass Noah tatsächlich fast begonnen hätte zu zweifeln. »Du brauchst keine Angst zu haben, Assistentin.«, sagte er ruhig. »Ich will nur meinen Koffer.« Um seine Mundwinkel zuckte es kurz. »Dir etwas zu tun bevor ich ihn zurückhabe, wäre ziemlich dumm, oder? Denn schließlich brauche ich dich, denn ich weiß ja nicht, wo du ihn hast.«

Er sagte es ruhig und abweisend zugleich, befand Kassandra. Hieß das jetzt, dass sie in Gefahr war, weil er sie danach nicht mehr brauchte? Nachdenklich blickte sie ihn an. Er war gutaussehend, vielleicht eine Spur zu perfekt. Unter anderen Umständen hätte er ihr vielleicht sogar gefallen. Schnell verbannte sie den Gedanken wieder aus ihrem Kopf und ersetzte ihn durch die Frage ,wie schnell leidet man unter dem Stockholm – Syndrom, als der Wagen schon hielt. Kassandra blickte sich um. Sie waren in der Altstadt. »Wir sind da.«, kommentierte der Kerl, öffnete die Wagentür und stieg aus. Sie rutschte ihm hinter her über die glattledderne Sitzbank und ignorierte die Hand, die er ihr entgegenstreckte. Mit Manieren brauchte ihr dieser Rosencreutz gar nicht mehr zu kommen, selbst wenn sie vor dem Frankfurter Hof gehalten hatten.

Das Hotel war eines der teuersten in der Stadt. Kass stolperte ihrem Notebook hinterher in die mondäne Eingangshalle. Die teuren, schweren Kronleuchter schienen ihre einfache Aufmachung in einem besonders schlechten Licht erstrahlen lassen zu wollen. In Gegenwart von so viel Pracht fühlte sie sich mit einem Mal schrecklich unwichtig und klein. Als junges Mädchen hatte sie davon geträumt in Häusern wie diesem als berühmte Künstlerin empfangen zu werden. Der Concierge hätte sie an der Türe in Empfang genommen, sie ehrfürchtig angesprochen, sie auf den Weg zur Rezeption vielleicht nach einer ihrer Werke gefragt oder sich erkundigt, wie ihre Vernissage verlaufen war, ob sie bereit wäre, ihre Kunstwerke auch hier im Hotel auszustellen. Man hätte ihr den Schlüssel zur Royal Suite angeboten, doch sie hätte ganz gönnerhaft und bescheiden abgelehnt und sich auch mit der Präsidenten Suite zufriedengegeben.

»Wo bleibst du denn?« Seine ungeduldige Stimme riss sie aus ihrem Jugendtraum und brachte sie zurück auf den Boden der Tatsachen. »Ein Mann wie sie kann sich hier ein Zimmer leisten?« Der Kerl schnaubte nur abfällig. »Und du? Altstadt Loft, dreihundert Quadratmeter, Stuckverzierungen und Carrara Marmor?« Zu gern hätte sie einfach ja gesagt, als sie dabei an ihre sechsundachtzig Quadratmeter in Eckenheim dachte, die sie sich mit Saskia teilte. Immerhin hatten sie einen Balkon. »Komm, ich habe nicht den ganzen Tag Zeit.« Er fasste sie am Oberarm und zog sie mit sich zum Portier.

»Herr   Rosencreutz,   willkommen   zurück.« Wie selbstverständlich griff der Mann, der ihren Entführer soeben mit dem Namen angesprochen hatte wie einen alten Stammgast, hinter sich und schenkte ihr im nächsten Moment dasselbe professionelle Lächeln, wie dem Kerl an ihrer Seite. »Sie haben einen Gast mitgebracht?« »Ja. Frau…« Er machte eine Pause, als ihm wohl auffiel, dass Kassandra ihm ihren Namen bisher noch nicht genannt hatte und er fuhr fort, als er merkte, dass sie diesen Umstand auch jetzt nicht gewillt war zu ändern. »Sie ist die Assistentin eines Geschäftsfreundes. Wir sind in ein paar Minuten wieder weg.«

Der freundliche Mann nickte und händigte ihm eine Zimmerkarte aus. Kurz darauf fühlte sie wie sich seine Hand erneut, fast besitzergreifend, um ihren Oberarm legte. »Vielen Dank, Herr Alfred.«, verabschiedete sich der Kerl höflich und wandte sich zum Gehen. Kassandra blieb gerade noch genug Zeit, um dem Portier höflich zu zunicken, bevor sie erneut mitgezogen wurde.

Durch die Halle, zu den Aufzügen, hinauf ins oberste Stockwerk. Die Suiten. »Wie heißt du, Assistentin?« Er führte sie unbeirrt den Gang entlang. Der weiche Teppichboden unter ihren Füßen verschluckte jegliches Geräusch, das ihre

Schuhe machten. »Ich glaube kaum, dass sie das etwas angeht.«

Noah blieb stehen und nickte schließlich. »Gut, tu ruhig geheimnisvoll. Ich werde es so oder so erfahren.« Er wandte sich der Flügeltür vor sich zu und zog die Karte durch das Türschloss, das mit einem Klicken aufsprang. »Willkommen in der Royal Suite des Frankfurter Hofs.« Sagte er galant und schwang die Türen auf.

Natürlich wohnte ausgerechnet dieser Idiot in ihrem Traum. »Geh nur vor.« Kass konnte nicht verhindern, dass ihr Unterkiefer staunend nach unten klappte. Die Suite war riesig, die Einrichtung geschmackvoll und modern. Langsam, fast ehrfürchtig ging sie weiter hinein, in diesen einem Einrichtungskatalog entsprungenen Wohntraum. »Du meine Güte! So luxuriös.«, flüsterte sie unabsichtlich.

Noah beobachtete die junge Frau aufmerksam und musste schmunzeln. Dass sie der Anblick der Räumlichkeiten überwältigte war zu sehen. Irgendwie gefiel es ihm, dass er sie damit beeindrucken konnte. Sie hatte wohl noch nicht viel von der Welt gesehen. Irritiert schüttelte er den Kopf. »Und dabei stehen wir hier nur im Eingangsbereich. Ich hole deinen Koffer, wir sollten uns nicht unnötig aufhalten. Du bleibst genau wo du bist, Assistentin, verstanden?« Er deutete mit ihrem Notebook unter seinem Arm in ihre Richtung und ging an ihr vorbei in das nächste Zimmer.

Vorsichtig schlich Kass weiter. Ehrfürchtig berührte sie ein rauledernes Sitzmöbel das in ihre Nähe kam. Es fühlte sich weich wie Seide an, als sie es an ihren Fingern fühlte. Lilien dufteten aufdringlich von einem kleinen Tischchen. Vermutlich Teak oder Mahagoni. Doch ihre volle Aufmerksamkeit galt dem Gemälde, dass darüber hing. Das konnte doch unmöglich ein echter Kandinsky sein! Es war eines seiner abstrakten Aquarelle. Pure Leinwand, auf der sich schwarze, klare Linien und kantige Muster mit Kreisen in karmesin, purpur, königsblau oder kanariengelb paarten zu einer Symphonie russischer Moderne. Eine Tür fiel ins Schloss und Kass drehte sich um. »Sagte ich nicht, dass du hier nicht herumschleichen sollst?« Der Kerl war zurück. Nicht eine Tür war ins Schloss gefallen, er hatte ihren Koffer mit Nachdruck auf ein Sideboard gelegt.

Noah war oft zu Gast hier im Frankfurter Hof. Für ihn war dieser Lebensstandard gewöhnlich, gerade das, was gut genug für ihn war. Sein Onkel hatte dahingehend früh sein Bewusstsein geprägt. Rein äußerlich betrachtet hatte sich Noahs gesamte Lebenssituation mit seinem zehnten Lebensjahr geradezu exorbitant verbessert. Diese junge Frau jedoch schien sich ein gutes Stück unter dieser Klasse zu bewegen. Aber wie sollte das auch anders sein, wenn sie wirklich nur die Assistentin von wem auch immer war. Jüdin war sie nicht. Ihr fehlten die Merkmale in Statur und Gesicht. Zu klein, zu schmale Nase. Ob sie aber von den Muslimen auf ihn angesetzt wurde oder den Katholiken war schwer zu sagen. Wenn er seinem Bauchgefühl vertraute, würde er auf letztere Gruppe tippen. »Haben sie Angst, mich in diesem Apartment nicht mehr wieder zu finden?«, entgegnete sie schnippisch. »Ich vermute mal, dass das passieren könnte. Dann trage ich noch die Schuld daran, wenn du verhungerst.«, raunte er grinsend.

Jetzt versuchte er wohl witzig zu sein. Kass verdrehte die Augen und deutete auf das Bild hinter ihr. »Das ist ein echter Kandinsky!« »Das will ich doch hoffen, genauso, wie das da vorne ein echter Begas ist. Schließlich muss das Hotel etwas bieten für mein Geld.« Er klopfte mit der Hand auf ihren Aktenkoffer. »Also, können wir los, Assistentin?« Und ein Angeber war er auch noch. »Ich hab's nicht so mit Verschwendungssucht.«, entgegnete sie gleichgültig und ging auf ihn zu. »Zumindest nicht, solange es Menschen, auch hier in Frankfurt gibt, die hungern müssen.« Kassandra wies mit dem Kinn auf ihren Koffer. »Ich will erst sehen, ob alles da ist.«

Noah entgleisten die Gesichtszüge. »Glaubst du allen Ernstes, dass ich etwas von dem Kram da drin genommen hätte?« Immerhin lag unter diesem Kram der Kaufvertrag für die Smaragd Tafel. Den Druck, den Kardinal Vorknitz erstanden hatte, von dem ihr Job abhing und damit die ihren, bescheidenen Annehmlichkeiten, erheblich gefährdete. Selbstsicher streckte sie ihr Kreuz durch und öffnete ihn. »Was für ein Chaos!«, schimpfte sie drauflos. »Ihnen muss doch gleich aufgefallen sein, dass das nicht ihr Koffer ist.« Emsig begann sie die Papiere durchzusortieren, trennte grob privates wieder von geschäftlichen.

»Ist mir aufgefallen.« Dass er den beschissenen Koffer auf dem Boden gelehrt hatte, um festzustellen, dass der Stab tatsächlich nicht mehr da war, verschwieg er.

»Und da dachten sie sich, wenn das schon nicht mein Koffer ist, mache ich wenigstens ordentlich Chaos?!« Da war er, der Kaufvertrag. Zufrieden atmete sie aus und sortierte ihn wieder in das richtige Fach ein. »Mir ist kein erkennbares System aufgefallen.«, reagierte Noah bissig. »Nachdem du gesehen hast, dass alles noch da ist, wäre ich dir wirklich dankbar, wenn wir jetzt endlich meinen Koffer holen könnten.«

»Erst mein Notebook.«, verlangte Kass und streckte ihre Hand fordernd in seine Richtung. Aber der Kerl grinste nur abschätzig auf. »Nein, erst mein Koffer, Bella, und jetzt los.« Bella – Schöne. Kassandra unterdrückte einen Kommentar, nahm sich ihren Koffer und wandte sich zum Gehen.

»Von mir aus.«, arrogant, ihren Koffer fest umklammert, verließ die junge Frau die Suite. Irgendwie verhielt sie sich unberechenbar und das ärgerte Noah. Schweigend folgte er der dunkelhaarigen Frau in den Röhrenjeans und dem verwaschenen Band- T-Shirt.

Natürlich wartete die schwarze Limo abfahrtbereit vor dem Hotel. Was hatte sie auch anderes erwartet. Und selbstverständlich schaffte es dieser Rosencreutz auch wieder vor ihr am Wagen anzulangen, um ihr die Tür zu öffnen. Es schien schon fast zwanghaft. Ohne lange auf seine Aufforderung zu warten stieg Kassandra in den Benz.

Noah schloss die Tür und blickte sie erwartungsvoll an. »Wohin solls gehen, Assistentin?« »Schottener Straße, Nummer dreiundzwanzig.«, antwortete Kassandra. »Franco?«, fragte Noah seinen Fahrer, der die Adresse bereits ins Navi eingab und dann nickte.

»Ein Hotel in Eckenheim?«, fragte Noah. »Mehr war wohl nicht drin.« Der Weg in den Bezirk, den die Frau genannt hatte, konnte sich unter Umständen um diese Tageszeit ziehen, darauf hatte er nun wirklich keine Lust. Er wollte seinen Koffer, seinen Onkel beruhigen und sich dann duschen, umziehen, vielleicht um die Häuser ziehen. Endlich mal wieder tun, wonach ihm der Sinn stand, wenn er diesen lästigen Auftrag endlich erledigt hatte.

»Es ist kein Hotel.«, antwortete Kass ruhig und blickte aus dem Fenster. Hoffentlich kamen sie nicht in einen Stau und hoffentlich war Kia nicht zu Hause. Das hätte ihr gerade noch gefehlt!

»Dann wohnst du in einem Schuhkarton?«, hakte Noah sarkastisch nach, was ihm einen biestigen Blick aus ihren blauen Augen einbrachte. Sie leuchteten wie zwei Saphire. Wäre die Lage anders, hätte er diese drahtige Frau mit dem festen Po in einer Bar kennengelernt, dann hätte er sich durchaus ein oder vielleicht auch zwei Nächte mit ihr gefallen lassen, aber unter diesen Umständen: auf gar keinen Fall! Das musste er sich sofort wieder aus dem Kopf schlagen. Subito!

»Nicht jeder will sich eine Suite für vierzehntausend Euro die Nacht leisten, selbst wenn ein echter Kandinsky im Wohnzimmer hängt.« Noahs Mundwinkel zuckten. Was für ein freches Ding.

»Eifersüchtig oder Idealistin?« Kass schnaubte und blickte stur auf die Kopfstütze vor sich. »Also beides.«, schloss der Kerl. Was wollte er denn von ihr? Konnte er nicht einfach die Klappe halten? »Du müsstest nicht eifersüchtig sein, wenn du dich in der Schule etwas mehr angestrengt hättest, dann hätte sicher mehr aus dir werden können als ein Büromäuschen.« Kass fühlte, wie sich ihr Mund angewidert verzog. Was bildete sich dieser arrogante Schönling eigentlich ein? »Sie wissen gar nichts über mich.«, urteilte sie streng.

Da musste Noah ihr recht geben. Er wusste rein gar nichts über diese Frau, außer, dass sie angeblich aus Versehen seinen Koffer an sich genommen hatte, in Eckenheim eine Bleibe hatte, sich für moderne Kunst interessierte und dass sie ihn nicht ausstehen konnte.

Gefühlt vergingen Stunden, bis die Limousine endlich vor ihrem Wohnhaus Halt machte. Wenigstens hatte der unausstehliche Typ sie in Ruhe gelassen und sich stattdessen mit seinem Smartphone beschäftigt. Kass folgte ihm aus dem Wagen und ging sicheren Schritts auf ihre Haustüre zu. »Sie warten hier.« »Nein, ich begleite dich.« »Keinesfalls. Einen Verrückten wie sie lasse ich doch nicht in meine Wohnung!« »Du durftest mich auch in meine Suite begleiten.« »Oh großartiges Argument, wenn man bedenkt, dass man nicht einfach so in die Royal Suite oder überhaupt das Stockwerk gelangt. Es ist sicher wie Fort Knox.« »Für das Sicherheitskonzept deiner Wohnung bin ich nicht verantwortlich, Assistentin, und jetzt mach endlich.«

Sie hatten in einer gewöhnlichen Wohngegend gehalten. Es war ein modernisiertes Viertel, aber nichts, was man mit Orden, kirchlichen Organisationen oder sonstigen Gesellschaften in Verbindung bringen würde. Alles schien so erschreckend normal und sein Zweifel wuchs. So langsam hatte Noah irgendwie nicht mehr das Gefühl, dass man ihm gleich in dem Haus etwas über den Schädel zog und ihn verschleppte.

»Kass bist du's? Hab frei!« Großartig. Kia war nicht nur zu Hause, sie hatte auch den Waschtag vorgezogen und ein Wäscheständer voller Unterwäsche der beiden Frauen, begrüßte Kass und ihren aufdringlichen Begleiter in ihrer Wohnzimmertür, doch von ihrer Freundin war nichts zu sehen.

Noah sah, wie die zierliche Frau errötete bis unter den Haaransatz und schnell ihren Aktenkoffer abstellte. »Sie warten hier.«, murmelte sie, schnappte sich entschlossen den Wäscheständer, um ihn schnell in ein anderes Zimmer zu bringen. Soweit so gut, keine Schergen und gedungene Schläger, stattdessen feuchte Unterwäsche. Vorsichtig sah er sich um.

Auch das innere der Altbauwohnung im dritten Stock mit Lift machte auf Noah alles andere als einen bedenklichen Eindruck, wenn man davon absah, dass im Eingang neben einem Kunstdruck von Klimts Kuss ein Filmplakat von Iron Man hing, dessen Repulsor auf jeden, der in die Wohnung kam, zeigte. Womit hatte er es hier zu tun? Die Küche war freundlich und bunt. Weiße Lackmöbel verziert mit kunstvollen Airbrushs oder vollgehangen mit Post It's in verschiedenen Farben, eine gemütliche Sitzecke. Eine WG?

Das Wohnzimmer war klassisch eingerichtet. Eine Staffelei mit einer Leinwand stand, umrundet von einem Chaos aus Gläsern, Pinseln, Stiften und Farben auf zwei Werkbänken, in einer Ecke. Ein einfaches Ecksofa aus dunkelbraunem Leder, mit einem weichen Hochflorteppich davor, ein Tischchen und ein Fernseher in der anderen. Die Wände versehen mit weiteren Kunstdrucken. Gauguin, Dali, Macke. Eine große Pinwand mit verschiedenen Zeichnungen, Grafitzeichnungen und Postkarten mit dummen Sprüchen, ein gewaltiges Bücherregal. Ein Spion in einer Mädchen- Nerd- WG?

»Ja, ich bin's Kia, wo bist du?« Keine Antwort. Ihre Wohnung bestand im Prinzip aus einem kurzen Eingang, mit Toilette. Dann folgte die Küche, von der man auf der einen Seite in Kia's Zimmer kam und auf der anderen in ihre Räume. Das Badezimmer, welches sich auf der Rückseite der Küche befand, war von den Schlafzimmern zu beiden Seiten zugänglich. Der Balkon verband auf der Außenseite Kia's und ihr Wohnzimmer. Sie war wirklich perfekt geschnitten, allerdings verlor man sich gerne mal, wenn man hinter dem anderen her seine Runden zog. So wie auch jetzt. Denn als Kassandra von ihrem Schlafzimmer durch das Bad in das Schlafzimmer ihrer Mitbewohnerin kam, hörte sie diese bereits draußen in der Küche.

»Oh, Hallo.« Noah fuhr herum und sah sich einer schlanken Blondine, mit treuen braunen Augen gegenüber, die ihm in einer Latzhose samt bauchfreiem Ringeltop und einer Frisur wie ein verruchter Wischmopp freundlich die Hand entgegenstreckte.

An ihrem Tonfall erkannte Kass genau, dass auch ihrer Freundin der dunkelhaarige Spinner mit den grauen Augen gefiel. »Ich bin Saskia. Aber Freunde von Kass sagen Kia.«

»Herr Rosencreutz ist nicht mein Freund.«, stellte sie in dem Moment klar, in dem Kass wieder in der Küche ankam. »Ihm gehört der Aktenkoffer!« »Wahnsinn!« Falls überhaupt möglich wurde Kia's Grinsen noch breiter. Sie strahlte den Idioten an, als wäre er Superman. Cavill – natürlich – nicht

Reeve. »Dann haben sie Kass vor dem Überfall bewahrt! Krass!« Ihre Freundin wandte sich zu ihr um und zwinkerte ihr zu. »Na' da haben wir aber mal Glück gehabt, nicht?« Eigentlich irgendwie nicht, dachte Kassandra gereizt. Sie hätte gerne darauf verzichtet zu wissen, was für ein arroganter Psycho ihr Retter war. »Ich werde den Koffer holen.«, antwortete Kassandra knapp, doch hörte sie noch im Weggehen, wie ihre Freundin einfach weitersäuselte. Warum auch nicht, die wusste schließlich ja noch nicht, was vorgefallen war.

»Wissen sie, zuerst dachten wir ja, dass unsere zerstreute Langzeitstudentin den Koffer mit dem einer ihrer Klienten verwechselt hatte. Aber dann blieben nur noch sie. Was ein Problem war, da wir ja nicht wussten, wer sie sind oder wie wir sie erreichen. Ein vernünftiger Mensch bewahrt ja wenigstens seinen Namen und Adresse in so einem Ding auf.« Die Blondine lachte. »Andererseits tut Kass, die Nudel, das ja auch nicht, sonst hätten sie wenigstens uns kontaktieren können. Schon in unserer Studienzeit hat sie diese liebenswerten Aussetzer gehabt.«

Die gute Laune der jungen Frau war ansteckend und so langsam dämmerte Noah, dass es sich bei der ganzen Sache wirklich nicht um ein abgekartetes Spiel gehandelt hatte, sondern tatsächlich eine bescheuerte Verwechslung war. Wenn das wirklich der Fall war, dann hatte er sich unmöglich verhalten, aber dieses angriffslustige Energiebündel hatte ihm ja auch keine Wahl gelassen. »Was haben sie da eigentlich für ein seltsames Zeug in dem Ding, Herr Rosencreutz?«

Als die Journalistin in Saskia zum Vorschein trat, war Kass, den Aktenkoffer in der Hand, zurück. »Kia. Jetzt hör' auf Herrn Rosencreutz zu belästigen, ich glaub die nächste Wäsche kann auch raus.« So empfindlich wie der Kerl wegen seines Koffers war, würde der sicher nicht preisgeben, warum die paar Zettel, das alte, unleserliche Buch und dieser Brieföffner so wichtig für ihn waren und sicher war es auch besser nichts darüber zu wissen. Ihre Freundin runzelte die Stirn. »Ist ja gut. Du hast eine Stimmung heute…hat mich gefreut, Herr Rosencreutz, vielleicht sieht man sich.« »Die Welt ist ein Dorf.«, antwortete der charmant.

Die Luft über Kassandra schien sich zu einem kleinen Gewitter zusammen zu ballen. Grinste der Kerl da tatsächlich grade ihre beste Freundin an? Ungeduldig tappte sie mit den Fingern auf die Anrichte, als Kia endlich verschwand. »Mein Notebook bitte.« Sie hielt ihm seinen Koffer und ihre freie Hand auffordernd entgegen. Noah zuckte auf. Er hatte völlig vergessen, dass er das Ding noch immer unter dem Arm hatte. Irgendwie war ihm die Situation jetzt peinlich. Er hatte sich wie ein verrückter Idiot verhalten, wenn man es von ihrer Seite sah. Andererseits konnte es ihm völlig egal sein, was sie von ihm dachte, da sie sich ohnehin nie wiedersehen würden. Er griff seinen Koffer und gab ihr ihr Eigentum zurück, öffnete ihn kurz und fand den Caduceus darin. »Danke für deine Hilfe, Kass.« Er wollte frecher klingen, aber irgendwie drückte ihm die Situation aufs Gemüt und es misslang ihm. Er nickte der Frau mit den tiefblauen Augen noch einmal zu und ging.

»Pronto?« »Onkel? Ich habe den Koffer wieder.«, ranzte Noah in sein Smartphone. »Ah! Bene! Ist es ohne Komplikationen verlaufen?« »Sonst würde ich mich kaum melden, um dir zu sagen, dass ich das Scheißding wiederhabe, oder?«, blaffte er gereizt. Eigentlich hätte er sich freuen sollen, aber das tat er nicht. Es nervte ihn, dass er dem Mädchen so zugesetzt hatte. »Also hat diese Person keine Forderungen gestellt? Hast du ihr wenigstens entlocken können, wer sie geschickt hat? Die Moslems? Sicher waren sie es!« »Natürlich! Wenn jemand falsch atmet haben die deiner Ansicht nach die

Schuld. Wo treffen wir uns? Ich habe wirklich keinen Bock noch länger deinen Mann von der Wach - und Schießgesellschaft für diesen Koffer und seinen Inhalt zu spielen.«

»Was war denn los mit dir? Jetzt sag bloß, dieser Herr Rosencreutz hat dir nicht gefallen!« Kia ging, einen Wäschekorb in den Armen, an ihr vorbei. »So zurückhaltend bei einer solchen Sahneschnitte kenne ich dich gar nicht, Kass.« Sie schnaubte und folgte ihrer Freundin. »Du hast keine Ahnung! Der ist vollkommen durchgeknallt, der Typ!« »Echt jetzt? Auf mich hat er einen ganz normalen Eindruck gemacht.« »Klar, du hast ihn ja auch nicht zu Wort kommen lassen.« Kass griff in den Korb, schnappte sich ein feuchtes Shirt und hängte es auf den Wäscheständer. »Ich durfte den halben Tag an der Seite dieses verrückten Angebers verbringen und glaube mir – der hat so richtig ein Rad ab.« Ihre Freundin musterte sie belustigt. »Dann lass mal hören, was dir Lex Luther so Schlimmes angetan hat.«, kicherte Kia und griff nun ebenfalls in die feuchte Wäsche.

Nachdem Kass ihre Freundin, was diesen Rosencreutz - Typen anbelangte, auf Spur gebracht hatte, hatten die beiden beschlossen essen zu gehen. Kia wollte unbedingt mal wieder Fisch und Kass war einverstanden in ihr Lieblingsrestaurant auf der Bockenheimer Straße zu gehen, unter der Bedingung vorher noch ihrem Chef den Vertrag vorbeizubringen. »Bert! Gut, dass ich dich noch erwische. Hier der Vertrag zu Valentinus ...oh, Entschuldigung.« So wie immer hatte sie nach kurzem Anklopfen, ohne abzuwarten das Zimmer ihres

Vorgesetzten betreten und sah sich jetzt nicht nur Bert, sondern auch zwei weiteren Herren gegenüber.

»Ah, Kassandra! Macht nichts, macht nichts, komm nur herein!« Ungewohnt höflich sprang Bert auf und kam zu ihr. »Wir haben gerade von dir gesprochen. Wenn ich kurz bekannt machen darf: Kassandra Alighieri, die beste Kunstprüferin und Expertin unseres Hauses sowohl für klassische als auch für zeitgenössische Kunst. Kass, das sind Harald Lamprecht und Giovanni Balsamo. Sie wenden sich an uns bezüglich der Überprüfung und Echtheitszertifizierung eines antiken Kunstgegenstandes und ich habe den Herren gerade erklärt, dass sie mit dir eine Koryphäe auf diesem Gebiet engagieren.«

Kass lächelte höflich und schüttelte die ihr dargebotenen Hände. »Schön sie kennenzulernen, um was für ein Objekt handelt es sich denn?« Die beiden Herren musterten sich, bevor ihr der als Lamprecht vorgestellte antwortete. »Es geht um einen wichtigen Kunstgegenstand der Antike. Wäre er echt, könnte das für die Öffentlichkeit von großem Interesse sein, daher wollen wir uns noch bedeckt halten. Wenn sie bereit wären den Auftrag anzunehmen, würden wir ihnen selbstverständlich alle bekannten Informationen sowie Unterlagen dazu und auch das Artefakt selbst zu ihrer sorgfältigen Prüfung überlassen.« Kassandra nickte verständig und sah zu ihrem Chef, der ihr auffordernd zu grinste.

»Wissen sie, ich bin Sachverständige, keine Geschäftsfrau. Aber sobald Herr Brühtner und sie sich einigen können, gehört meine Aufmerksamkeit selbstverständlich ganz ihrem Objekt. Es hat mich gefreut sie kennenzulernen.«, versicherte sie verbindlich. »Bevor du gehst, Kassandra, brauche ich für diesen Auftrag noch in einem Punkt dein Einverständnis.«, setze Bert an. »Die Herren wollen das Artefakt nicht aus den

Händen geben. Um also daran arbeiten zu können müsstest du, dienstlich natürlich, nach Langerwehe. Du würdest dort im wiedereröffneten und restaurierten Schloss Werode untergebracht werden. Die Anlage verfügt über mehrere Seminar - und Büroräume, von denen dir selbstverständlich einer zur Verfügung gestellt werden würde, um etwaige Tests an dem Objekt durchzuführen. Könntest du dir das vorstellen?«

»Aber natürlich, gerne!« Eigentlich war das gar nicht ihr Ding, irgendwo in der Pampa, ohne ihr vertrautes Umfeld, aber Job ist nun mal Job und die beiden Herren waren offenbar bereit Bert eine sicher horrende Summe inklusive aller Spesen für den Auftrag zu zahlen, fast konnte sie die Euro- Zeichen in seinen Augen sehen. »Na dann ist ja von dieser Seite alles geklärt, danke dir, Kassandra und jetzt - einen schönen Abend!« Kass nickte allen nochmals freundlich zu und verließ fluchtartig das Büro, sammelte Kia an der Rezeption ein und sie machten sich auf den Weg ins Oceans, die Adresse für Fisch in Frankfurt.

DIE EINLADUNG ZUR HOCHZEIT

Am ersten Tag erhält der gottesfürchtige, demütige und fromme
Rosencreutz, der sich derzeit in seiner Eremitage am Hand eines
Berges befindet, die Einladung zu einer königlichen Hochzeit. Nachts
träumt er davon mit anderen Gästen in einem Turm eingekerkert zu
sein. Doch über ein herabgelassenes Seil entkommen er und einige
Gefangene.

Wieder zurück im Hotel war Noah auf dem Sofa eingenickt
und hatte wirklich schlecht geschlafen. Er hatte irgendeinen
Stuss geträumt. Er war gefangen irgendwo in einem Kerker.
Nicht allein, er hatte Mitgefangene. Es hatte alles etwas von
einem Actionfilm, da er und einige der anderen schließlich
über ein Seil entkommen waren. Als er endlich den Boden
unter seinen Füßen spüren sollte, war er aufgewacht.
Eindeutig machte ihm das bevorstehende Ereignis, die
Einladung nach Schloss Werode zur Feier dieser Fusion, zu
schaffen, oder er sah auf Netflix derzeit zu viel Actionquatsch,
wenn er denn mal Zeit hatte zum Schauen. Für abends hatte er
sich ja schon im Flieger mit Markus Kemmer, seinem besten
Freund, zum Essen verabredet und da saß er nun und musste
sich die neueste Sexkapade von ihm anhören.

»Und dann legt sich der Typ einfach vor mir aufs Bett, spreizt die Beine und sagt: na los, zeig mir, was du unter deiner Haube hast!« Noah stöhnte gequält auf. »Mark, bitte! Das Essen hier ist gut, ich würde es gerne in mir behalten!« Der Rotschopf lachte auf. »Ach Noah, Süßer! Sei doch nicht so schrecklich verklemmt, sonst denkt noch jemand du bist homophob. Stell dir doch einfach vor, es wäre eine deiner Schicksen, die du sonst immer flachlegst. Schließlich hör' ich mir deine Storys auch immer brav an ohne zu meckern.« Noah grinste und griff nach seinem Weinglas. »Ich kann mich nicht erinnern, jemals so ins Detail gegangen zu sein.«, zwinkernd nahm er einen Schluck und widmete sich wieder dem köstlichen Angus Steak vor sich.

Er kannte Mark seit sie Kinder waren. Kennengelernt hatten sie sich vor mehr als zwanzig Jahren am Gardasee. Doch während Mark dort mit seiner Familie Urlaub gemacht hat, musste er selbst, immer in der Nähe seines Onkels, einer von dessen langweiligen Geschäftsreisen beiwohnen. Doch der kleine Mark war ihm einfach überallhin gefolgt und hatte sich nicht abschütteln lassen, so dass Giovanni seinem Neffen damals nachgab und Noah sich mit dem Kleinen anfreundete. Da sein Onkel, wie auch die Familie Kemmer jedes Jahr um die gleiche Zeit am Gardasee waren, entwickelte sich eine Ferienfreundschaft und eine Brieffreundschaft.

Danach besuchten sie dasselbe Internat in der Schweiz, machten gemeinsam ihren Abschluss und gingen nach England, wo Noah Wirtschaft und Politik studierte und Mark Medizin mit dem Schwerpunkt auf Pathologie. Damit sich die beiden nicht aus den Augen verloren, hatten sie zusammengelebt und gemeinsam Kunstgeschichte in Cambridge belegt. Mark hatte schließlich Noah seine Liebe zu ihm gestanden. Noah, dem schon lange klar war, dass sein bester Freund schwul ist und sich nie daran gestört hatte, hatte ihn tröstend an sich gezogen. Er hatte ihm nicht sagen müssen, dass er ihn zwar liebte wie einen Bruder, aber niemals auf diese Weise.

Noah verstand auch, wie tief es Mark getroffen haben musste und dass der gehen würde, um eine Stelle hier in Frankfurt anzunehmen. Umso mehr freute es ihn, dass ihre Freundschaft, wenn auch auf eine harte Probe gestellt, daran nicht zerbrach und Mark sich nach einer Weile wieder bei ihm gemeldet hatte. So waren sie mindestens einen Abend zusammen, wenn Noah in Frankfurt war.

»Na gut.«, sagte Mark schließlich. »Warum bist du diesmal in der Mainmetropole? Schwierige diplomatische Beziehungen oder was hat dein Onkel diesmal vor.« »Ganz ehrlich? Keine Ahnung. Er will so eine mehrtägige Feier geben auf diesem Schloss, das er hat herrichten lassen. Du weißt noch an was ich zuletzt dran war?« Mark nickte. »Die Fusion! Sollte da nicht dieser Silicon Valley mäßige Softwarehersteller aus Italien mit diesem Hamburger Unternehmen fusionieren?« »Jap und das tun sie jetzt auch. Angeblich hat er einige wichtige Wirtschaftsbosse und jede Menge Nebengeräusche nach Werode eingeladen.« »Ahhh...eine Hochzeit ganz im Stil des einundzwanzigsten Jahrhunderts.«, schwärmte Mark falsch und Noah schnaubte abfällig.

»Und du, ganz sein braver Neffe, darfst dieser stocksteifen Veranstaltung natürlich beiwohnen. Darfst brav salutieren und den Affen machen?« »Naturalmente, Ragazzo.«, stöhnte Noah. »Klar, sprich italienisch. Das hat so gar nichts von Mafia und lässt mir so schön die Knie weich werden.«, grinste Mark anzüglich. »Ach, lass mich zufrieden, das Ganze ist schon schlimm genug.« »Ja!«, rief Mark übertrieben aus. »Fürchterlich schlimm. Denk doch an mich, wenn dich Franco dort aussteigen lässt und du dir dann eine Woche lang den Bauch mit den geilsten Köstlichkeiten vollschlägst,

Champagner trinkst und vermutlich zwanzig verschiedene Schicksen ins Himmelreich leckst.«

Noah musste aufpassen, dass er sich nicht verschluckte, weil er sein Lachen kaum noch unterdrücken konnte. »Wir können ja tauschen. Dann spiel ich eine Woche mit deinen Leichen und du leckst die Schicksen.« »Danke!«, zog Mark eine Grimasse. »Ich nehme da lieber zwanzig sexy Männerärsche.« Noah schüttelte den Kopf, als eine Bewegung im Hintergrund seine Aufmerksamkeit erregte. »Was ist los, Noah?«, fragte Mark, der sah, wie sein Freund sein Gesicht zu einer Fratze verzog. »Ach…es ist nur, ach nichts.« »Nichts? Und deswegen verlieren deine Gesichtsmuskeln gerade jegliche Spannung, wenn du das öfter tust, kannst du dich auf ein paar unansehnliche Falten freuen, die Zeit macht auch vor dir nicht halt.« »Das musst du gerade sagen!«, brummte Noah und stierte weiter an die Bar.

»Spar dir das! Ich weiß, wie fantastisch ich für mein Alter aussehe und jetzt sag endlich, wer dahinten ist?« Mark drehte sich ungeniert um und ließ seinen Blick durch die Bar schweifen. »Nicht umdrehen, Mann!«, zischte Noah. »Dann raus damit oder willst du, dass ich jeden einzelnen Gast hier frage, was er mit dir zu schaffen hat?« Noah seufzte. »Da hinten an der Bar – nein! Nicht nochmal umdrehen! Da steht der Fettnapf, den ich vorhin erwähnt hatte.« Marks Brauen schossen in die Höhe.

»Wir hätten reservieren sollen, ich wusste gleich, dass du dich wieder festquatschst.« Kia schwang sich ungeduldig auf einen Barhocker und winkte dem Mann hinter der Bar. »Ich habe mich nicht festgequatscht. Es ging um einen Auftrag.«, wiederholte Kass zum wohl hundertsten Mal. »Außerdem waren es nur fünf Minuten. Es wird sicher gleich was frei.« Sie setzte sich ebenfalls und hängte ihre Tasche an den dafür vorgesehenen Haken unter dem Tresen. »Außerdem habe ich gar nicht so einen großen Hunger.« Kia zuckte die Achseln. »Auch gut. Dann eben gleich zwei Martinis.« »Und ein Soda.«, ergänzte Kass schnell, bevor der Barmann sich wieder abwenden konnte.

»Was ist das denn für ein furchtbarer Auftrag, wenn er dir so auf den Magen schlägt?« »Es ist nicht nur der Auftrag. Der ganze Tag war ziemlich stressig.« »Ach…«, winkte Kia ab. »Jetzt vergiss doch diesen Idioten. Reiche Leute sind eben komisch. Die glauben die ganze Welt gehört ihnen und sie können mit einem machen was sie wollen. Denen fehlt einfach komplett das Feingefühl, die interessieren sich doch gar nicht für so kleine Lichter wie uns.« »Hm.«, bestätigte Kass und griff sich ihren Martini, um mit Kia anzustoßen. »Auf unser schönes und normales Leben!«, grinste ihre Freundin und sie rang sich ein Lächeln ab. »Auf uns.«

»Jetzt erzähl' endlich! Was ist das denn jetzt für ein Auftrag.« Kass zuckte die Achseln. »Viel weiß ich auch noch nicht, nur, dass ich dazu für ein paar Tage nach Langerwehe muss.« »Nach Langerwehe? Das heißt dann wohl, dass du dir meinen Wagen leihen willst?« »Vielleicht, außer Bert hat einen Mietwagen oder ein Taxi verhandelt. Hoffentlich ein Auto, sonst hock ich da die ganze Zeit fest.« »Wo bist du denn dort untergebracht?« »Schloss Werode – eigentlich dachte ich, dass die Ruine nicht renovierungswürdig war, weil zu teuer, aber offensichtlich hat sich auch hier irgend so ein reicher Schnösel gefunden, der es wohl wieder hat herrichten lassen. Ich hoffe, man hat wenigstens darauf geachtet, es so originalgetreu wie möglich wiederherzustellen.«

»Kass! Du wirst wie eine Prinzessin wohnen! Das klingt doch voll cool!« Kia klimperte aufgeregt mit den Wimpern. »Vielleicht entdeckst du ja einen vergessenen Schatz oder findest einen Prinzen, der auf einem Schimmel mit dir ins

Abendrot reitet.« Kass lachte auf. »Alles klar, Kia. Du musst echt aufhören diese Kitschromane zu lesen. Peter war auch kein Ritter in schillernder Rüstung.« »Ach bei dem! Da war doch sowieso Hopfen und Malz verloren.« »Das sagst du jetzt, nach dem ganzen Rosenkrieg.«

»Frau Meinart? Der Tisch für sie beide wird jeden Moment frei. Wenn sie mir bitte folgen würden?«, trat ein freundlicher Student im Kellner Outfit an sie heran. »Endlich!«, seufzte Kia und exte ihren Martini, Kass tat es ihr gleich und sie folgten dem Mann mit Schürze.

»Warum entschuldigst du dich nicht einfach bei ihr, Noah.« »Mark, bitte. Ich will das jetzt ehrlich nicht mit dir ausdiskutieren. Lass uns einfach verschwinden.« Sein Freund stapfte ihm stöhnend hinterher. »Aber ich wollte doch noch so einen Lava Kuchen.« Noah drehte sich entnervt zu ihm um. »Sieh es doch so: du ersparst deinem Körper unnötigen Zucker und Fett. Deine Hüften werden es dir danken.« »Meine Hüften sind perfekt, Süßer!« »Los jetzt.«, brummte Noah, wandte sich mit Schwung wieder seinem Ziel, dem Ausgang des Lokals, zu, wich dabei geschickt einem Kellner aus und rammte prompt den Gast dahinter. »So passen sie doch auf!«, hörte er eine entrüstete Frauenstimme und erkannte sie sofort. »Und du hast wohl keine Augen im Kopf!«, knurrte er. Genau das hatte er vermeiden wollen. »Sie sind das!«, zischte Kass sofort.

»Oh, ist sie das? Hübscher Fettnapf, wenn du mich fragst.« Noahs Blick sollte Mark deutlich zeigen, dass er nicht gefragt hatte. Sein Freund hob auch gleich entschuldigend die Hände und machte einen Schritt zurück.

»Folgen sie mir etwa noch immer?«, fauchte Kass drauf los, die die beiden Männer ihr gegenüber möglichst herablassend musterte.

Noah kniff die Augen zusammen. »Ich folge Dir? Wenn ich mich richtig erinnere, hatte ich dich gewarnt mir nicht wieder unter die Augen zu kommen, Kass!« »Essen darf ich ja wohl noch! Warum sind sie denn hier?«, schnappte sie. »Das geht dich gar nichts an!«

»Ungehobelter Angeber!«, knurrte Kia bissig hinter ihrer Freundin hervor. Der junge Mann neben diesem Arsch prustete belustigt auf und hielt sich schnell die Hand vor den Mund. Kass streckte ihr Kreuz durch, um die stolzen eins fünfundsiebzig zu erreichen, die sie dank ihrer acht Zentimeter Stilettos hatte. »Unser Tisch wartet, sie entschuldigen uns jetzt, Herr Rosencreutz.« Überlegen funkelte sie seinem eisgrauen und in jeder Hinsicht vernichtenden Blick entgegen und machte einen entschlossenen Schritt auf ihn zu, damit er sie vorbeiließ.

Noah spannte sich an. Am liebsten hätte er das freche Ding einfach an den Schultern gepackt und sie zur Seite gestellt, als er Marks Hand an seinem Oberarm fühlte, die ihn zurückhielt. »Noah, komm jetzt, lass die Damen durch, wir wollten doch ohnehin gehen.«, raunte sein Freund ihm beruhigend zu. »Bitte sehr!« Mit einem fiesen Grienen gab Noah den Weg frei und ließ die beiden Frauen passieren, die ihn abfällig anschnaubten und an ihm und Mark vorbeischwebten.

Die Wanderung zum Schloss und die illustren Prahlhänse und Wichtigtuer

Am zweiten Tag unternimmt Rosencreutz, der Einladung Folge leistend, die schwierige Wanderung zu dem Schloss. Nachdem er vom Torhüter eingelassen wird, trifft er auf eine illustre Gesellschaft unter der sich viele Prahlhälse und Wichtigtuer befinden.

Selbstverständlich hatte Bert den Auftrag wie erwartet angenommen. Die recht ungewöhnliche Einladung mit allen

Details kam schon am nächsten Tag per Post und nach einem lästigen Briefing mit ihrem Boss, der ihr dabei wieder und wieder einschärfte, wie wichtig dieser Auftrag für das Auktionshaus sei und dass sie sich ja nicht daneben benehmen sollte oder vereinfacht: ist der Kunde zufrieden, behältst du deinen Job, fand sich Kass samt ihrem gepackten Koffer in einem schicken Mietwagen auf dem Weg nach Langerwehe.

Ausgerechnet die Osterwoche hatte sich der Kunde ausgesucht. Insgeheim hoffte sie, dass sie am Sonntag wieder zurück war, um mit Kia ein paar Eier zu suchen oder zu bemalen. Da waren sie kindisch. Zumindest war das immer ihr Ursprungsplan. Meist endete es allerdings damit, dass sie sich mit Eierlikör betranken, sich wahllos mit Schokoladeneiern vollstopften und den ganzen Tag auf dem Sofa in Schlabberklamotten Bud Spencer und Terence Hill- Filme im TV schauten.

Es würde ihr fehlen, würde sie es nicht rechtzeitig schaffen, deswegen wollte sie alles dran setzen die Echtheit dieses so besonderen und wichtigen Kunstobjekts festzustellen. Hoffentlich war es wirklich so besonders. Bert wusste selbst nichts Genaues, denn weder dieser Balsamo, noch dieser Lamprecht hatten sich dazu geäußert. Ihr Chef sagte, dass sie unbedingt geheim halten wollen, was sich in ihrem Besitz befindet, nichts von alledem dürfte an die Öffentlichkeit gelangen. Irgendwie fand Kass das alles schon sehr spannend und als das Navi noch eine halbe Stunde Fahrt verkündete, war sie irgendwie aufgeregt, endlich zu erfahren, worum es ging. Vielleicht ein verschollenes Gemälde? Eine Reliquie? Ein Teil des Bernsteinzimmers? Die Bundeslade! Der Grahl! Sie lachte auf, als ihre Fantasie mal wieder mit ihr durchging und schaltete in einen höheren Gang.

In der Hoffnung vergangene und auch in naher Zukunft liegende Ereignisse besser verdrängen zu können hatte Noah sich mit Mark, der wieder und wieder betont hatte, dass er echt nicht verstand, warum er sich der jungen Frau, Kass, gegenüber so seltsam verhalten hatte, noch ordentlich die Kante gegeben. Das bereute Noah am Tag danach, nachdem er sich gegen Mittag endlich aus dem Kingsize Bett in seiner Suite quälte, mehr noch, als er feststellte, dass er weder die neuerliche Begegnung mit dem irgendwie süßen, schwarzhaarigen Besen, noch die bevorstehende Fahrt nach Werode erfolgreich hatte ertränken können.

Wie arrogant sie ihre hübsche Nase in die Höhe gereckt hatte, wie herausfordernd ihre Augen geblitzt hatten. Mark kannte ihn zu gut, um nicht zu wissen, dass sie seinem Freund gefallen musste, was ihn zusätzlich nervte. Irgendwie war er seinem Onkel daher auch dankbar, dass er ihn für die folgenden Tage mit einer ganzen Reihe organisatorischen Quatsch betraut hatte, Dinge, die noch zu erledigen waren, bevor er aufbrach und er dachte endlich nicht mehr an Kass die Assistentin und das verwirrende Erlebnis.

»Scheiße!« Wütend trat Noah nach dem Reifen seines 62er Maserati 3500 GT Spider. Auch wenn er diesen alten Italiener liebte, weit mehr als seinen Onkel, es sah diesem Ding ähnlich so kurz vor dem Ziel die Segel zu streichen oder besser die Zylinderkopfdichtung, soweit er es beurteilen konnte. Jedenfalls konnte er eine Weiterfahrt vergessen. »Onesto, vecchio amico, hättest du die zehn Kilometer nicht auch noch durchhalten können? Wie soll ich denn jetzt hier, mitten in der Pampa einen Abschleppdienst oder eine Werkstatt für dich finden!«, fluchte er und schlug die Motorhaube mit Nachdruck zu bevor er sein Handy aus der Hosentasche fischte, um festzustellen, dass er kein Netz hatte. Natürlich hatte er kein Netz, so wie immer in Deutschland, wenn man sich nicht in einer Stadt aufhielt. Er tippte ein paarmal unmotiviert auf das Display und tat schließlich das, was alle empfangsfreien Handyjünger in so einem Moment taten, er streckte seinen Arm nach oben.

Kass legte ihr Handy zurück in die Mittelkonsole, dankbar dafür, dass der Empfang hier draußen wegbrach. Bert wollte sichergehen, dass sie pünktlich ankam. Natürlich würde sie das! Sie war ein Profi, nur ein bisschen zerstreut eben. Laut dem Navigationspapagei waren es noch gute zehn Minuten und sie hatte noch zwanzig. Die Landstraße, die durch die Ausläufer des Nationalparks Rureifel stetig nach oben führte, lag verlassen vor ihr und, obwohl die Sonne schien war es zwischen den hohen Bäumen schattig, als vor ihr auf der Straße plötzlich ein Mann auftauchte, er stand mitten auf der Straße, neben einem schwarzen Sportflitzer und hatte offenbar eine Panne. Kass wurde langsamer und stöhnte.

Nein, nicht irgendein Mann. Es war dieser Noah Rosencreutz! Was hatte der denn hier draußen verloren? Sie war erleichtert gewesen ihm kein weiteres Mal über den Weg gelaufen zu sein und jetzt stand er hier mitten im nirgendwo lässig an das Auto gelehnt. Er löste eine unbestimmte Unruhe in ihr aus, die sie nicht deuten konnte und er war ein K und K -, Kia und Kass, geprüfter Vollidiot. Grrrrrrr, aber einfach weiterfahren konnte sie jetzt auch nicht mehr, also fuhr sie rechts ran und ließ ihr Fenster herunter.

Noah hatte seinen Ohren nicht getraut, als er den Motor des anderen Wagens hörte. Nach hier verirrte sich nur selten jemand. Jetzt allerdings wollte er seinen Augen nicht glauben, als er sah, wer in dem blauen Mittelklassewagen saß, der da soeben anhielt. Konnte das wahr sein, was hatte denn diese Assistentin hier verloren? Also folgte sie ihm doch! Ein Grund mehr für ihn zu telefonieren, ob es ihm gefiel oder nicht, er würde seinen Onkel informieren müssen, dass diese Frau wohl doch auf ihn angesetzt war, denn dass sie gerade hier auftauchte war mehr als seltsam, oder?

»Herr Rosencreutz.«, nickte Kassandra ihm zu, als er zu ihr trat. »Assistentin Kass.« Ihr Blick wurde schmal. »Ist das ihr Wagen?« Ein alter Sportwagen, sicher nicht billig. Kass ließ ihren Blick von Rosencreutz zu dem Wagen gleiten und wieder zurück. »Einer davon.« »Einer davon.«, wiederholte sie etwas baff, als ob es nichts Besonderes wäre, mehrere Autos zu besitzen. Sie selbst konnte sich keines leisten. »Dann hätten sie einen anderen wählen sollen, dieser hier ist wohl liegengeblieben.«

Noah verkniff sich den bissigen Kommentar, der ihm in der Kehle brannte. Dieses Frauenzimmer reizte ihn derart schnell. »Darf ich dein Handy benutzen? Der Wagen muss abgeschleppt werden und ich habe leider kein Netz.«, brummte er stattdessen, es missfiel ihm, gerade sie um einen Gefallen zu bitten.

Kass griff nach ihrem Smartphone und drückte den Homebutton. »Sieht schlecht für sie aus.« »Heißt, du lässt mich nicht telefonieren?«, bemerkte Noah flapsig, der so versuchte, die Ironie an der Geschichte zu überspielen, doch sofort sah er ihre blauen Augen angriffslustig aufblitzen. »Nein, das heißt, dass ich auch keine Verbindung habe.« Sie hielt ihm das leuchtende Display entgegen. Kein Netz.

Kassandra musterte ihn. »Was haben sie überhaupt hier zu suchen, so mitten im nirgendwo?« »Ich wüsste nicht, dass dich das etwas anginge, Kass.« So einfach würde er es ihr nicht machen. »Fein, dann eben nicht, Noah.«, erwiderte sie schnippisch.

Kurz weiteten sich seine Augen, er hatte wohl nicht damit gerechnet, dass auch sie sich seinen Vornamen gemerkt hatte. »Und du bist wohl rein zufällig in der Gegend.« Kassandra öffnete den Mund bevor sie darüber nachdachte. »Urlaub – bei Freunden.« »Urlaub. Soso. Und dann verschlägt es dich ausgerechnet in diese verlassene Ecke Deutschlands?«, hakte er zweifelnd nach.

Sie sah ihm an, dass er ihr nicht glaubte. »Ja, na und?« Sie warf einen Blick auf die Uhr im Armaturenbrett. »Das ist ein freies Land, Herr Rosencreutz. Da ich ihnen nicht helfen kann und ich schon recht spät dran bin, werde ich mich jetzt wieder auf den Weg machen.« Ohne Umschweife startete Kass den Motor wieder. Sicher würde sie dem arroganten Kerl nicht anbieten ihn mitzunehmen. Es wäre ihren Auftraggebern auch kaum recht.

Noah riss die Augen auf und machte einen Schritt zurück. Täuschte er sich etwa schon wieder in ihr? Sollte es wirklich nur Zufall sein, dass sie hier auftauchte? »Das ist doch nicht dein Ernst! Du willst mich hier einfach so stehen lassen?«

Kass zuckte mit den Achseln. »Genau das habe ich vor. Sie finden schon jemanden, der ihnen helfen wird. Morsen sie doch ihrem Fahrer.« Dann legte sie den Gang ein und rauschte davon.

Noah ballte die Hände zu Fäusten und schrie seine Wut in den Wald um sich. »Bin gespannt, wo du das nächste Mal auftauchst und mir auf die Nüsse gehst!« Bis zum Schloss waren es noch gute anderthalb Stunden Fußweg. Er hatte keine Wahl, er musste dorthin und zwar so schnell er konnte.

Schloss Werode lag abgeschieden auf einem Hügel. Kass gefiel es auf Anhieb und da vor dem Schloss ein regelrechter Auflauf stattfand, verdrängte sie konsequent die erneute Begegnung mit diesem Angeber. Sie war offenbar nicht der einzige Gast auf Werode. Die Einladung hatte nicht viel ausgesagt. Sie war mit Goldschrift auf edlem Papier gedruckt worden. Entschlossen sich auf die vor ihr liegende Aufgabe zu konzentrieren, angelte sie ihr Gepäck aus dem Kofferraum und ging auf den Eingang zu.

Ihr Zimmer war sauber, hatte ein eigenes Bad mit getrenntem WC und war klassisch eingerichtet. Helles Holz und graue Seidenvertäfelungen an den Wänden. Sternparkett mit großen persischen Teppichen. Sehr nobel. Fast fühlte sie sich wirklich wie eine Prinzessin. Was Kass bis jetzt gesehen hatte gefiel ihr sehr. Nachdem sie ausgepackt hatte, hatte ein Mitarbeiter von Giovanni Balsamo sie abgeholt und sie durch das Haus geführt. Im Anschluss daran, wurde sie ins Arbeitszimmer des Italieners gebracht, um von ihrem Auftraggeber persönlich in Empfang genommen zu werden.

»Frau Alighieri! Wie schön, dass sie es einrichten konnten. Hatten sie eine angenehme Anreise?« »Aber natürlich, Herr Balsamo. Es ist mir eine Freude ihnen meine Expertise zur Verfügung stellen zu können. Wenn sie wollen, kann ich gleich mit der Arbeit anfangen.« »Ah, wir wollen nichts überstürzen.«, winkte der ab. »Wollen sie einen Kaffee oder Tee vielleicht?« Der braungebrannte Mann mit der Halbglatze lächelte sie an. Er war nicht groß, aber sicher mal ein gutaussehender Mann gewesen. »Einen Cappuccino, wenn es keine Umstände macht.«

Balsamo nickte dem jungen Mann, der sie hierher geleitet hatte zu und musterte sie danach mit schlauen, dunklen Augen. »Sie kommen aus Italien, Signora?« »Ich? Nein. Mein Vater war Italiener, aber meine Mutter aus Deutschland.«

»Dann sind sie sicher zweisprachig aufgewachsen, no?« »Als Kind habe ich italienisch sprechen können, allerdings habe ich, bis auf ein paar Worte, das meiste vergessen.«, gestand Kass. Schon als ihr der Mann vorgestellt wurde, war ihr klar, dass diese Frage kommen würde. »Das ist schade.«, sagte ihr Gegenüber bedauernd und nahm einige Seiten aus einem Vorsortierer. »Da gebe ich ihnen recht.« Balsamo musterte sie erneut und nickte stumm, während der Assistent hinter ihr den Raum betrat und ihr kurz danach einen astreinen Cappuccino servierte.

»Grazie, questo era tutto.« Danke, das war alles. Soweit reichten ihre Kenntnisse durchaus noch. Höflich nickte Kass dem jungen Mann zu und griff nach der Tasse um zu nippen. »Sie haben Kunst studiert, Frau Alighieri?« »Das habe ich. Ich habe einen Abschluss als Magistra Artium mit Auszeichnung.« Ihre Reputation schien den Italiener nicht zu beeindrucken, eher nahm er es zur Kenntnis, als wäre er es gewohnt gut geschulte Menschen zu beschäftigen. »Dann wollten sie sich schon immer mit Kunsthistorik befassen?«

Kass lächelte. »Nicht in erster Linie.« Der Kaffee schmeckte gut und weckte ihre Lebensgeister und ihr Auftraggeber schien durchaus zugänglich. »So? Was ist denn ihre Leidenschaft, wenn sie mir die Frage erlauben.« »Malerei und Bildhauerei.« »Impressionismus?« »Eher Surrealismus mit einem Hang zur Moderne.« »Klassik?« »Große Meister? In jedem Fall, aber nichts, was ich selbst mit einem Pinsel auf die Leinwand bringen wollen würde.«

Wieder nickte der Italiener zufrieden. »Sie sind eine ehrliche und aufgeschlossene Frau, das gefällt mir. Welche Erfahrung haben sie mit dem Altertum? Ägyptischer Grabkunst.« Kass schob ihre Lippen vor und reckte ihr Kinn. »Leider hatte ich selbst noch nicht oft die Gelegenheit solche Artefakte zu untersuchen, aber ich nutze die Chancen, die sich mir bieten. Das Können dazu habe ich.« Anerkennender Blick, endlich. »Sie haben Selbstbewusstsein, Frau Alighieri. Sehr gut.« Stolz grinste Kass knapp.

»Bene. Bevor sie sich dann ab morgen in die Arbeit stürzen: Parallel zu ihren Arbeiten findet hier derzeit ein mehrtägiges Firmenevent statt. Lassen sie sich davon bitte nicht stören, aber sie werden selbstverständlich daran teilnehmen. Das Ganze beginnt heute Abend mit einem gemütlichen Zusammentreffen. Ich lasse ihnen den genauen terminlichen Ablauf auf ihr Zimmer bringen. Derweil wird es dieses kurze Programm tun.« Kass nahm das Papier, dass ihr Balsamo entgegenstreckte und überflog die Programmpunkte. »Da sie nicht nur für mich arbeiten, sondern sich auch als unser Gast wohlfühlen sollen, wäre es mir eine besondere Ehre, wenn sie uns also mit ihrer Anwesenheit erfreuen, Frau Alighieri.«

Der Empfang heute Abend war wirklich erst der Anfang. Er beinhaltete auch eine Fuchsjagd zu Pferd, eine Theateraufführung, einen Ausflug mit dem Schiff auf dem Rhein. Gedanklich ging Kass die Sachen durch, die sie eingepackt hatte und so kurz über den Daumen gepeilt, hatte sie wohl grundlegend das Falsche mit. »Herr Balsamo, das ist sehr großzügig von ihnen, aber mit so etwas habe ich gar nicht gerechnet. Ich fürchte, dass meine Garderobe nicht ausreichen wird.« Vielleicht konnte sie in einer der naheliegenden Städtchen etwas Passendes finden, aber das würde Zeit kosten und die wollte sie eigentlich nicht mit Shopping verbringen und das wollte ihr Auftraggeber sicher auch nicht.

»Machen sie sich keine Sorgen, junge Frau. Sie werden feststellen, dass sich bereits eine Auswahl an Kleidern und auch eine Reitausrüstung in ihrem Zimmer befinden wird, wenn sie dahin zurückkehren. Sie tragen doch Größe 38?« Verdattert starrte Kass den Italiener an. Das war ihr ja noch nie passiert! Wie im Film. Herr Balsamo war zwar eindeutig nicht ihr Typ, aber das alles fühlte sich mehr und mehr nach einem fucking Prinzessinnen Traum an. »Ja. Sowohl Konfektionsgröße, als auch Schuhe.«, brachte sie baff hervor. »Fantastico. Ich war schon immer gut im Schätzen. Allora, lassen sie uns jetzt zum geschäftlichen Teil kommen.«, fuhr Herr Balsamo fort. Um sich zu beruhigen, nippte Kass an ihrem Cappuccino.

Dank der warmen Temperaturen, die dieser Frühling mit sich brachte, klebte Noahs durchgeschwitztes Hemd an seinem Rücken, als er endlich durch das Eingangsportal von Schloss Werode trat. Er war spät dran. Das würde seinem Onkel gar nicht passen, auch nicht, dass er sich nicht wenigstens per Telefon gemeldet hatte. Auf dem Gelände und im Schloss selbst herrschte rege Betriebsamkeit. Alles wurde für die Eröffnungsgala zu diesem Event am Abend vorbereitet.

Noah verzog angewidert den Mund, als er ein paar der Gäste entdeckte. Aktionäre, Investoren, die Schwätzer der Oberklasse. »Noah Rosencreutz! Es war also nicht nur ein Gerücht, das Giovanni in die Welt gesetzt hat, du bist tatsächlich hier.« Charles Louis, Prinz von Werode, kam auf ihn zu und streckte ihm die Hand entgegen. »Onkel Charlie! Hätte nicht gedacht, dass ihr mit der Renovierung noch vor BER fertig werdet.«, grinste er und hielt den Mann gerade noch davon ab ihn zu umarmen.

»Nicht, ich bin vollkommen durchgeschwitzt.« Der Prinz zog eine Braue in die Höhe. »Warum? Was ist denn passiert? Hat die Klimaanlage gestreikt?« »Wenn es nur das wäre. Mein Maserati hat vor einigen Kilometern den Geist aufgegeben und ist auf der Landstraße liegengeblieben. Ich vermute die

Zylinderkopfdichtung. Aber wer kann das schon genau sagen bei einem Oldtimer.« »Du bist bis hierher gelaufen? Akku leer?« »Nein, kein Empfang.« »Mist. Dann willst du sicher telefonieren.« »Jap und auf mein Zimmer, ich brauche dringend eine Dusche und umziehen sollte ich mich auch noch, bevor dieser ganze Klamauk beginnt.« Synchron blickten die beiden Männer auf ihre Uhren.

»Könnte knapp werden.« »Mit Sicherheit, zumal ich noch zu meinem Onkel muss.« »Oh, dann sollte ich dich besser nicht länger aufhalten. Wir sehen uns heute Abend.« Noah nickte und schlug dem Mann, der zwar nicht blutsverwandt mit ihm war, den er aber doch seit frühester Kindheit kannte, auf die Schulter bevor er weiterging. Am Empfang erfuhr er, dass sein Onkel die Schlüssel zu seinen Zimmern hatte. Natürlich wollte der ihn sofort sehen, wenn er hier war und das war ein sicherer Weg, um das zu realisieren. Ihm war es recht und so schlug er den direkten Weg zum Verwaltungstrakt und dem Arbeitszimmer seines Onkels ein.

»Wirklich kaum zu glauben, oder?« Wenn Kass sich in die Ecke zwischen Badezimmertür und Fenster klemmte, hatte sie Netz. Die Gelegenheit musste sie sofort nutzen, um Kia Bescheid zu geben, dass sie wohlbehalten angekommen war. »Voll der Hammer! Und du darfst dir nehmen, was dir gefällt?« »So habe ich das verstanden, ja. Ich soll an diesen Events teilnehmen und die passenden Klamotten stehen in meinem Zimmer bereit.« Es schmerzte sie etwas das, was sich auf dem Kleiderwagen befand, als Klamotten zu bezeichnen. »Ja Jackpot würde ich sagen!«, flötete ihr Kia ins Ohr. »Und jetzt erzähl mir mal von deinem geheimen Auftraggeber.« Kass verdrehte die Augen.

»Is klar, Kia. Das Wort geheim impliziert, dass ich genau das jetzt nicht machen werde. Außerdem wird es langsam Zeit, dass ich mich frisch mache und umziehe. Mein Gott. Ich weiß gar nicht, was ich da nehmen soll. Etwas von Prada oder doch lieber Dolce!« Tatsächlich nur zwei der namhaften Designer, die sie auf den Etiketten gesehen hatte. Durchweg Italiener, durchweg feinste Stoffe und hochklassige Verarbeitung. »Du, meine Liebe, hast wirklich ein Luxusproblem. Das muss man schon sagen!«, feixte Kia und Kass lachte auf. »Ja, das ist mal ganz was Neues. Gestern lieber noch den Unterwäsche 5er von C&A und heute das Versace Hängerchen.« »Glatt Blasphemie so einen Slip darunter zu tragen. Der schämt sich doch.« »Vielleicht lass ich ihn einfach weg!« Die beiden lachten auf und verabschiedeten sich. Kass versprach sich wieder zu melden.

»Ragazzo, wie siehst du denn aus?« Giovanni sagte es nicht besorgt, so wie es ein wirklicher Vater vielleicht getan hätte, er sagte es tadelnd, wie zu einem frechen Jungen. »Scheiße, weil ich die letzten anderthalbstunden durch die Mittagssonne hier rauf gelatscht bin.«, antwortete Noah barsch. »Und ist das vielleicht meine Schuld, eh?«, knurrte sein Onkel auf. »Du wolltest mit dieser alten Kutsche fahren.« »Beleidige nicht meinen Maserati Sport!« »Ah! Egal! Setz dich. Wir haben etwas zu besprechen.« »Kann das nicht bis nachher auf dem Fest warten? Ich hätte wirklich gerne meine Schlüssel und eine Dusche. Einen Abschleppdienst muss ich auch noch organisieren…«

Sein Onkel streckte die Hand nach dem Telefonhörer aus. »Pronto. Mein Neffe hatte eine Panne. Sein Wagen steht einige Kilometer vor dem Schloss auf der Zufahrtsstraße. Si. Erledigen sie das, Wolf. Grazie.« Er legte auf und wandte sich wieder zu ihm. »Erledigt. Noch etwas?« »Diese seltsame Frau, Assistentin Kass, ist mir wieder begegnet. Vielleicht wurde sie doch auf uns angesetzt.« »Glaubst du. Wo hast du sie gesehen?« Jetzt wo er einmal davon angefangen hatte, wollte er es eigentlich gar nicht mehr so breittreten und wenn sie wirklich nur zu Freunden hier unterwegs war, würde er sich nur lächerlich machen.

»Unterwegs. Angeblich wollte sie zu Freunden.« Sein Onkel zuckte die Achseln. »Das ist unerheblich, Noah. Der Caduceus ist in unserem Besitz und hier absolut sicher. Damit kommen wir auch gleich zum Thema. Hier habe ich den unterzeichneten Vertrag für dich. Das Geld, auch deine Provision, macht sich auf den Weg, sobald wir Gewissheit haben.« Noah nahm den dicken Umschlag entgegen und steckte ihn ein. »Wir konnten eine Kunstexpertin engagieren, um die Echtheit zu überprüfen. Frau Alighieri soll sich während ihrer Arbeit bei uns wohl fühlen und du, mein Bester, sollst dafür garantieren, indem du zu ihrem charmanten Schatten wirst.« Noah fragte sich, wie so oft, was er verbrochen hatte, dass sein Onkel ihn mit solchen Aufgaben betraute. Sofort hatte er eine ziemlich genaue Vorstellung von dem grauen, alternden Mäuschen, dass sein Onkel für diesen Job gewonnen hatte. »Eine Italienerin, natürlich. Kannst du mich wirklich so wenig leiden, dass du mich zum Gigolo für eine in die Jahre gekommene Kunstsachverständige degradierst.« »Noah! Du wirst tun, was ich sage. Du bist verantwortlich für den Hermesstab und damit auch für Frau Alighieri. Das ist eine Sache, die ich nur dir anvertrauen kann.« Giovanni musterte ihn versöhnlicher. »Sie ist keine Italienerin. Sie hat deutsche Wurzeln.« Sein Onkel machte eine Pause. Betont desinteressiert erwiderte Noah seinen Blick. »Sie ist in deinem Alter und dürfte dir gefallen. So schlimm wird es also nicht werden, schließlich habt ihr beide ein gemeinsames Interesse – die Kunst.«

Noah atmete tief durch. »Bist du dann endlich fertig und gibst mir die Schlüssel zu meinem Apartment? Da Smoking verlangt wird, sollte ich mich endlich umziehen gehen.«, brummte Noah gereizt. »Bene. Dann sehen wir uns nachher und Noah…« Der sprang auf und wollte nach den Schlüsseln greifen, die sein Onkel ihm wie einen Knochen vor die Nase hielt. »…halte dich in meiner Nähe auf, damit ich dir die Dame vorstellen kann, si?«

Dreimal hatte Kassandra sich umgezogen, nachdem sie eine gute halbe Stunde vor dem Spiegel verbracht hatte, um sich die Haare hochzustecken und Makeup aufzulegen. Letztlich und weil alle Kleider wunderschön waren, entschied sie sich für ein mitternachtsblaues, knöchellanges Kleid von Armani Privé mit hohem Kragen und tiefem Rückenausschnitt. Immerhin passte es zu ihren dunkelblauen Standard Pumps, die sie bei sich hatte. Der dünne Chiffon schwebte leicht wie eine Feder raschelnd über die Seide bei jedem Schritt, den sie über den Schachbrett Marmor machte. Als Kass den Gästetrakt verließ hörte sie Musik und es duftete verheißungsvoll nach erlesenem Essen. Nicht lange und ein Ober reichte ihr ein Glas von einem Tablett. »Champagner mit Maraschino Kirsche, Madame. Eine Empfehlung des Hauses.« Dankend nahm Kass das Glas entgegen. Sie ging weiter und, wie im Film, öffnete man die hohen Flügeltüren vor ihr, um sie in den Festsaal zu lassen.

»Wirklich? Das ist ja großartig, George. Kennen sie schon meinen Neffen, Noah Rosencreutz?« Gelangweilt folgte Noah seinem Onkel durch die Reihen an Gästen und musste sich vorführen lassen, wie ein Dackel. George Everton und seine Frau Poppy, - wie sehr hätte er sich gewünscht, dass es sich dabei um einen Scherz handeln würde, kamen aus den Staaten, Tennessee, um genau zu sein. Dem Paar gehörte dort eine große Farm und gerade hatten er und sein Onkel erfahren, dass sie seit Jahresbeginn das reichste Unternehmen des Bundestaates wären.

Noah interessierte das nicht, auch nicht die Geschäfte seines Onkels, selbst wenn er gut daran verdiente. Giovanni ließ ihn deutlich spüren, dass er ihn noch längst nicht für fähig erachtete, die ganze Wahrheit über das Business der Familie zu erfahren und ihm war es nur recht. Er schüttelte die dargebotenen Hände und begann das Gespräch wie wohl hunderte andere höflich und langweilig. Hallo – schön sie kennenzulernen – es freut uns sehr, dass sie die Zeit gefunden haben.

Er verbarg sein angespanntes Nervenkostüm hinter seiner aufgesetzten Fassade und duldete den Smalltalk, selbst wenn er sich lieber in eine dunkle Ecke an der Bar verzogen hätte, um dem allen zu entgehen. »Ich weiß ihre Unterstützung wirklich zu schätzen, einen schönen Abend.« Verbindlich verabschiedete sich sein Onkel von Poppy und George. Noah nickte höflich, setzte sein Champagnerglas an und leerte es in einem Zug. »Ah sehr schön, Frau Alighieri, meine Verehrung!«, hörte er seinen Onkel. Er seufzte innerlich auf, die Kunstexpertin. Dann konnte die Show ja beginnen.

Kass hatte sich umgesehen. Ihr Interesse galt vorerst weniger den Gästen, zumal sie ohnehin nicht erwartete hier jemanden zu kennen, sondern dem herrlichen Saal. Nachdem vor ein paar Jahren ein beträchtlicher Teil des Schlosses einem Brand zum Opfer gefallen war, hatte der Verwalter des Schlosses dafür gesorgt, dass es, soweit möglich, wie ursprünglich wiederaufgebaut wurde, hatte man ihr erzählt. Wenn es nach Kass Meinung ging, schien das durchaus gelungen. Das mittelalterliche Kastell und sein Festsaal mit dem dezent bemalten Deckengewölbe gefielen ihr sehr. Die Einrichtung hatte aus allen Epochen etwas zu bieten und die Kunst an den Wänden, wenn auch nicht zahlreich, bestach durch die Qualität der Meister, die sie gemalt hatten und reichte von Renaissance bis in die Moderne. Sie betrachtete gerade eines der Portrait Bilder, die hier hingen, ein echter François-Pascal Simon, als sie hörte, wie jemand ihren Namen rief. Neugierig drehte sie sich um, entdeckte Giovanni Balsamo und ging lächelnd auf ihn zu, bis sie den jungen Mann entdeckte, der neben ihrem Auftraggeber stand und ihre Knie kurz weich werden ließ.

»Frau Alighieri! Belissima! Wie ich sehe, haben sie unter der Auswahl, die wir ihnen zur Verfügung gestellt haben, etwas Passendes finden können.« Kass fing sich schneller als Noah Rosencreutz, der sich wohl an seinem Champagner verschluckt hatte und angestrengt ein Husten unterdrückte. »Welche Frau hätte das nicht. Die Sachen sind wirklich exquisit, so wie auch diese Location. Die Renovierung muss ein Vermögen gekostet haben.«

Professionell bleiben! Ermahnte sie sich innerlich. Das hier war ein Job. Was auch immer zwischen ihr und diesem Idioten vorgefallen war, hatte mit der Aufgabe, die vor ihr lag, nichts zu tun. »Ach! Charles jammert zwar, aber er hatte mehr als genug Geld zur Verfügung, glauben sie mir. Wenn sie wollen, kann ich sie dem Prinzen Werode gerne vorstellen.« Hatte sie sich da verhört? Die Fantasie, von ihr selbst in einem rosafarbenen Barbie - Ballkleid und wie sie mit einem echten Prinzen über den Marmor tanzte verdrängte Kass so schnell wie sie gekommen war. »Sie wollen mich mit einem waschechten Prinzen bekannt machen? Herr Balsamo, sie wissen, wie man die Herzen junger Frauen höherschlagen lässt.«, lächelte sie charmant und ließ einen vernichtenden

Blick über Rosencreutz gleiten, der sie seltsam intensiv anstarrte und dann die Schultern straffte.

»Auf ein Wort!«, wandte Noah sich an seinen Onkel. »Un momento, Ragazzo.« »No, subito!« Er hatte aufpassen müssen, dass er die verfluchte Maraschino Kirsche nicht quer durch den Saal spuckte, als er sah, wen sein Onkel ihm da als Kunstexpertin vorstellte. Zugegeben, das war nicht der einzige Grund weswegen ihm fast die Augen aus dem Kopf gefallen waren, aber die Dreistigkeit dieser Person schlug einfach alles. Noah packte seinen Onkel am Arm und zog ihn ein paar Schritte zur Seite. »Scusi, entschuldigen sie mich einen Augenblick, Frau Alighieri, nur einen Augenblick.«, versicherte Giovanni dieser Assistentin und wandte sich dann an Noah.

»Was ist nur in dich gefahren.«, zischte er ihn an. »Das ist die Frau, Onkel. Die mit dem Koffer, die mir ständig nachrennt!«, raunte Noah. »Das ist deine Spionin?!« »Si.« »Aber sagtest du nicht, dass es sich um eine einfache Verwechslung gehandelt haben könnte.« »Si.« Sein Onkel musterte ihn und schüttelte schließlich kurz aber energisch den Kopf. »No, no, no, Noah, wir haben die Frau überprüft, nicht nur ihre Qualifikationen, sondern auch ihr Umfeld, sonst würde sie nicht für mich arbeiten. Du irrst dich sicher und jetzt benimm dich, wie wir es besprochen haben.« »Aber…« »Finito!«, fauchte sein Onkel und wandte sich wieder der Assistentin Kass Alighieri zu, so wie er selbst auch. Feinfühlig hatte die sich abgewandt und präsentierte ihnen ihren ebenmäßigen, nackten Rücken »Signora Alighieri, entschuldigen sie nochmals. Das Personal macht immer Probleme.«, sprach sein Onkel die Kunstexpertin, die keine Spionin war und die er unmöglich behandelt hatte, an.

»Kein Problem. Wenn ich sie störe, können wir uns auch gerne später weiterunterhalten, Herr Balsamo.« Insgeheim fürchtete sie, dass dieser Rosencreutz Balsamo dazu bringen könnte, den Auftrag zu stornieren. Bert würde sie sicherlich fristlos feuern, aber dann wäre dieser arrogante Schnösel fällig. Kia und sie würden ihn aufspüren und ihn und sein Auto mit mindestens zwei Dutzend fauligen Eiern bewerfen. Diese Fantasie gefiel Kass und zauberte ihr ein passendes Lächeln ins Gesicht. »No. Alles in Ordnung. Ich möchte, dass sie meinen Neffen kennenlernen, Noah Rosencreutz. Mein ganzer Stolz.«

Aufmunternd klopfte sein Onkel ihm auf die Schulter und Noah zwang sich zu einem charmanten Grinsen. »Noah, das ist Signora Kassandra Alighieri aus dem Auktionshaus Nöbritz.« »Es freut mich sehr, Frau Alighieri.« Die Art wie er ihren Familiennamen aussprach hatte etwas Jubilierendes, schließlich hatte er ihr ja angekündigt, dass er ihn herausfinden würde, und doch klang er schön wie ein Lied aus seinem Mund. Aber den Triumpf gönnte sie ihm nicht. Als Kass ihm jedoch die Hand entgegenstreckte umfasste er sie galant und hauchte einen Kuss darauf. Überrascht von der unerwarteten Geste starrte sie Rosencreutz in seine grauen Augen, die sie stetig beobachteten. »Herr Rosencreutz.« Unschlüssig entzog sie ihre Hand der Seinen.

»Herr Balsamo, ich will ehrlich mit ihnen sein. Ich habe ihren Neffen bereits in Frankfurt kennengelernt.« »Si, si. Ich weiß!«, winkte der Italiener sogleich ab. »Eine dumme Verwechslung. Ein Zufall. Spaßig, da sich ihre Arbeit auf den Inhalt genau dieses Aktenkoffers bezieht. Machen sie sich keine Gedanken, Noah kann manchmal recht ungestüm werden, wenn man ihm etwas nimmt, was er will. No, Ragazzo?« Irgendwie liebevoll schlug der Italiener dem starrenden Schnösel zweimal in den Nacken. Doch auch das brachte den nicht zum Reden. »Wenn ihr beide mich jetzt bitte entschuldigen würdet. Dahinten ist Dimitri.«, dann verschwand Balsamo in der Menge.

»Willst du etwas trinken?« Noch bevor Kass etwas erwidern konnte, hatte sie ein frisches Glas Champagner in der Hand und Rosencreutz stieß mit ihr an, um dann sogleich einen kräftigen Zug aus dem Seinen zu nehmen. »Das ist Dimitri Kropotkin.« Er deutete in die Richtung, wo Balsamo gerade einem Mann herzlich die Hand schüttelte. »Ein russischer Oligarch und jahrelanger Geschäftspartner von meinem Onkel. Womit er sein Geld verdient weiß ich auch nicht genau, ich weiß nur, dass Russland insgesamt glücklicher wäre, wenn er das zeitliche segnet, und wenn nicht Russland, dann sicherlich seine Frau.« Er lächelte Kass schief an. »Das will ich gar nicht so genau wissen, Herr Rosencreutz.« »Wie geht's deinem Knie?« »Besser!« »Willst du nicht Noah zu mir sagen, Kass?« »Wollen sie sich nicht langsam mal bei mir für ihr Verhalten entschuldigen, denn schließlich dürfte ihnen ja jetzt klar sein, dass ich keine Spionin bin.«, erwiderte Kassandra spitz.

Ihr war nicht entgangen, wie gut der Kerl in einem Smoking aussah. Die Fliege, gerade, das Hemd lag eng auf seiner breiten Brust, das Sakko spannte sich um seine Oberarme. Ein dunkelblauer Kummerbund betonte seine schlanke Mitte und die Hose saß perfekt auf seinen Hüften. Das nervte sie. »Wenn ich mich richtig erinnere, hast du mich vor ein paar Stunden in der Einöde stehen lassen und ich musste hierherlaufen, sind wir damit nicht quitt?« Spitzbübisch glitzerten seine Augen auf, sie lächelte spröde. »Sind wir nicht. Für sie mag das ja alles nur ein Scherz gewesen sein, aber ich hatte Angst! Richtige, echte Angst.«

Noah lächelte. »Du warst zu keinem Zeitpunkt in Gefahr, das habe ich dir versichert.« Eine Strähne löste sich aus ihrer

Frisur und schlängelte sich verführerisch um ihren Hals. Genervt strich Kass sie zurück und nahm einen weiteren Schluck Champagner. So langsam sollte sie etwas essen.

Noah seufzte, er hatte sich wirklich lange genug gewunden und straffte die Schultern. »Also gut. Frau Alighieri, bitte entschuldigen sie mein unpassendes Verhalten. Es lag nicht in meiner Absicht sie zu ängstigen. Ich wollte lediglich mein Eigentum zurück. Ich hoffe, sie verzeihen mir.« Er meinte es absolut ehrlich, da lag keine Falschheit in seiner Stimme und Kass nickte stirnrunzelnd. »Danke.« »Darf ich ihnen vielleicht etwas vom Schloss zeigen oder soll ich ihnen erklären, mit wem wir heute Abend hier feiern?« »Das ist sehr nett, aber ich denke, dass ich zuerst etwas Essen sollte.« »Dann also zum Buffett. Wenn sie mir bitte folgen.«

Kass hatte keine Wahl. Rosencreutz griff nach ihrer Hand, platzierte sie gekonnt in seiner Armbeuge und nahm sie einfach mit sich. Verdattert, dass ausgerechnet dieser Kerl sich von einer zur anderen Sekunde wie ein perfekter Gentleman verhielt, folgte sie ihrer Hand und so ihm quer durch den Saal, wo in einem Bereich Tische mit Stühlen standen und weiter hinten ein Buffett von der Länge eines Wals aufgebaut war. Die Auswahl an Köstlichkeiten war erdrückend und Kass stand unschlüssig mit ihrem Teller davor. »Schwer sich da zu entscheiden. So geht es mir auch immer.« Rosencreutz lächelte sie freundlich an.

Warum leistete er ihr Gesellschaft? »Es ist einfach so viel Essen.«, erwiderte Kass höflich. »Wenn sie erlauben.« Rosencreutz nahm ihren Teller und gab ihm einen der Köche, die hinter den Tischen standen, um die warmen Speisen aufzulegen. »Sind sie gegen irgendetwas allergisch?« Kass zuckte die Achseln. »Nein, nicht das ich wüsste.« »Gut. Großer Hunger?« »Mittel.«, antwortete Kass irritiert, als sie sah, wie

Rosencreutz dem Koch diverse Anweisungen auf Italienisch gab.

Wieso war er denn jetzt plötzlich so nett? Weil sie ihm gesagt hatte, dass sie sich vor ihm gefürchtet hatte? Sie beobachtete, wie er sich heimlich ein Canapé stibitzte und sich dieses schnell in den Mund schob, als der Mann mit der weißen Haube sich umdrehte. »Ist das Essen hier nicht gratis?«, fragte sie und unwillkürlich zuckten ihre Mundwinkel. »Was? - Doch, aber so macht es mehr Spaß.«, antwortete er ihr prompt ertappt und mit vollem Mund. Kass konnte ihr Grinsen nicht mehr verhindern. »Natürlich. Für jemanden der alles hat, da ist so ein Verhalten nur logisch.« »Welches Verhalten?« »Sie glauben, dass ihnen alles gehört, sie machen können, was sie wollen, ohne mit Konsequenzen rechnen zu müssen. Also langweilen sie sich, handeln impulsiv und stören sich nicht an Verboten.« »Ach? Damit kennen sie sich wohl aus Frau Alighieri.« Er nahm den gefüllten Teller von dem Koch entgegen, angelte nach einem Besteck und schloss zu ihr auf. »Kommen sie, suchen wir uns einen Tisch. Beim Essen sollte man sitzen, das ist gesünder.«

»Weißwein?« Rosencreutz hatte ihr gekonnt den Sessel zurecht geschoben und setzte sich leicht schräg neben sie an den Tisch. »Gerne.«, nickte Kass und schnappte sich eine der Köstlichkeiten von ihrem Teller. Sagenhaft luftige Lachsmousse auf einer zurechtgeschnitzten Gurke mit Dill und einem Klacks Mango Chutney. Himmlisch. Noah winkte dem Ober und bestellte.

»Ich dachte der Name Kass wäre die verdenglischte Kurzform für Kathrin oder Katherina.« »Und jetzt sind sie enttäuscht, dass sie diese Wette an sich selbst verloren haben?«, fragte Kass und dankte dem Ober, der ihnen zwei gefüllte Gläser brachte. »Nein, so ist das nicht. Eher bin ich überrascht. Der Name Kassandra ist hier in Deutschland nicht – üblich. Wissen sie um seine Bedeutung?« »Ich weiß, dass er griechischen Ursprungs ist und dass Kassandra eine trojanische Prinzessin war. Oh – und es gibt ein Gemälde von Evelyn de Morgan, eine britische Künstlerin, gemalt Ende des 19. Jahrhunderts, das diese Prinzessin zeigt.« »Dann kennen sie gar nicht die Geschichte, die mit Kassandra im Zusammenhang steht? Schade, ich denke, sie würde ihnen gefallen.« »Wirklich? Vielleicht finden wir die Gelegenheit, dass sie mir davon erzählen können.«

Kass biss herzhaft in eine Bruschetta, um sich nicht über sich wundern zu müssen. Hatte sie das eben wirklich zu dem Mann gesagt, den sie noch vor ein paar Minuten abgrundtief verachtete? »Vielleicht.«, grinste der sie auch sofort an. Wie blendend dieser Kerl aussehen konnte. »Sie haben also Kunst studiert?« »Ja.« Antwortete sie zwischen zwei Bissen. »Das Hauptstudium habe ich an der Universität in Frankfurt gemacht und dann noch zwei weitere Semester an der Sorbonne.« Rosencreutz Brauen schossen in die Höhe. »Paris? Tatsächlich! Dann müssen sie nicht nur großes Talent besitzen, sondern auch erstklassige Zensuren gehabt haben. Was man so hört ist es nicht einfach dort angenommen zu werden.«

Kass nickte und nahm einen Schluck Wein. »Das ist wahr. Hätte ich damals nicht eine persönliche Empfehlung meines Professors und ein staatliches Stipendium vorweisen können, hätte es sicherlich auch nicht funktioniert.« »Worauf haben sie sich spezialisiert?« »Wir reden hier von Kunst, ich glaube kaum, dass man das so pauschal sagen kann. Aber wie ich ihrem Onkel bereits sagte, begeistere ich mich für die surreale Kunst und die Moderne.« Noah nickte. »Der Kandinsky in meiner Suite.« »Ja. Gerade er wusste durch die Schlichtheit stringenter Formen und den Einsatz kräftiger Farben unglaublich bizarre und einzigartige Gemälde zu erschaffen.«

Ihre blauen Augen sprühten vor Begeisterung und für einen kurzen Augenblick war Noah hin und weg. »Haben sie so etwas selbst auch schon versucht?« »Natürlich, während meines Studiums und auch noch eine Zeit danach. Auch heute male ich noch manchmal.« Er dachte an die Staffelei und die Zeichnungen, die er in der Wohnung in Eckenheim und in ihrem Koffer gesehen hatte. »Nur manchmal?« »Meine Arbeit lässt mir leider nicht genug Zeit für meine eigenen Projekte und da sich bisher noch kein Kunstmäzen gefunden hat, der mich protegieren möchte – vielleicht ist es auch einfach unmöglich, dass wir Künstler noch zu Lebzeiten entdeckt und berühmt werden.« Die Melancholie verblassender Träume lag in ihrem Blick. Nie hätte er damit gerechnet, dass Assistentin Kass studiert hatte und er hatte ihr noch zum Vorwurf gemacht, dass sie mehr aus sich hätte machen müssen. Manchmal war er so ein Idiot!

»Das halte ich für ein Gerücht.« »So habe ich das eigentlich auch immer gesehen, naja, alles in allem bin ich zufrieden, wie sich mein Leben entwickelt hat.«, lachte Kass auf. »Nur zufrieden? Ich denke, dass sie stolz auf sich sein können.« Hatte er ihr nicht bissig vorgeworfen, dass sie mehr aus ihrem Leben hätte machen können, wenn sie sich in der Schule mehr angestrengt hätte? Er hatte wohl nicht damit gerechnet, dass sie studiert hatte. »Wahrscheinlich. Herr Balsamo ist also ihr Onkel?«, lenkte Kass ab von sich. »Si.« Einsilbig. Er redete wohl nicht gerne von sich. »Er hat mir gesagt, dass hier ein mehrtägiges Firmenevent stattfindet. Das Programm klingt gut. Sie bieten ihren Gästen ja einiges.« Wieder musterte der Kerl sie so intensiv, als ob er erst darüber nachdenken würde, ob sie seine Worte wert wäre.

Noah lehnte sich zurück und schwenkte sein Glas. Die junge Frau an seiner Seite gefiel ihm immer besser. Wenn sie sprach, flammte eine ansteckende Leidenschaft in ihr auf und ihre Bewegungen waren anmutig und sanft. »Wir feiern die Fusion zweier großer Unternehmen. Da mein Onkel und ich maßgeblich daran beteiligt waren, dass der Deal sauber über die Bühne geht, war es ihm ein Bedürfnis, diese Feierlichkeiten für seine Geschäftspartner auszurichten, sie befinden sich also in reicher Gesellschaft, Frau Alighieri.« »Das ist mir durchaus aufgefallen, als sie mich in die Royal Suite des Frankfurter Hofs entführt haben.« »Und ich habe nicht vergessen, dass ihnen das im Allgemeinen wohl nicht sehr zusagt. Aber ich kann sie beruhigen, im Vergleich zu den anderen Gästen hier, bin ich ein armer Schlucker.« »Ach tatsächlich? Das ist schwer zu glauben.« »Aber so ist es.« Nonchalant schlug er seine Beine übereinander und begann zu erzählen, mit wem sie es hier zu tun hatte.

Eigentlich hatte sie immer gedacht, dass solche Oberklasse Partys stocksteif sein müssten, doch eigentlich war es gar nicht so, es verlief alles entspannt. Rosencreutz hatte ihr teils brisante, teils amüsante Details zu den anwesenden Gästen verraten, die Sorte von Geschichten, für die Kia sicherlich über Leichen gegangen wäre, um sie drucken lassen zu können. Er hatte ihr erzählt, wer im Saal etwas darstellte und wer die Prahlhänse und Angeber dieser illustren Gesellschaft waren und Anekdoten zum Besten gegeben. Langsam entspannte sie sich in seiner Gegenwart und in der ungewohnten Umgebung.

»Noah! Hier steckst du!« »Charlie, was gibt's?« Kass hatte gerade zu Ende gegessen als ein schmaler Herr mit langem Gesicht und vorstehendem Kinn die beiden unterbrach. »Gustav Reuß und Gattin haben vorhin deinen Onkel nach dir gefragt.« »Oh. Die sind hier?« Der grauhaarige Mann, der an ihren Tisch getreten war, nickte und Rosencreutz zog ein Gesicht, als hätte er in eine Zitrone gebissen. »Haben sie auch den Schiele erwähnt?«

Auch wenn Kass weghören wollte, spitzten sich ihre Ohren ganz von selbst, als der Name des österreichischen Künstlers fiel. »Nicht, dass ich es gehört hätte. Warum hast du den Preis auch so horrend in die Höhe treiben müssen? So großartig ist dieses schlafende Kind nun wirklich nicht.« Kass grübelte. Hieß das erwähnte Gemälde nicht anders?

Noah zuckte die Achseln. »Angebot und Nachfrage, Charlie. Außerdem sitzt es.« »Was?«, fragte der Herr irritiert. »Das Kind, Charlie, es sitzt.« Innerlich nickte Kass. Es ging also tatsächlich um Egon Schieles Werk Sitzendes Kind. Und Rosencreutz hatte es verkauft? Was für ein seltsamer Mann. Hatte er ihr nicht erzählt, Politik und Wirtschaft studiert zu haben? »Ah. Na meinetwegen. Dennoch hättest du den Preis humaner gestalten können.« »Wozu? Reuß scheißt Geld. Schließlich ging es dabei um eine beträchtliche Provision für meinen Onkel.«

Wie lässig sich der Kerl verhielt. So natürlich und leider irgendwie liebenswert. »Von der du sicher nicht weniger als dreißig Prozent kassiert hast.« »Wenn sie das Bild nicht erwähnen, werden wir wohl nie erfahren, wieviel es tatsächlich war.«, zwinkerte Noah und nahm einen Schluck von dem Weißwein, den er für sich und Assistentin Kass bestellt hatte. »Wenn es sich um einen echten Schiele gehandelt hat, dann ist er wohl gut und gerne zehn Millionen wert.«

Ohne nachzudenken kommentierte Kass und hielt sich im nächsten Moment erschrocken die Hand vor den Mund, als die beiden Männer sie aufmerksam musterten. »Entschuldigung.«, murmelte sie daher schnell und blickte auf das Tischtuch und ihren leeren Teller vor sich. »Charlie, ich möchte dir gerne Frau Kassandra Alighieri vorstellen. Kunstexpertin im Dienst meines Onkels.« Sie hörte das Grinsen in Rosencreutz Stimme, noch bevor sie ihn schüchtern anblickte. Offenbar nahm er ihr ihren Kommentar nicht übel.

»Frau Alighieri, das ist Charles Louis, Prinz von Werode, Verwalter und Besitzer dieses Schlosses. Eigentlich wollte ja mein Onkel sie beide bekannt machen, ich hoffe, sie nehmen es mir nicht übel, wenn ich das jetzt übernommen habe.« Kassandras Barbie – Traumprinz- Blase zerplatzte mit einem leisen plopp in ihrem Kopf. Wenn auch ein echter Prinz, war dieser Mann leider nicht Ken oder der Mann ihrer Träume.

Höflich lächelte sie und streckte dem Herrn ihre Hand entgegen. »Er freut mich sehr euer Gn…, eure Maje…, Prinz Werode.« Sie hoffte die korrekte Anrede gewählt zu haben, da sie sich wirklich nicht sicher war, wie man einen Prinzen ansprach. Schließlich passierte einem das nicht alle Tage. »Die Freude ist ganz auf meiner Seite, Frau Alighieri.«, antwortete der Prinz charmant und küsste ihr die Hand. »Sagen sie doch einfach Charlie zu mir oder Charles, das tun die meisten hier.« Dann wandte er sich wieder an Rosencreutz.

»Trotzdem, Noah, um des lieben Friedens willen, wäre es gut, wenn wir kurz zu ihnen hinüber gehen, um sie zu begrüßen und für gutes Wetter zu sorgen.« Ihr Tischpartner verzog den Mund. »Muss das sein, Charlie? Die beiden sind so schreckliche Angeber!« »Was denn? Ein durchaus geläufiges Terrain für dich, oder?«, grinste der Herr verschmitzt und Kass unterdrückte ein Schnauben.

»Na, komm. Frau Alighieri, wenn sie uns bitte kurz entschuldigen würden, ich bringen ihnen den guten Noah auch bald wieder zurück.« Kass nickte. »Kein Problem, ich wollte mich ohnehin noch etwas umsehen.« Rosencreutz beugte sich noch kurz zu ihr. »Ich bin nicht lange weg und wenn sie langweiligen Ansprachen entgehen wollen, dann meiden sie unbedingt den Biedermeier Salon.«, raunte er ihr verschwörerisch zu, bevor er aufstand und sich dem Prinzen anschloss.

Kass atmete tief durch, als die beiden Herren sich ihrem Sichtfeld entzogen, leerte ihr Glas und verließ den Tisch. Sie brauchte Bewegung. Musste sich eingestehen, dass es nicht nur am Wein lag, dass ihr der Kopf schwirrte, sondern auch an Noah Rosencreutz. An seinem Benehmen ihr gegenüber gab es bisher nichts auszusetzen. Er hatte Charme, Humor und konnte gut erzählen. Von dem arroganten, rüden Kerl, den sie kennengelernt hatte keine Spur. Allerdings war sie sich nicht sicher, ob ihr das in den Kram passte. Kia hätte ihr sicherlich geraten, dass sie aufhören sollte, sich um vergangenes zu sorgen und den Abend zu genießen und damit hätte ihre Freundin recht. Schließlich hatte er ihr, vor diesem ganzen Kofferdilemma, heldenhaft geholfen.

Beinahe hätte sich Kass tatsächlich in den Salon verirrt, doch aufbrandender Applaus und geordnete Stuhlreihen, voll besetzt, hielten sie rechtzeitig davon ab, ihn zu betreten. Schnell bog sie daher in den rechten Laufgang ab. Hier hing ein großes Gemälde, die Landschaftsmalerei erregte sofort ihre Aufmerksamkeit. Die Technik und auch das Motiv ließen Kass auf Barock schließen, das Signum des Künstlers war für sie allerdings in dem gemütlich schummrigen Licht nicht zu erkennen.

»Gefällt ihnen das Gemälde?« Kass zuckte kurz zusammen, weil sie sich völlig an die Kunst verloren hatte. »Ja. Es ist sehr klar strukturiert. Es ist schlicht und doch zeigt es eine Detailverliebtheit des Künstlers wie beispielsweise das Gras und die Blumen hier am Fuß des Brunnens. Man erkennt es auch an der Lebendigkeit der Baumstämme, die Wolkenschattierungen.« Sie wandte sich dem jungen Mann zu, der sie angesprochen hatte. Zwei freundliche grüne Augen unter einem blonden schulterlangen Schopf blitzten sie interessiert an. »Ah, ich sehe sie kennen sich mit Kunst ein wenig aus?« »Ja, ein wenig.«, grinste Kass verlegen.

Im Gegensatz zu den meisten anderen Gästen, war dieses Exemplar hier nicht nur ungefähr in ihrer Altersklasse, sondern auch noch recht gutaussehend. »Meister Anesi war wirklich ein großer Künstler seiner Zeit.«, bestätigte der Mann im Smoking. »Mein Name ist Jonathan Westcliff.« Sein schleppender Zungenschlag hatte bereits darauf hingedeutet, dass er britischer Herkunft war, sein Name bestätigte es ihr. »Freut mich. Kassandra Alighieri.«, stellte Kass sich ebenfalls vor. »Ah. Giovannis Kunstexpertin aus Frankfurt.«

Überrascht blickte sie den Mann an. »Ich wusste nicht, dass…« »…, dass der alte Mafioso Werbung für sie machen würde?«, lachte der Mann leise auf. »Mein Ruf mir vorauseilt, wollte ich sagen.« »Doch, durchaus. Man kann sagen, dass wir alle dem Ergebnis ihrer Expertise mit Spannung entgegenblicken.« Anscheinend stand dieser Westcliff näher zu ihrem Auftraggeber, sonst hätte der wohl kaum von ihr gehört oder wüsste zu welchem Zweck sie hier war. Balsamo hatte unmissverständlich klar gemacht, dass sie alles, ihre Arbeit betreffend, nur mit ihm zu besprechen hatte und gegenüber jedem anderen Stillschweigen zu bewahren, was auch der Grund für sie war sich wieder dem Bild zu zuwenden und das Thema zu wechseln. »Paolo Anesi, geboren im siebzehnten Jahrhundert. Rom, wenn ich mich richtig erinnere?!«

»Sehr gut, Frau Alighieri! Hier allerdings sehen wir den Marktplatz von Verona in der Abenddämmerung.« Noah hatte nicht lange gebraucht, um die aufreizend entblößte Rückseite von Assistentin Kass, die sich jetzt kurz erschrocken anspannte, wiederzufinden. Das Gespräch mit der Familie Reuß war gut verlaufen. Eine nette Plauderei und gottlob kein weiteres Wort zu dem Schiele. Als er sich endlich aus dieser Affäre ziehen konnte, schnellten seine Gedanken wie von selbst zurück zu der Kunstexpertin und er musste schmunzeln, weil sein Blick bereits den Saal nach ihr absuchte. Mark wäre sicher stolz auf ihn gewesen und hätte ihn unpassend angefeuert. Das Jonathan Westcliff bei ihr war, störte ihn aber. »Nate, du Nichtsnutz! Was hat dich nach Europa verschlagen?«, begrüßte Noah seinen ehemaligen Klassenkameraden, den er nur mit einem kurzen Blick bedachte, bevor er weiter auf die beiden Saphire zuging, die ihn lauernd musterten.

Lässig wie ein Panther kam Rosencreutz auf sie zu. Irgendwie fühlte Kass sich schuldig, dass er sie mit diesem Westcliff hier traf. So ein Blödsinn, das war seiner Ausstrahlung zu zuschreiben, nichts anderem, seinen hellen Augen, die unter den dunklen Augenbrauen alles zu erfassen schienen. Sein Auftreten war immens selbstbewusst und dominant. Männlich. Also nicht das, was Kass gewohnt war von dieser Spezies.

»Noah, alter Casanova! Dein Onkel natürlich. Die Einladung zu so einem wichtigen Event lässt man sich nicht entgehen. In den Staaten könnte ich kaum so schnell und effektiv Kontakte zu Europa knüpfen.« Natürlich kannten sich die beiden. Die Männer gaben sich schwungvoll die Hände und klopften sich freundschaftlich auf die Schultern. Herr Westcliff war also Amerikaner, dachte Kass verdattert, die nicht wusste, ob sie froh sein sollte, nicht mehr Rosencreutz alleinige Aufmerksamkeit zu genießen.

»Das stimmt wohl. Was machen deine Geschäfte?«, hörte sie ihn Fragen. »Man tut was man kann, es geht vorwärts.« »So bescheiden, Nate? Sie müssen wissen, Frau Alighieri, dass dieses Schlitzohr hier zu den reichsten Männern der Ostküste zählt und dabei wohl mit Stolz von sich behaupten kann, kaum einen Finger dafür gerührt zu haben. Die Geschichte mit der Börsenaufsicht ist gut verlaufen, habe ich gehört?« Der Blonde grinste, es schien ihn nicht im Geringsten zu stören, was Rosencreutz hier vor ihr preisgab. Auch wenn es Kass selbst etwas unangenehm war. Dieser Kerl verunsicherte sie maßlos.

»War knapp. Aber schließlich war es nicht meine Kohle.« Noah nickte. »Die Strafe, mit der du davongekommen bist, war lächerlich. Du verstehst, dass ich dir das nicht gönne, du Sack!« Das tat er wirklich nicht. Wegen Westcliff waren zwei alteingesessene Familienunternehmen in New York State den Bach runtergegangen und mit ihnen die Aktionäre. Er selbst hatte rechtzeitig davon Wind bekommen, dass Nate sich einmischen würde, um die Unternehmen kaufen zu lassen und konnte die Anteile die sich in seinem Besitz befanden mit geringem Verlust loswerden. So war Nate, ein opportunistischer Kapitalist, der völlig ohne Rücksicht auf andere agierte.

»Noah! Es ist eine Lady anwesend. Entschuldigen sie bitte. Aber er war schon immer ein ungehobelter Tunichtgut.« Kass lachte leise auf und erntete dafür einen amüsierten Blick von dem Amerikaner, aber auch von Rosencreutz. »Sie beide kennen sich?«, fragte Kass, die sich weder mit Aktien noch mit Geld auskannte, überflüssigerweise nach. »Wir waren in Genf im selben Internat. Dann hat dieser unkultivierte Ami Yale dem ehrwürdigen Cambridge vorgezogen und ist wieder in die Staaten zurück.«, beantwortete Rosencreutz ihre Frage.

Auf eine typisch männliche Weise wollte der seinen Freund wohl vor ihr möglichst schlecht dastehen lassen. »Oh, wow. Das ist – normalerweise hört man die Namen solcher Schulen ja eher nur in irgendwelchen Fernsehserien.« »Sagt die Frau, die an der Sorbonne studiert hat.«, kommentierte Rosencreutz flapsig. »Tatsächlich?«, warf Westcliff ein. Scheu nickte Kass. »Nur zwei Auslandssemester.« »Mein Onkel hätte sie nicht eingestellt, wenn er sie nicht für gut hielte.«

Irgendwie klang Rosencreutz Stimme eine Spur strenger, ganz so, als ob ihm ihre Zurückhaltung missfiel. »Das stimmt, Frau Alighieri, da kann ich Noah nur zustimmen. Wenn sie Giovanni von sich überzeugt haben, dann kann man daran nicht zweifeln.« »Er ist auch der Grund, warum ich sie gesucht habe, Frau Alighieri, er wartet bereits im Saal auf uns und würde ihnen gerne zwei seiner Freunde vorstellen.«

Und das sagte er erst jetzt? Sie hatte ihren Auftraggeber warten lassen, weil sie sich hier mit gleich zwei Männern unterhalten hatte. Gut, Prachtexemplare, aber das war keine Entschuldigung. »Oh. Dann sollte ich sofort zu ihm gehen.« Noah Rosencreutz bot ihr den Arm und als ob sich ein Magnet in ihrer Hand befand, zog diese sich in seine Armbeuge. »Es hat mich gefreut, Herr Westcliff, vielleicht sehen wir uns ja noch.« »Ganz bestimmt, Madame, schließlich bin ich die ganze Woche hier.«

»Du solltest dich besser um deine Networking Chancen kümmern, Nate. Kunst ist doch ohnehin nichts, was dich wirklich interessiert und wenn du doch etwas kaufen willst, dann sag mir Bescheid.« Rosencreutz klopfte ihm zwinkernd vor die Brust. »Du bist ein Halsabschneider, von dir kaufe ich nicht!«, rief Westcliff ihnen beiden nach, denn der dunkelhaarige Mann an ihrer Seite hatte sich bereits abgewandt und mit ihr auf den Weg gemacht. »Du schuldest mir etwas, glaube mir, ich bin, was das betrifft, dein einziger Kontakt, Hexer!«, warf der ihm noch über die Schulter nach. »Du bist doch nur eifersüchtig, Rosencreutz!«, hörten sie noch, dann bogen sie um die Ecke und die Musik wurde wieder lauter.

»Hexer?«, fragte Kass. »Haben sie Computer zusammengespielt?« Irritiert traf sie sein Blick. »Es ist ein Spiel, es geht um einen Hexer, Gerald von Riva, der Quests erledigen muss. Es basiert auf Büchern von einem polnischen Autor. Andrzej Sapkowski?« Sein Ausdruck wurde verwirrter. »Sie kennen es nicht, vergessen sie es einfach.« »Ich hatte nur selten Zeit zum Computer spielen. Meine Gaming Karriere endet bei – Tetris?! Ebenso verhält es sich mit Belletristik oder Romanen. Außer den Klassikern hatte ich kaum Gelegenheit in etwas anderem zu lesen, als in Tageszeitungen, Börsenzeitschriften oder Fachmaterial.« »Das tut mir leid. Das klingt nicht so, als ob sie viel Fantasie hätten.«

Erschrocken dachte sie nach, was sie gerade gesagt hatte und suchte seinen Blick. Doch die grauen Augen strahlten sie erneut amüsiert an. »Das würde ich nicht sagen, Frau Alighieri. Ich denke, sie urteilen voreilig über mich.«, parierte er zweideutig. Seine Stimme wurde eine Spur dunkler, ihre Knie reagierten damit, dass sie kurz nachgaben. »Ich dachte, dass ich mich ihren Vorgaben anpassen müsste. Schließlich habe ich nicht damit angefangen.«, schaffte sie einen frechen Konter, den ihre Fantasie in ihrem Kopf mit einem lauten Jubeln quittierte, in Anbetracht des verräterischen Verhaltens ihrer Kniegelenke.

»Dann war Hexer wohl sein Spitzname bei irgendeiner Sportart, die sie beide ausgeübt haben?« Rosencreutz lachte auf. Es klang klar und offen. So wie ein Wasserfall, der sich von grauen Felsen stürzte. »Nein. Nate ist kein Sportler. Seine Figur hat er nur der amerikanischen Fitness Industrie zu verdanken. Er zählt wohl eher zu der Kategorie Luftpumpe.

Der Spitzname hat mit seiner Familiengeschichte zu tun, um ihnen weitere Mutmaßungen zu ersparen. Man sagt, sein Großvater wäre Aleister Crowley gewesen.«

»Ach, wirklich? Der Typ mit den Tarot Karten?« »Angeblich war Crowley weit mehr als das, ein Schwarzmagier, ein Hexer. Er bezeichnete sich selbst als den Antichristen, das Große Tier 666.« »Klingt ein wenig geistesgestört, wenn sie mich fragen.« »Ach? Keine Fantasie, Frau Alighieri?« Streng schnaubte sie auf. »Er hat ein Gesetzbuch verfasst, das zur Leitschrift seiner Bewegung wurde, einer neureligiösen Bewegung. Nates Großvater hat die Begründung von Sekten überhaupt erst ins Rollen gebracht. Er war Leiter des Orientalischen Templerordens. Einer okkulten Organisation und sein Steckenpferd war die - Sexualmagie.«

Kurz neigte er seinen Kopf und raunte ihr zärtlich das letzte delikate Detail in ihr Ohr. Kass' Nackenhaare reckten sich neugierig und begleitet von einem kleinen Schauer nach oben. Das machte der Kerl doch absichtlich! Der wusste ganz sicher was für eine Wirkung er auf Frauen hatte. »Also, wo ist jetzt ihr Onkel?« Kass blieb ungeduldig stehen und sah sich kurz um.

»Mein Onkel?«, fragte Noah, der ganz vergessen hatte, mit welcher Ausrede er sich Nates vorhin entledigt hatte. Die Kleine faszinierte ihn, zog ihn an. Sie war so offen und ungekünstelt. Wahrscheinlich hatte er ihr deswegen nicht glauben können, in Noahs Leben war nur selten etwas ehrlich oder unverfälscht gewesen. »Das war nur ein Trick, um Nate stehenzulassen.« »Was?« Hunderte Sterne funkelten ihn aus dunkelblauen Iriden angriffslustig an. »Dann hatte Herr Westcliff recht! Sie sind eifersüchtig!« Etwa, weil sie sich mit dem Amerikaner unterhalten hatte? Nein! Sicher nicht! Warum auch? »Auf Nate! Sicher nicht. Wir sind zwei völlig unterschiedliche Arten Mann, glauben sie mir.« Doch irgendwas an seiner Reaktion ließ Kass zweifeln.

»So?« Noah grinste überrascht auf. Sie glaubte ihn durchschaut zu haben, das verriet ihre Haltung. »Finde es doch heraus, Kass.«, erwiderte er aufreizend herausfordernd.

Durch Kass Innerstes jagte ein Stöhnen. Schon spannend dieser Rosencreutz. Hitzköpfig und leider irgendwie sexy. Nein! Oh nein, sie war hier um zu arbeiten! »Wollen sie tanzen?« Ohne ihre Antwort abzuwarten, trat er vor sie und zog sie bestimmt an sich. Kass schnappte nach Luft und fühlte, wie sie sich bewegte. »Ich kann gar nicht tanzen.«, stammelte sie überrascht und sein Griff wurde umgehend etwas fester, gab ihr Sicherheit und sie fühlte, wie sie sich drehte. »Das sehe ich anders. Einfach loslassen, dann kann ihnen nichts passieren. Lassen sie sich führen.«

Führen! Sie! Kia würde lauthals auflachen, wäre sie hier. Ihre Freundin behielt die Nerven bei solchen Angelegenheiten, aber sie? Kass spürte seine Hüfte an der ihren. »Überlassen sie das mir.« Seine warme Hand auf ihrem nackten Rücken, die Stelle schickte ein Kribbeln ihre Wirbelsäule hinunter. Cool, Kia würde cool bleiben, sie musste cool bleiben. Nur ein Tanz mit dem Neffen eines Geschäftspartners. »Dann verspreche ich ihnen, dass es klappt.« Seine Oberschenkel, die ihre Beine zurückdrängten. Vorsichtig, aber penetrant, klopfte die Prinzessinnen Fantasie wieder an die Hintertür ihres Unterbewusstseins und Kass gab sich ihr kurz hin, schenkte Ken Rosencreutz mit einem unsicheren Lächeln einen Blick auf ihr innerstes, in der Gewissheit, dass er es ohnehin nicht sehen würde.

Sie war Künstlerin, sie musste tanzen können, es steckte in ihr, das wusste Noah. So war das mit kunstbegabten Menschen. Sie hatten nicht nur ein Verständnis für ein Fachgebiet der Kunst. Sie fühlten sie in sich, sie lebten sie und öffneten sich ihrer Schönheit auf allen Ebenen. Ob es ein Gemälde war oder in einer Oper von Verdi oder eben, wie in diesem Fall, ein Slowfox von Sinatra. Er spürte, wie ihre Glieder in seinen Armen nachgaben und sich Assistentin Kass dem Takt der Musik in seinen Armen anpasste.

Mit jeder Bewegung des feinen Stoffs, den sie trug, wehte Noah der zarte Duft von Mango und Kokos in die Nase. Ihre helle Haut war seidig weich unter seiner Hand. Seine Fingerspitzen prickelten, wenn sich ihre Muskeln darunter anspannten. Kass trieb wohl Sport. Zumindest fühlte sich ihr Körper danach an, soweit er es beurteilen konnte. Schluss jetzt, tadelte er sich streng. Sein Onkel hatte gesagt, er solle charmant sein, nicht, dass er sie flachlegen sollte. Er räusperte sich und dachte schnell an die Formel Eins Ergebnisse vom letzten Wochenende. »Wenn sie wollen, kann ich ihnen die Räumlichkeiten zeigen, in denen sie arbeiten werden.« Super, Noah! Genau. Bring sie in ein Zimmer, wo du mit ihr allein sein kannst! Fluchte er innerlich.

Kass war sich gar nicht so sicher, was sie gerade wollte. Eigentlich fühlte sie sich hier auf der Tanzfläche in seinen Armen erstaunlich wohl, aber jetzt mit Ken an ihrer Seite durch das Barbietraumhaus zu schleichen, um mit ihm allein in irgendeinem dunklen Zimmer zu landen, war sicher keine gute Idee. Er war der Neffe des Mannes, der sie bezahlte, rief sie sich erneut in Erinnerung. »Später vielleicht?«, wich sie ihm aus. »Sie haben also in Cambridge studiert, Herr Rosencreutz.«, fuhr sie unsicher fort.

Lag da etwa Erleichterung in seinem Blick? Sie wurde aus dem Kerl nicht schlau und das reizte sie – leider. »Ja, habe ich. Gemeinsam mit meinem besten Freund Mark. Sie haben ihn in Frankfurt bereits kurz gesehen.« »Der Mann, mit dem sie im Oceans waren?«, riet Kass. »Yep. Wir haben zusammengewohnt und Kunstgeschichte gemeinsam besucht.« »Kunstgeschichte.«, nickte sie, als ihr klar wurde, warum Rosencreutz sich für Kunst interessierte. »Si.« Die Musik war ruhiger geworden und Rosencreutz hatte sie aus seinem Griff entlassen. »Wollen sie vielleicht noch etwas zu trinken?« »Klar, gerne.«, sagte sie und folgte ihm an die Bar.

Bei einem Martini erzählte er ihr von seiner Schulzeit in England, Streichen, die sie ihren Lehrer gespielt hatten und brachte sie zum Lachen und - er war eine Sportskanone. Neben Reiten und Fechten, war er im Rudern unterrichtet worden und holte mit seiner Schulmannschaft die Meisterschaft in Rugby. »Also haben sie daher ihr breites Kreuz?« Noah Rosencreutz lachte auf. »Nein, ich denke, dass von meinen Muskeln heute kaum noch etwas übrig wäre, würde ich nicht regelmäßig trainieren. Machen sie Sport, Frau Alighieri?« »Ich fahre viel mit dem Rad, gehe gerne schwimmen, ach und dann haben Kia und ich es einmal mit Yoga versucht, aber irgendwie war das nichts für uns, außerdem hatten wir das Gefühl, dass uns der Trainer ständig auf den Hintern starrt.«, lachte sie auf. »Kia?« »Saskia Meinart, meine beste Freundin und Mitbewohnerin.«

»Ah.« Die Blonde, die er in Assistentin Kass' Wohnung gesehen hatte, fiel ihm wieder ein. »Hier steckt ihr beiden!« Jonathan Westcliff schloss zu ihnen auf und lümmelte sich neben Noah auf das Holz. »Ja und dabei haben wir uns so gut vor dir versteckt!«, entgegnete er seinem Schulkameraden sarkastisch, doch der ignorierte ihn. »Keine Sorge, Kumpel, ich verzieh mich ohnehin gleich in meine Suite, schließlich erwartet uns morgen ein spannendes Programm.« »Na dann, lass dich nicht aufhalten.«, erwiderte Noah.

Doch Westcliff bedeutete ihm mit einer Handbewegung, dass das noch nicht alles war und wandte sich an Assistentin Kass. »Haben sie schon einen Partner bei der Jagd morgen, Frau Alighieri?« Die Fuchsjagd! Sie würde reiten müssen, sie war schon seit Jahren auf keinem Pferd mehr gesessen. »Wenn sie gewinnen wollen, Herr Westcliff, setzen sie mit mir aber auf das falsche Pferd!«, versuchte Kass abzulehnen. »Ah!«, winkte der nur ab. »Don't buy it. Wir reiten morgen zusammen. Ich freue mich darauf.« Kass blickte zu ihrem Begleiter, doch der verzog keine Miene. »Ok, wenn sie das wirklich riskieren wollen.«, antwortete sie Westcliff zweifelnd. »Aber natürlich! Darf ich sie zum Frühstück abholen? So um neun?«

Durfte er? Noah Rosencreutz richtete sich in ihrem Augenwinkel ein Stück auf. Also war es ihm doch nicht recht, dass Westcliff das tat, aber warum hatte er selbst sie dann nicht gefragt, ob sie das Event mit ihm begehen wollte. Irgendwie steckte sie in einer Zwickmühle. Kia allerdings würde sagen: Du musst an dich denken, Kass. Tu, was du willst, alles andere ergibt sich schon. »Danke, aber ich frühstücke lieber allein. Außerdem denke ich, dass ich meinem Auftraggeber die Gelegenheit geben sollte, mich eventuell zu instruieren. Wie sie wissen, bin ich nicht nur zum Spaß hier, Herr Westcliff.« »Gut, dann morgen, um halb zwölf am Stall. Bis morgen, Frau Alighieri. Noah!« Der Amerikaner nickte ihnen beiden zu und ging.

»Sie sollten nicht mit ihm reiten, er ist ein Aufschneider. Gerade, wenn sie nicht sicher im Sattel sind, brauchen sie jemand ruhigeren an ihrer Seite.« Ach, jetzt machte er den Mund auf? »Wer sagt, dass ich nicht gut reite?« »Dein Blick eben, Kass.«, antwortete er seelenruhig. »Und sie sehen sich dem eher gewachsen?« Er grinste sie an. »Wenn es drauf ankommt. Aber es ist ihre Entscheidung.« Der Wechsel zwischen vertrauter und offizieller Anrede verwirrte sie. War es ihr jetzt unangenehm, wenn er sie duzte oder wenn er sie siezte? »Warum haben sie dann nichts gesagt?« Er zuckte die

Achseln. »Sie sind eine erwachsene Frau, sie müssen selbst wissen, was sie können und was sie wollen.«

Der Kerl war weder sauer auf sie, noch meinte er es unehrlich. »Ehrlicherweise hat mich ihr Schulkamerad ziemlich überrumpelt.« Rosencreutz verzog die Lippen zu einem schiefen Lächeln. »Das ist mir nicht entgangen. Kommen sie, wir bestellen uns noch einen Drink to go und dann zeige ich ihnen ein paar Kunstobjekte, gut?« Kass nickte. »Einverstanden.«

DIE WÄGE ZEREMONIE

Am dritten Tag werden Rosencreutz und die Gäste einer Wäge
Zeremonie unterzogen, um auf der Tugendwaage ihre
charakteristischen Qualitäten zu ermitteln. Daran scheitern die
meisten. Während diese Hochstapler fortgejagt werden, hält
Rosencreutz den Prüfungen stand, worauf er und andere Erwählte
das »Goldene Vlies« des Ordens erhalten.

»Nicht dein Ernst! Wahnsinn!«, stöhnte Kia ins Telefon.
Kass hatte sich wieder in die Ecke am Fenster gedrückt in der
sie Empfang hatte. »Und dieser Rosencreutz ist tatsächlich der
Neffe dieses Italieners?« »Ja.« Kurze Pause gefolgt von
geflöteter Euphorie. »Da will das Schicksal dir wohl etwas
sagen!« »Sicher nicht, Kia!« »Warum? Hat er sich wieder wie
ein Arsch aufgeführt? Was hat er gemacht!«
Sofort wurde ihre Stimme eine Spur mitfühlender. »Nein.
Nichts. Gar nichts.« Eigentlich hatte sie sich gestern an seiner
Seite wohl gefühlt und echt Spaß gehabt. »Wir haben gegessen
und getanzt.« »Du hast getanzt?! Das glaube ich jetzt nicht!«
Sie selbst eigentlich auch noch nicht, wenn sie so darüber
nachdachte. »Rosencreutz war wirklich nett zu mir und er hat

sich für sein Verhalten wegen dem Aktenkoffer auch entschuldigt.«

Hatte sie noch herumgeführt, hatte sie, als sie müde wurde, zu ihrem Zimmer geleitet und sich mit einem Handkuss von ihr verabschiedet. »Na logisch! War ja schließlich nur ein Versehen.« »Hm.«, brummte Kass nachdenklich. »Er gefällt dir wohl doch, gib es zu Kass!« Sie fühlte, wie ihre Wangen warm wurden. »Ach...Pfff. Lass mich damit bloß zufrieden. Er war einfach nur nett zu mir.« Sie konnte sich nichts vormachen, sie konnte Kia nichts vormachen. »Und das hat dir gefallen!« »Kia! Ich muss hier arbeiten, da bleibt keine Zeit zu flirten!«, zischte sie ihr Totschlagargument in ihr Smartphone.

»Ach Schwachsinn! Also gefällt er dir. Dann kann ich dir nur raten auf ihn anzulegen. Ich meine: Hallohooo!! Royal Suite im Frankfurter Hof, Chauffeur, mehrere Autos. So ein Exemplar lässt man nicht einfach weiterziehen, ohne es wenigstens zu versuchen. Ich würde…« »Ich werde mich gleich erstmal in die Arbeit stürzen nach dem Frühstück.«, unterbrach Kass Kia's Euphorie und warf beiläufig einen Blick auf ihre Armbanduhr.

Halb acht. Sie wollte spätestens um acht bei Giovanni Balsamo sein, um endlich anfangen zu können. Wenn sie tatsächlich schon um halb zwölf wieder am Stall sein musste, um an dieser Jagd teilzunehmen, blieb ihr ohnehin nicht viel Zeit. »Du bist langweilig, Kass!« »Pflichtbewusst, Kia!« »Nenne es wie du willst. Ich muss jetzt jedenfalls los. Nicht das Richard wieder sauer ist, weil ich mal fünf Minuten zu spät dran bin. Meld' dich, Süße.« »Mach' ich, einen schönen Tag und bis dann.«

Achtuhrfünfzehn. Wie ein Uhrwerk, schnell und regelmäßig, klackten Kass' Hacken über den Marmor. Selbstverständlich hatte sie sich etwas in der Zeit verschätzt, doch die Tür zu Balsamos Büro lag bereits vor ihr. Sie wurde etwas langsamer, als sie bemerkte, dass sie einen Spalt offenstand und hob sich auf die Zehenspitzen, um ihren Auftraggeber nicht zu stören oder, um sich unbemerkt wieder zurückziehen zu können, wenn sie etwas hören sollte, was nicht für ihre Ohren bestimmt war, als Balsamos Stimme laut und klar zu hören war.

»Dann kümmern wir uns eben nach dem Event darum, Noah. Nach Möglichkeit will ich verhindern, dass jemand das Schloss verlässt, das Event ist zu wichtig. Auch du bleibst.« »Onkel, das ist lächerlich. Es wäre nur eine Nacht, morgen wäre ich aus Hamburg zurück.« »Noah, no! Capito?« »Wir werden Hunderttausende verlieren.« »Peanuts im Vergleich zu dem, was uns diese Veranstaltung bringt. Wenn Rastin keine zwei Wochen länger auf den Rauschenberg warten will, dann finden wir eben einen anderen Käufer.« »Aber ob der dann auch bereit ist dieselbe Summe zu investieren?« Rauschenberg. Anscheinend ging es um eine Pop Art Skulptur mutmaßte Kass. »Noah, du bleibst, basta! Wie ich gestern Abend sehen konnte, hast du dich gut amüsiert?« Eigentlich sollte sie nicht lauschen, tadelte Kass sich streng und wollte sich gerade leise abwenden, als Balsamos Frage sie erneut aufhorchen ließ.

Noah spannte sich an. »Spar dir dein geheucheltes Interesse, Onkel. Das kümmert dich doch sonst auch nicht.« Und er wollte unbedingt verhindern, dass sein Onkel wusste, dass er sich tatsächlich gut mit der hübschen Assistentin Kass amüsiert hatte. Ehrlicherweise wollte er sie beim Frühstück erwischen, bevor Nate sie in die Finger bekam. »Scusate me, Noah, dann habe ich mich wohl geirrt.« Entschuldigend faltete Giovanni seine Hände. »Jedenfalls will ich dich loben, dass du dich deiner Aufgabe mit so großem Enthusiasmus widmest. Frau Alighieri schien hin und weg von deinem Charme, weiter so, immer weiter so. Sie soll sich hier wohlfühlen, ihre Arbeit ist wichtig, das machst du gut.« Noah unterdrückte ein genervtes Stöhnen. »Wenn ich dann bitte gehen könnte, ich würde gerne noch etwas frühstücken und dann nach unseren Tieren sehen, bevor es zur Jagd geht.«, erwiderte er gereizt. »Naturalmente, Ragazzo, wir sehen uns dann später.«

Kass traute ihren Ohren nicht, hatte Balsamo seinen Neffen etwa auf sie angesetzt? Wie schleimig der Italiener das betont hatte. Wie ablehnend und kalt »Ken« klang, dachte sie sich. Deswegen war dieser Rosencreutz also so freundlich gewesen! Weil sein Onkel es so wollte! Das war alles. Natürlich, wie hatte sie auch nur einen Augenblick glauben können, dass es an ihr lag. Die Wut auf diesen Arsch und sich selbst, die in Kass hochstieg, schmeckte nach Galle. Bitter und heiß.

Ihre Barbie- Prinzessinnen Fantasie- Seifenblase zerplatzte endgültig und wurde von ihr durch ein Bild ersetzt, auf dem sie ihm eine schallende Ohrfeige versetzte und sich dann triumphierend abwand. In ihre Rachegedanken versunken, hätte sie beinahe vergessen schnell ein paar ungelenke, aber leise Sprünge zurück zu machen, um dann, äußerlich ruhig und möglichst unbekümmert erneut auf die große Tür zu zugehen, ihre geballte Faust zu heben und vielleicht ein wenig zu forsch anzuklopfen. Na warte, Rosencreutz, bald regnet es faule Eier.

Noah schritt auf die Tür zu, an der es in diesem Moment vehement klopfte und riss sie auf. »Si?«, ranzte er ungehalten. Da stand sie, die dunkelhaarige Elfe, in ihren schmalen Jeans und einer schlichten, weißen Bluse. Ihr Haar glänzte noch feucht und fiel ihr offen über die Schultern. »Oh – Frau Alighieri, guten Morgen.« Noah fühlte wie sich seine Mundwinkel von selbst nach oben zogen, auch wenn sie seinen Blick ziemlich unterkühlt erwiderte. Vermutlich konzentrierte sie sich lediglich auf ihre Arbeit hier.

Er sah ertappt aus, soweit Kass es beurteilen konnte, wie er so vor ihr stand mit so einem dümmlichen Grinsen in seinem Gesicht. Gut so! Kass versuchte zu ignorieren, wie gut er in dem einfachen dunkelblauen Strickpullover und der normalen Jeans aussah und reckte stolz ihre Nase etwas in die Höhe. »Herr Rosencreutz.« Sie ging an ihm vorbei, ohne ihn eines weiteren Blickes zu würdigen, grüßte ihren Auftraggeber, ließ sich auf einem der Sessel nieder und wartete, bis die Tür hinter ihr ins Schloss fiel. Jetzt war nicht der Zeitpunkt, um das zu klären.

Kass war begeistert von ihrem Arbeitszimmer. Herr Balsamo hatte sie persönlich in den großen Turm und ins oberste Stockwerk begleitet, den Aktenkoffer hatte er bei sich. Das Zimmer war groß und, da ringsherum Fenster angebracht waren, wunderbar hell. So hatte sie sich ihr Atelier immer vorgestellt. Hoch oben, mit einem freien Blick und viel Licht. Die Einrichtung war auch hier bunt zusammengewürfelt. Auf großen Teppichen stand ein großer, dunkler Schreibtisch aus Kirschholz, mit einem Drehsessel dahinter und zweien davor. Flipcharts und Board tummelten sich daneben an der Wand, ein weiterer Tisch mit einer Chemiestation und einer Menge Fläschchen war ebenfalls vorhanden.

Balsamo wies auf den Sessel hinter dem Schreibtisch. »Frau Alighieri.«, fing er an, nachdem sie sich niedergelassen hatte. »Kommen wir jetzt also zu ihrer Arbeit.« Er platzierte den verhängnisvollen Aktenkoffer zwischen ihnen auf dem Tisch und öffnete ihn. Der Inhalt hatte sich nicht verändert. Mehrere Mappen und Dokumente, das seltsame alte Buch, der übergroße Brieföffner. »Was sie hier sehen sind alle vorhandenen Aufzeichnungen und Kopien von Isaac Casaubon, einem Schweizer Humanisten und Philosophen, die es weltweit gibt. Ich erwarte nicht, dass sie bis heute von ihm gehört haben. Das Buch, die Originalabschrift von Marsilius Ficinus der ebenfalls Humanist und Philosoph war, aus der besagter Casaubon versuchte schlau zu werden und schließlich…« Balsamo strich fast verliebt über den Brieföffner, bevor er ihn vorsichtig aufnahm und ihn ihr vor die Nase hielt. »…der Caduceus.« Der Brieföffner war das geheimnisumwobene Artefakt?

Kein Wunder, dass Rosencreutz so nervös geworden war, obwohl - so besonders sah das Ding gar nicht aus. »Der Caduceus.«, wiederholte Kass artig und, wie sie hoffte, respektvoll. »Der Caduceus ist nicht einfach nur ein Kunstobjekt, Frau Alighieri, man sagt, dass er eine Reliquie göttlichen Ursprungs wäre. Wissen sie, was das bedeutet?« Zweifelnd betrachtete sie das Objekt etwas genauer. »Selbstverständlich, Herr Balsamo. So wie etwa Gungnir, Odins Stab, oder auch das Leintuch von Turin.« »Ganz genau. Was wir also von ihnen wissen wollen ist: ist der Caduceus, den ich hier in meinen Händen halte echt oder eine Fälschung.«

»In vielen Pantheons gab es viele Götter, aus der Bibel fällt mir da spontan keine Geschichte ein die ein solches Artefakt benennt.« »Nein, in der Bibel werden sie über ihn nichts finden, auch nicht in der Thora oder im Koran. Dieses Objekt ist älter.« »Älter. Also Antike. Darf ich?« Sie streckte ihrem Auftraggeber die Hand entgegen und er legte ihr den Brieföffner vorsichtig in die Hand. »Was sie hier in Händen halten, Frau Alighieri, könnte der Stab des Götterboten Mercurius sein.« Kass runzelte die Stirn. Er fühlte sich metallisch an und doch auch nicht, war verhältnismäßig schwer für seine Größe und glatt. »Was denken sie? Ist es ihnen möglich die Echtheit zu verifizieren?« Der Stab schien aus verschiedenen Materialien zu bestehen. Der Griff bestand aus einem geraden Stab, um den sich zwei weitere nach oben wanden. Ein bisschen wie auf den Bildern, die man von Merkur, dem Götterboten kannte und doch auch irgendwie ganz anders, schmaler, länger.

»Ich werde einige Tests durchführen müssen und mich in die vorhandenen Recherchen einarbeiten, aber ich denke durchaus bestimmen zu können, wie alt dieses Artefakt ist und woher es stammen könnte.«, nickte Kass zuversichtlich und wollte Balsamo den Brieföffner zurückgeben. »Nicht, dass wir uns falsch verstehen, Frau Alighieri. Ich habe sie nicht herbestellt, um Mutmaßungen zu erhalten, ich brauche die Echtheit dieses Artefakts garantiert.« Irgendwie wurde sein Blick dabei drängend und kalt. »Das habe ich verstanden, Herr Balsamo, doch zu diesem Zeitpunkt ist es mir kaum möglich Garantien abzugeben.«

Irgendwie gefiel ihm ihre Antwort nicht, selbst wenn er wissen musste, dass sie recht hatte. Kein Experte der Welt wäre dazu in dieser Situation bereit. »Gut, wenn sie noch etwas brauchen oder telefonieren müssen, dann geben sie bitte meinem Neffen oder mir einfach Bescheid.« »Vielen Dank, Herr Balsamo. Aber ich habe ein Handy.« »Wie ihnen vielleicht noch nicht aufgefallen ist, ist so ein Gerät hier vollkommen nutzlos. Auf Schloss Werode gibt es keinen Netzempfang, auch in der Umgebung leider nicht. Auch eine Internetleitung ist nicht gelegt worden. Wir sind hier wirklich in der Einöde. Abgeschottet von der Welt dort draußen.« Auch wenn Balsamos Ausdruck freundlich war, die Art wie er das eben gesagt hatte, machten ihr eine Gänsehaut.

»Gut, dass ich nicht zur Klaustrophobie neige.«, schloss Kass so frech es ihr möglich war. »Sehr schön und wie erwähnt: brauchen sie etwas, dann sagen sie es. Wir sehen uns dann zum Abritt und vergessen sie nicht ihr Büro gut zu versperren, bevor sie es verlassen.« Der Italiener ging. Kass nutzte die Gelegenheit, um sich noch etwas in ihrem Turmzimmer umzusehen.

Der Caduceus – ob ihr Auftraggeber enttäuscht war, dass sie das Artefakt nicht sofort hatte bestimmen können oder noch nicht viel darüber wusste? Nachdenklich legte sie den Brieföffner zur Seite und griff sich das seltsame Buch. Es war auf Latein. Natürlich. Gut, dass sie auf ihrem Notebook eine Software hatte, die ihr helfen würde, denn auch wenn sie das große Latinum hatte, allein damit wäre es nicht zu schaffen. Sicher würde sie vorerst gar nichts brauchen und schon gar nicht von Noah Rosencreutz. Der brauchte sich nur nicht einzubilden, dass er sie mit seinem aufgesetzten Charme eingewickelt hatte. Damit legte sie das Buch auf ihren Schreibtisch und ging frühstücken.

Um sich abreagieren zu können, hatte Noah zuerst nach den Pferden gesehen. Sein Onkel selbst würde nicht reiten, er würde vorausfahren, um sie am Ziel der Jagd in Empfang nehmen zu können. Wolf würde mit dem Fuchsschwanz voran reiten und die Gesellschaft versuchen, ihn diesem vom Sattel zu reißen. Wolf würde auf einer flinken Trakehner Stute reiten, er selbst hatte sich für Apoll entschieden, einem weißen Hannoveraner mit hohem Stockmaß. Westcliff war ebenfalls ein Hannoveraner zugeteilt, aber Ravenno war kleiner als sein Hengst und scheute gern vor Sprüngen. Dafür war er vermutlich schneller. Gewinnen würde der Amerikaner jedenfalls nicht. Schmunzelnd überprüfte Noah die Verteilung und korrigierte noch etwas nach, bevor er sich weit besser gelaunt als zuvor, auf den Weg zum Gartensalon machte.

Das Frühstückszimmer war eine Hommage an die Renaissance. Völlig überladen mit Fresken und bunt bemalt, mit großen, gläsernen Flügeltüren, die auf Park und Terrasse wiesen. Der Raum war gut besetzt und es roch nach frischem Kaffee, der von emsigen Obern an die Gäste ausgeschenkt wurde, die sich leise unterhielten, mit Tellern oder Tassen klapperten. Das Buffett war nicht viel kleiner, als am Abend zuvor und alles roch einladend.

Kass nahm noch einen letzten Atemzug Speck und Rührei, bevor sie sich energisch der Auswahl an Körnern und Samen widmete. Frischem Obst und Kefir. Ein paar Nüsse und Käse! Hmm…Käse! Kass Innerstes, das niemals aus der Form geraten konnte oder fett werden würde, zelebrierte mit ihren Geruchsknospen eine kleine Anbetung an das Milchprodukt, das hier in großer Auswahl vorhanden war. Leise seufzte sie. Sie musste hier weg. Schnell pickte sie sich einen Löffel aus dem Fach dafür und wandte sich zum Gehen. »Hoppla!« Und rannte direkt in Noah Rosencreutz hinein.

Schnell hatte er den süßen Hintern unter dem Rest, der hier so vertreten war, ausgemacht und war direkt auf sie zugesteuert. »Können sie nicht aufpassen!«, zischte sie ihn umgehend an. »Wir beide sollten nicht Essen gehen, jedes Mal geraten wir dabei aneinander.«, kommentierte Noah belustigt die Situation und fing sich einen wütenden Blick ein. »Du bist diesmal in mich gelaufen, Kass.«, setzte er frech hinzu, als sie nichts sagte. »Dann entschuldigen sie bitte, Herr Rosencreutz!«, antwortete sie schnippisch, machte einen Schritt zurück und ging dann in einem demonstrativen Bogen um ihn herum.

»Ah – ein Morgenmuffel!?«, hörte sie ihn ihr nachraunen, doch sie achtete nicht weiter darauf und suchte sich einen Platz. Kass brauchte Zeit für sich, um zu überdenken, wie sie mit dieser Rosencreutz- Situation umgehen sollte. Denn, selbst wenn er sie nicht freiwillig bespaßte, war er noch immer der Neffe ihres Auftraggebers und konnte ihr, im schlimmsten Fall, vielleicht sogar schaden. Also musste sie, wohl oder übel, ihren Grant hinunterschlucken und freundlich bleiben. Distanziert, aber höflich.

»Oder vielleicht ärgern sie sich auch über sich selbst, weil sie sich bei dieser Auswahl für ein Müsli entschieden haben, anstatt etwas Anständiges zu sich zu nehmen?« War er ihr tatsächlich gefolgt? Ohne auf ihre Einladung zu warten, zog sich Rosencreutz einen Stuhl an ihrem Tisch zurecht und setzte sich neben sie, was Kass aufgeschreckt zurückweichen ließ. »Vielleicht haben sie auch einfach nur schlecht geschlafen?« Konnte er sie nicht einfach zufriedenlassen, nein konnte er nicht, schließlich musste er ja der Anweisung seines Onkels Folge leisten. »Danke, ich habe gut geschlafen, Herr Rosencreutz.«, antwortete sie leicht säuerlich.

»Das freut mich.« Natürlich hatte Mister Perfekt sich den Teller mit Speck und Rührei vollgeladen, in das er jetzt herzhaft hineinstach. »Freuen sie sich schon auf die Jagd?« »Ja – nein.« Grrrrrrr. Kass verdrehte die Augen. Wie sollte sie gegen diese Charmeattacke denn ankommen! »In erster Linie freue ich mich darauf mich gleich in die Arbeit stürzen zu können.«, antwortete sie betont kühl.

»Ah, dann waren sie vorhin bei meinem Onkel, um sich in ihre Arbeit einweisen zu lassen?« »Ja.« »Und er hat sich wohl nicht von seiner besten Seite gezeigt? Er kann ziemlich ruppig werden.«, hakte Rosencreutz nach, als Kass nicht sofort reagierte, sondern ihren Löffel gereizt in ihre Haferflocken stieß. »Am Benehmen ihres Onkels gibt es nichts auszusetzen,

Herr Rosencreutz.«, versicherte sie ihm knapp. »Dann liegt es an mir?«, fragte er und seine grauen Augen blitzten sie charmant an. »Sicher nicht.«, log Kass schnell und stopfte sich eine weitere Ladung Müsli in den Mund.

Also lag es an ihm. Aber was hatte er falsch gemacht, fragte sich Noah insgeheim. Als er sie gestern Abend zu ihrem Zimmer gebracht hatte und sich verabschiedete, war doch noch alles in Ordnung gewesen.

Wieder starrte er sie an – freundlich, fast bewundernd. »Na dann kann man ja nur hoffen, dass sie zur Jagd später besser gelaunt sein werden, Frau Alighieri. Sonst würde ich ihnen gerne gleich davon abraten teilzunehmen.« »Ach? Weil ich nicht mit ihnen reite?!«

Noah stutzte. »Nein, weil sich ihre schlechte Stimmung sonst auf die Pferde übertragen könnte, so etwas macht die Tiere nervös.« Er hielt einen der Ober auf. »Due Espressi doppio, prego.« Er drehte sich zu ihr. »Milch?« Kass schüttelte den Kopf. »Grazie.« Der Kellner verschwand. »Bei dem was wir heute vorhaben, hätten sie sich ruhig ein nachhaltigeres Frühstück gönnen können. Ob ihnen die paar Körner genügen, wenn sie den halben Tag im Sattel verbringen werden, wage ich zu bezweifeln.« »Danke, aber ich glaube, sie müssen sich keine Sorgen um meine Kalorienzufuhr machen. Ich bin schon groß und kann selbst entscheiden, was ich will.«,

erwiderte sie bissig. »Selbstverständlich, das wollte ich damit auch nicht sagen.« »Und was wollten sie dann sagen, Herr Rosencreutz?« »Am besten sage ich wohl gar nichts mehr, denn irgendwie scheinen sie einen schlechten Tag zu haben und ich stehe nicht gern schuldlos in der Schusslinie.« Der Ober kam und stellte den Kaffee vor ihnen ab. »Ich habe keinen schlechten Tag, Herr Rosencreutz.« »Dann sind sie tagsüber immer so freundlich?« Entschuldigend hob er die Augenbrauen, als sie ihn erneut anfunkelte.

»Haben sie ihr Büro schon gesehen?«, fragte er unbeirrt weiter. Er ließ sich von ihr nicht abbluffen, natürlich nicht, sie war ja seine Aufgabe. »Habe ich. Es ist hell und freundlich. Das gefällt mir gut.« »Fein. Wenn sie etwas brauchen sollten, etwas fehlt, dann sagen sie es mir einfach. Ich werde sie gerne unterstützen.« »Danke, Herr Rosencreutz, aber derzeit habe ich keinen Grund zu klagen.« »Das freut mich. Ich bin schon sehr gespannt, wie sie das Artefakt beurteilen.« »Den Caduceus?«

»Den Caduceus, ja.« »Wie ich ihrem Onkel schon sagte, ist es zum jetzigen Zeitpunkt völlig unmöglich zu sagen, ob es sich um eine echte Reliquie handelt oder eine Fälschung.« »Das ist mir durchaus klar, Frau Alighieri.« Murmelte er, schob sich sein letztes Stück Speck in den Mund und spülte es mit dem restlichen Espresso hinunter. »Auch wenn diese Nachricht meinen Onkel sicherlich enttäuscht hat. Er glaubt, dass er immer alles sofort bekommen würde. Alles muss nach seinem Willen laufen, wie bei einem kleinen, trotzigen Kind.«

»Und sie sind nicht so, Herr Rosencreutz? Denn wenn ich mich recht erinnere, sind sie Herrn Balsamo da nicht unähnlich.« Noch immer angriffslustig, nahm Noah zur Kenntnis. Das Frühstück hatte etwas von einem Eiertanz. So hatte er sich das eigentlich nicht ausgemalt. »Auch wenn es ihnen vielleicht nicht so vorkommen mag, Frau Alighieri, musste ich auf vieles in meinem Leben verzichten. Kommen sie, ich geleite sie zu ihrem Büro.« Er stand auf und blickte sie abwartend an. »Danke, Herr Rosencreutz, ich finde mich schon zurecht, wenn ich etwas brauche, melde ich mich.«

Auch Kass stand auf, machte auf dem Absatz kehrt und ließ ihn einfach stehen. Verdutzt blickte Noah ihr nach. Er würde schon noch herausfinden, was Assistentin Kass über die Leber gelaufen war und sicher würde es ihm Spaß machen.

Kass hatte sich in einer Abhandlung über diesen Merkurstab festgelesen. Sie war aus dem späten achtzehnten Jahrhundert, in damaligem Deutsch verfasst. Der Autor, ein gewisser Führenberg, beschrieb, wie er versucht hatte, das Material zu bestimmen und schließlich zu dem Schluss kam, dass es sich wohl um ein nicht erforschtes Erz handeln musste. So weit so seltsam. Allerdings war der Bericht lange vor der Zeit eines vernünftigen, chemischen Labors geschrieben worden.

Ein Blick auf die Standuhr ihr gegenüber an der Wand jedoch erinnerte sie, dass sie die Zeit völlig vergessen hatte. Leise fluchend sprang Kass auf und rannte los, um dann, eine gefühlte Ewigkeit später in Reiterkluft die versammelte Haute Volée bei den Stallungen zu finden. Balsamos Ansprache hatte bereits begonnen. Kass huschte die letzten Meter heran und mischte sich möglichst unauffällig unter die anderen Gäste.

Doch sie bekam kaum Gelegenheit, Giovanni Balsamo ihre Aufmerksamkeit zu schenken, denn man hatte sie bereits entdeckt. »Mylady, ich werde ihnen den Fuchsschwanz auf einem Silbertablett servieren.« Kass entdeckte Jonathan Westcliff neben sich und blinzelte ihn an. Wie schneidig er aussah in den dunklen Reithosen und den polierten Stiefeln mit dem rehbraunen Rand. Das dunkelgraue Reitsakko saß perfekt an seinem schlaksigen Oberkörper und sein blondes Haar hatte er mit einem Gummi verwegen oben am Hinterkopf zusammengefasst. »Herr Westcliff, ich freue mich.«, flüsterte Kass ihm mit einem verlegenen Grinsen zu.

»Eine kleine Stärkung?« Er hielt ihr einen Flachmann vor die Nase und der Geruch von starkem Alkohol stieg ihr in die

Nase. »Oh danke. Lieber nicht.« Der Amerikaner zuckte mit den Achseln und setzte die Flasche an. Das konnte ja was geben, dachte sich Kass und versuchte sich auf das zu konzentrieren, was Balsamo sagte. »Haben sie gut geschlafen, Frau Alighieri?« Erneut huschte ein Grinsen über ihr Gesicht. »Herr Westcliff, sollten wir nicht zuhören, damit wir wissen, was zu tun ist?«, raunte Kass ihm zu.

»Das weiß ich schon seit heute Morgen. Ich kenne die Karten und die Einteilung. Hängt alles aus. Machen sie sich keine Sorgen, Frau Alighieri. Sie müssen mir einfach nur hinterher reiten. Wir haben den Sieg so gut wie in der Tasche. Gibt nicht viele auf die wir aufpassen müssen.« »Ach? Und wer wäre das zum Beispiel?«, hakte Kass amüsiert nach. »Mein Freund George ist nicht schlecht im Sattel, dann dieser Reinprecht und seine Frau. Sie wirken sportlich und die Pferde, die sie haben, sind schnell und natürlich müssen wir auf die Italiener aufpassen.« »Wer reitet denn alles für die Italiener?«, zischte Kass und rückte näher an Westcliff.

»Einige. Aber am meisten müssen wir wohl auf Noah Rosencreutz achten. Sein Hengst ist aus Balsamos Zucht der Beste. Apoll, ein Hannoveraner. Große Sprungweite. Meiner, Ravenno, ist kleiner, aber wendiger.« Er nahm noch einen Zug aus seinem Flachmann bevor er ihn wegsteckte, um dann von einem Ober, der in ihre Nähe kam, zwei Gläser vom Tablett zu nehmen und eins davon Kass in die Hand zu drücken. Das hatten die Herren wohl alle drauf. »Sie können Herrn Rosencreutz wohl nicht besonders leiden?«, fragte Kass und roch an dem Glas in ihrer Hand, Champagner. »Na. So würde ich das nicht sehen.«, antwortete Westcliff breit. »Wir sind alte Rivalen, sie verstehen? Ich würde ungern hinter ihm durchs Ziel reiten, das würde meinen Stolz verletzen.« Er stieß mit ihr an. »Trinken sie, dann werden sie etwas lockerer.«

Wollte er etwa sagen, dass sie steif war? Strenggenommen war sie doch eigentlich im Dienst. »Ich sollte wirklich nichts trinken, Herr Westcliff. Schließlich bin ich hier angestellt.« Seine grünen Augen blitzten sie frech an. »Aber doch nicht jetzt, jetzt sind wir hier, um Spaß zu haben!« Er prostete ihr zu und Kass nippte vorsichtig an ihrem Glas. Das konnte ja heiter werden.

»Wie kommen sie mit ihrer Arbeit voran?« Kass winkte ab. »Noch gar nicht, strenggenommen hatte ich knappe drei Stunden bisher zur Verfügung.« »Am Nachmittag haben sie sicher Zeit sich wieder in die Arbeit zu stürzen.« Kass nickte zustimmend. Das hatte sie vor.

»Sie haben einen berühmten Urgroßvater habe ich gehört?« Der gutaussehende Amerikaner blickte sie kurz verwundert an, kombinierte aber schnell. »Ich verstehe, Noah hat ihnen erklärt, was es mit meinem Nicknamen auf sich hat.« Kass lächelte zustimmend. »Der Hexer. Entschuldigen sie, ich war neugierig.« »No prob. Die meisten Leute wissen wahrscheinlich nicht mal, dass mein Urgroßvater Kinder hatte.« »Kannten sie ihn noch persönlich?« »Nein. Er war schon tot, aber meine Großmutter hat sehr blumige Geschichten von ihm zum Besten gegeben. Ebenso meine Mutter, sie können sie gerne danach fragen, wenn es sie interessiert.« Kass lächelte auf. »Sicher, wenn ich das nächste Mal in die Staaten komme.« Doch Westcliff schüttelte den Kopf. »Müssen sie nicht, sie ist hier. Meine Mutter ist die hellblonde Dame dort vorne, die da bei Reuß und Dimitri Kropotkin steht. Sie heißt Elizabeth Hill.«

Kass folgte seinem Arm, der kurz in die Richtung deutete. »Glauben sie an die Theorien ihres Urgroßvaters?«, murmelte Kass und musterte dabei die Frau. Ihr Sohn hatte dieselben Augen wie sie, dasselbe Kinn. Das folgende Lachen des Amerikaners wirkte auf Kass etwas aufgesetzt. »Nein! An diesen Humbug glaube ich nicht.«, versicherte er ihr verbindlich und wechselte dann das Thema. »Ich habe vorhin auch gesehen welche Stute ihnen Noah zugeteilt hat. Annabell. Ich habe mir das Tier angesehen und würde ihnen abraten davon sie zu reiten.« Überrascht blickte Kass den Amerikaner an. »Weil sie zu wild ist für mich?«

Nate Westcliff lachte auf. »Nein, weil sie selbst dann noch nicht schnell genug wäre, um mit den anderen Tieren mitzuhalten, wenn man ihr eine Ladung Chilis in den Hintern stopft. Glauben sie mir, damit gewinnen wir keinen Blumentopf. Ich lasse gerade eine andere Stute für sie satteln. Tosca heißt die Lady. Der Stallmeister sagte mir, dass sie flink sein soll. Sie können doch reiten.« »Naja, es ist eine Zeit her, dass ich das letzte Mal im Sattel saß, aber ja.«, antwortete Kass schüchtern. »Ah. Sie schaffen das, Frau Alighieri.« Die Jagdgesellschaft applaudierte, da Giovanni Balsamo seine kleine Ansprache wohl beendet hatte. Danach wurde es geschäftig. »Was passiert jetzt?« »Jetzt holen wir unsere Pferde.«, grinste Westcliff und gemeinsam gingen sie in den Stall.

Das Gebäude war niedrig, aber lang. Kurz überschlagen standen hier wohl an die 30 Tiere und warteten auf ihre Reiter. Nate Westcliff brachte sie zu der Box, in der ihre Stute auf sie wartete und ging seinen Hengst holen. Er wollte draußen auf sie warten. Eine schöne Fuchsstute schnaubte freundlich und streckte neugierig den gezäumten Kopf in ihre Richtung. Ihr Fell schimmerte kupferfarben auf. Kass hielt ihr die Hand hin, um das Pferd sie riechen zu lassen und griff dann beherzt die Zügel. Das Tier folgte ihr brav aus der Box und hinaus auf den Platz. Soweit, so gut.

Es dauerte nicht lange, bis sie Westcliffs blonden Schopf entdeckte und zu ihm aufschloss. »Ein schönes Tier haben sie da.« »Yep, danke.« Er wies mit dem Kinn auf das Pferd neben ihr. »Kommen sie zurecht oder soll ich ihnen beim aufsitzen helfen?« Kass ging um ihre Stute herum und löste die Steigbügel. »Ich denke, es wird gehen, danke ihnen.« »Ok.«, nickte der Amerikaner ihr zu und stieg in den Sattel seines Tieres.

Noah verließ mit seinem Hengst die Stallgasse, als er sah, wie Assistentin Kass versuchte mit ihrem Fuß den Steigbügel zu erwischen, um aufzusitzen, allerdings handelte es sich bei ihrem Pferd nicht um die ruhige Rappstute, die er ihr in der Frühe zugeteilt hatte, sondern um den wesentlich spritzigeren Fuchs Tosca. Seine Brauen zogen sich unheilvoll zusammen. Langsam schloss er zu ihr und Nate Westcliff, der bereits auf Ravenno saß, auf. »Frau Alighieri. Man hat ihnen das falsche Pferd gegeben, warten sie.«

Die Dunkelhaarige zuckte zusammen und drehte sich zu ihm. »Wir wissen schon, Noah, welches Pferd du für Frau Alighieri vorgesehen hattest und wir lehnen dankend ab. Schließlich soll sie ja hinterherkommen.« Nate mischte sich ein und blickte huldvoll auf ihn herab. Noah schnaubte abfällig. »Das halte ich für keine gute Idee. Schließlich habe ich ihr Annabell nicht ohne Grund zugeteilt, Nate.«

»Das war sehr nett von ihnen, Herr Rosencreutz, aber ich vertraue Herrn Westcliffs Wahl. Ich bin zufrieden mit dem Pferd.«, mischte sich Assistentin Kass säuerlich ein und versuchte wieder ihren Fuß auf Höhe des Steigbügels zu bringen, die Stute tänzelte ungeduldig und Noahs Miene verdüsterte sich. Nate zu trauen war ein grundlegender Fehler. »Bei allem Respekt, Frau Alighieri, aber ich denke nicht, dass sie das beurteilen können.« »Dann danke ich ihnen für ihre Einschätzung. Ist das dann alles?«

Trotzig funkelte sie ihn an. Ganz im Gegensatz zu vorher, wo er sie mit Westcliff hatte tuscheln und kichern sehen von seinem Platz aus. Also richtete ihre schlechte Laune sich wohl eindeutig auf ihn, aber warum? »Sie kennen die Tiere nicht.«, schloss Noah kalt. »Aber ich kenne mich, Herr Rosencreutz, und ich traue mir zu, etwas anderes als ein Schaukelpferd zu reiten.« »Das möchte ich auch gar nicht anzweifeln, Frau Alighieri, aber glauben sie mir, sie übernehmen sich, wenn sie dieses Pferd nehmen.« Er sah ihre Augen wütend aufblitzen. »Es ist mir aber ganz egal, was sie glauben, Herr Rosencreutz!«, zischte sie, drehte sich um und schaffte es endlich ihren Fuß in den Steigbügel zu stellen. Die Stute machte erregt ein paar Schritte weg und Assistentin Kass hüpfte dem Pferd unbeholfen auf einem Fuß hinterher.

Warum war sie nur so stur? Er schluckte seinen Unmut hinunter, ließ seinen Hengst los, griff resolut in den Zaum der Stute, um diese zur Ruhe zu ermahnen und fasste dann an die schmale Taille von Assistentin Kass. »Sie müssen sich hier festhalten.« Er stellte sich dicht hinter sie und hob sie an. »Kommen sie, ich helfe ihnen.« Doch statt eines Dankes erntete Noah lediglich einen herablassenden Blick von ihr, als sie im Sattel saß.

»Kass, komm schon. Das ist unvernünftig. Reite mit mir, wir holen die andere Stute aus dem Stall und…«, versuchte er es nochmals leise. »Noah! Die Lady will nicht! Get over it.«, rief Nate amüsiert dazwischen. »Das sollten wir Frau Alighieri entscheiden lassen, Nate.«, knurrte Noah, half ihr in den Steigbügel und reichte ihr die Zügel an. »Kass?« »Danke, ich fühle mich in Begleitung von Herrn Westcliff wohl und ich komme mit dem Pferd offensichtlich zurecht. Das wäre dann alles.«

Das wäre dann alles? DAS WÄRE DANN ALLES! Jetzt war es genug! Wer war er – ein Stallbursche?! Unsanft griff er ihren Unterschenkel und legte ihn über das Sattelblatt. Mit Genugtuung sah er, wie Assistentin Kass kurz mit ihrem

Gleichgewicht kämpfte, bevor er den Sattelgurt straffzog. Die Stute quittierte seine schroffe Behandlung mit weiteren nervösen Schritten. »Sie müssen die Zügel auch benutzen, Frau Alighieri, sonst läuft ihr Pferd noch ohne sie ins Ziel.« Er wandte sich ab und stieg auf seinen Hengst.

»Sei nicht eingeschnappt, Noah. Vielleicht kannst du ja wenigstens die Jagd gewinnen.«, hörte er Westcliffs frechen Kommentar. Noah nahm ohne Hast die Zügel auf, gurtete seinen Hengst nach und kürzte seine Steigbügel, schließlich würden sie schnell reiten. »Ihre Sicherheit liegt in deiner Verantwortung, Nate. Verkack es nicht.«, brummte er. »Was sollte es da zu verkacken geben, Buddy.« Das Horn ertönte. Das Zeichen, dass es losging. Die ersten Reiter machten sich auf den Weg.

Ganz groß, Männergehabe. Kass verdrehte ihre Augen, kam aber nicht umhin einen verstohlenen Blick über Rosencreutz schweifen zu lassen, denn selbst wenn Westcliff seine Reiteruniform gut stand, sah er längst nicht so blendend darin aus, wie Rosencreutz in seiner. Es war ihr etwas peinlich, dass er ihr gerade so nahegekommen war, denn eigentlich hatte es ihr schon irgendwie gefallen, seinen Körper so dicht an sich zu spüren. Wo seine Hände ihre Hüften berührt hatten kribbelte es noch immer. Himmel, Kass! Es ist nicht echt, er tut es nur, weil sein Onkel es von ihm will, schalt sie sich innerlich.

»Wollen sie nicht langsam los, Herr Rosencreutz, sonst könnte ihnen ihr Sieg durch die Lappen gehen.«, grinste sie falsch. »Nach dir, Kass. Soll ja keiner behaupten, du hättest keine faire Chance bekommen, gegen mich zu gewinnen.« Abfällig schnaubte sie ihn an. »Kommen sie, Frau Alighieri, wenn er verlieren will, ist das nicht unser Problem. Aber jammre später nicht wieder herum, wenn du nichts vom Siegerkuchen abbekommst, Noah.« Nate Westcliff zwinkerte ihr zu, sie nahmen die Zügel auf und ritten los.

»Es läuft ähnlich wie bei einer Treibjagd. Wir wissen nur ungefähr, wo das Ziel ist und reiten aus verschiedenen Richtungen darauf zu.« »Wir kesseln es ein?« »Yeah!« »Ok.« »Daher ist es Noah auch nicht wichtig wie ein Wilder loszureiten. Er beobachtet das ganze Treiben eine Zeitlang aus einer taktisch klugen Position und schlägt dann zu, wenn er seine Chance wittert, passen sie auf. Er ist wirklich gut, verliert sein Ziel nie aus den Augen.«

Das traute Kass Rosencreutz bedenkenlos zu. »Wie wollen sie dagegen angehen, Herr Westcliff?« »Sag Nate zu mir, das ist ok.« Kass nickte und grinste. »Kass.« »Oh right, Kass, wir müssen abwarten, bis wir wissen, für welche Richtung er sich entscheidet und ihm dann den Weg abschneiden oder einfach schneller sein als er.« Sie lachte auf. »Klingt wie ein Spaziergang für mich.« »Werden wir sehen.«, grinste Nate. »Auf jeden Fall werden wir es ihm schwer machen.« »Das gefällt mir, Nate. Ihr Freund ist ziemlich arrogant und hat in meinen Augen einen kleinen Dämpfer nötig.« Vielsagend ließ sie ihre Brauen in die Höhe schnellen. »Ah…wir sind keine Freunde, wir sind eher Rivalen, Kass. Sie können Noah wohl nicht besonders leiden?« Westcliff zog das Tempo an und ihr Pferd fiel ebenso in Trab. Angespannt passte sie sich den Bewegungen des Tiers an. »Manchmal mehr, manchmal weniger. Zurzeit weniger.« »Eigentlich ist er kein übler Kerl, solange man keine Geschäfte mit ihm macht.« »Jap.« Kass nickte. Endlich wippten ihre Hüften im Takt des Schritts. Na also, es war wohl wie mit dem Radfahren, man verlernte es nicht.

Während die anderen sich von Schloss Werode entfernten, war Noah einen Bogen um die Gebäude herumgeritten und starrte jetzt, vom Hügel hinter der Anlage in die angrenzenden Wälder. Noch konnte er mühelos die meisten Reiter erkennen. Nate und Assistentin Kass würden von Westen in den Wald kommen. Er ärgerte sich, dass Nate ihr diese unruhige Stute gegeben hatte und dass sie sich so trotzig verhielt. Ihre Laune verschlechterte sich, sobald er in ihre Nähe kam. Also war er der Grund für ihr Verhalten beim Frühstück und auch gerade. Aber was hatte er denn getan? Eine Bewegung in großer Distanz ließ ihn aufblicken und die Augen schmälern. »Wenn das nicht mal unser Ziel ist, Apoll.«, murmelte er und klopfte seinem Hengst aufmunternd den Hals, bevor er die Zügel aufnahm und geradewegs hinunter in den Wald sprengte.

»Schneller, Kass! Ich glaube, ich sehe den Fuchs! Wenn wir einen Bogen reiten, dann können wir ihm den Weg abschneiden.« Ihr Herz pochte schnell und das nicht nur, weil diese Jagd jetzt doch irgendwie spannend wurde. Sie waren eine gute halbe Stunde über Stock und Stein getrabt. Es ging leicht bergab und ihre Stute verhielt sich brav, soweit Kass das beurteilen konnte. Rosencreutz hatte wohl völlig umsonst so einen Wind darum gemacht, dass sie dieses Pferd ritt. Wahrscheinlich wollte er ihr Angst machen, damit sie sich für das langsamere Tier entschied und Nate und sie dann gar keine Chance auf den Sieg hatten. Genau! Das würde zu ihm passen.

Kropotkin und seine zwei russischen Begleiter hatte Noah schnell hinter sich gelassen. Die hatten wohl Lunte gerochen und wollten ihm folgen. Doch Apoll war wesentlich schneller, als die drei Pferde und ihre Reiter. Noah war kurzerhand von dem freien Feldrand in den Wald geritten und hatte sie abgehängt. Nach ein paar Sprüngen seines Pferdes war er wieder allein. Allerdings nicht lange. Reuß und seinen Partner sah er rechts von sich und ein Stück vor ihm jagte Graf Philipp Florentin Wolf samt dem Fuchsschwanz hinterher. Grimmig grinste Noah auf und legte sich tiefer auf den Hals seines Pferdes, das schnell wie ein Pfeil die Verfolgung aufnahm.

»Da vorne! Links! Schau!«, hörte Kass Nate rufen und versuchte zu sehen, was auf sie zukam. Der Galopp ihrer Stute war hart und Kass hatte Mühe sich auf Dauer im leichten Sitz zu halten. »Noah! Er ist fast am Fuchs!« Kass mobilisierte ihre Kräfte, spannte sich an und richtete sich etwas mehr im Sattel auf. Ein gutes Stück vor ihnen sah sie drei Reiter, die versuchten Rosencreutz auf seinem gewaltigen Schimmel hinterherzukommen. Einer von ihnen war beinahe mit ihm auf gleicher Höhe. Davor der Reiter mit der Roten Jacke, dem sie wohl alle hinterherjagten. »Er kriegt ihn!«, brachte Kass stoßweise hervor. »We'll see!«, war Nates knappe Antwort.

Wolf war noch einige Meter vor ihnen, doch der Weg wurde enger und der französische Graf war offenbar wild entschlossen doch nochmal an ihm vorbeizukommen. Noah jagte seinen Hengst parallel die kleine Anhöhe neben dem Waldweg nach oben, drückte dem Pferd die Hacken in die Flanken und richtete sich im Sattel auf. Mit einem schrägen Sprung von oben setzte er zurück auf den Waldweg. Das Pferd seines französischen Konkurrenten scheute und brach zur Seite weg. Noah grinste verwegen, machte sich klein und trieb seinen Hengst auf die Höhe von Wolf. Gekonnt beugte er sich schnell zur Seite, ergriff den Fuchsschwanz und jagte an seinem ehemaligen Träger vorbei, der daraufhin ins Horn stieß, um den Verlust zu melden.

Ihr Begleiter richtete sich etwas im Sattel auf. Kass, die voll auf das Tier unter ihr konzentriert war, sah es im Augenwinkel. »Fucking Bastard! Noah hat den Fuchsschwanz. Los, den holen wir uns! Mir nach!« Ohne dass Kass viel dazu beitrug, folgte die drahtige Stute unter ihr dem Pferd von Westcliff. Wurde schneller, als der wieder in den Galopp fiel. Kass drückte sich im Sattel hoch. Fühlte sich wie bei einem Ritt auf einer Kanonenkugel. Die Hufe donnerten über den Waldboden und ihr brannten die Waden. Das würde einen feinen Muskelkater geben. »Da vorne. Aufstellen, kleiner Sprung!«

Was! Ein Sprung! Sie war noch nie in ihrem Leben mit einem Pferd gesprungen, doch da fühlte Kass schon, wie sie abhob, sah, wie Nate samt seinem Pferd ihr plötzlich viel zu nah war. »Shit!«, hörte sie den fluchen, als sein Pferd die Vorderhufe vom Boden abhob und stieg. Kass griff fester in die Zügel, versuchte sich zurückzusetzen und die Stute zu stoppen, doch ohne Erfolg. Sie spürte, wie sie plötzlich und kräftig ein paarmal herumgeschleudert wurde wie beim Rodeo, den Halt verlor und seitlich aus dem Sattel rutschte.

Im Affekt klammerte Kass sich fest, versuchte Halt zu finden, das Tier zu stoppen, doch die Stute rannte weiter, wurde immer schneller und schleifte sie durch das Buschwerk. Mit zitternden Armen versuchte Kass sich wieder nach oben zu ziehen, doch ihr fehlte die Kraft. Ein junger Baum machte eine schnelle, aber intensive Bekanntschaft mit ihrer Stirn und ein ausgewachsener Baumstamm knallte seitlich in ihren Rücken, als die Stute wiehernd einen Satz hinaus aus dem

Wald aufs freie Feld machte. Kass konnte nicht mehr, hoffte, dass sich ihr Pferd jetzt beruhigen würde. Aber nein, nicht dieses Pferd. Die Welt flog nur noch schneller an Kass vorbei, als zuvor.

Das gellende Wiehern eines Pferdes, gefolgt von einem hohen Aufschrei, ließen Noah sich umschauen. Wie ein geölter Blitz schoss im nächsten Moment jenes Pferd mit flachangelegten Ohren und seiner Reiterin, die sich nur noch halb im Sattel sitzend festklammerte, seitlich auf ihn zu und aus dem Wald hinaus. Scheiße! Und er hatte ihr noch gesagt, dass sie die andere Stute nehmen sollte, dachte sich Noah, der das Gespann längst erkannt hatte, als er seinem Hengst erneut die Hacken in die Flanken trieb.

Gleich würde Kass sich nicht mehr halten können, fallen und unter den Hufen begraben werden. Das wars dann wohl. »Ich habe dich, Kass!«, hörte sie plötzlich Rosencreutz' Stimme. Nur am Rande nahm sie ein weiteres Pferd dicht hinter sich wahr. Sie fühlte, wie sie gepackt wurde, ein Ruck durch ihren geschundenen Körper ging, und sie nach oben gerissen wurde, wie starke Arme sie sicher festhielten, bevor sie das Bewusstsein verlor.

Noah sprang die reglose Assistentin Kass sicher haltend von seinem Hengst und legte sie vorsichtig auf den Boden. »Frau Alighieri! Kass!« Noah bettete ihren Kopf auf seinen Oberschenkel. Sanft griff er ihr an Stirn und Wange, suchte ihren Puls und fand das stetige Klopfen. Ein hässlicher Kratzer zog sich von ihrer rechten Augenbraue über die Stirn und ein paar Schürfwunden am Arm, aber sonst schien sie unverletzt. Vielleicht eine leichte Gehirnerschütterung.

»Geht es ihr gut?« Wie aus dem Nichts tauchte Westcliff hinter ihm auf. »Was ist hier passiert, Nate?« »Wir wollten dir den Fuchsschwanz wieder abjagen.« »Wir? Du wolltest das, Nate! Wie ehrlos, passt zu dir.«, knurrte Noah den Blonden sofort an, der entschuldigend die Hände ausstreckte. »Mein Hengst hat gescheut, nachdem wir ein Hindernis genommen haben. Das hat ihre Stute erschreckt und das Biest ist durchgegangen. Es war kein schwieriger Sprung...« »Ich habe dir gesagt, dass ich für Frau Alighieri ein anderes Pferd vorgesehen habe!« »Es ist doch nichts passiert!« »Sie hätte sich das Genick brechen können!«

Wenn er gekonnt hätte, er hätte Nate am liebsten gefressen. »Damn, Noah! Shit happens! Steiger dich da nicht so rein. Der andere Gaul wäre vermutlich genauso davongesprungen.«, versuchte Nate sich zu verteidigen, doch Noah interessierte das nicht. Er sah, wie der Kopf seines Rivalen einfach auf seinen Schultern zerplatzte. Konnte fühlen, wie es ihn zufrieden machen würde. »Wie konntest du so verantwortungslos sein, Nate! Dir muss doch aufgefallen sein, dass sie nicht sattelfest ist!«

Assistentin Kass war noch nicht wieder bei Bewusstsein. Das steigerte seine Nervosität geradezu grandios und belastete seinen Gemütszustand überraschend drastisch. »Du hättest so einen Sprung nicht provozieren dürfen, du Idiot.« Gebrochen, soweit er sah war nichts, wahrscheinlich ein paar Rippen geprellt. Vorsichtig nahm Noah die bewusstlose Frau auf seine Arme und stand mit ihr auf.

»Du machst ein Theater um das Ding, dabei kann sie dich scheinbar nicht besonders leiden, falls es dir nicht aufgefallen ist, Noah!« »Mein Onkel wird nicht begeistert davon sein, dass du seine Kunstexpertin in Lebensgefahr gebracht hast. Geh deine Sachen packen das Event ist für dich zu Ende, Nate.«, schnauzte Noah kalt. »Das ist es sicher nicht, das hast du überhaupt nicht zu entscheiden!«, blaffte sein Freund ihn an. »Das werden wir sehen und jetzt geh aus dem Weg!«, zischte er, bevor er mit seiner wertvollen Fracht auf den Armen davonstapfte. »Und die Stute, Noah?« »Ist mir einerlei, Nate. Meinetwegen erschießt du sie!«, rief er über die Schulter.

»Charles!«, rief er, als er nach einer Weile seinen Onkel Charlie entdeckte. »Was ist passiert?« Noah schnaufte. Assistentin Kass lag noch immer bewusstlos in seinen Armen und sein Hengst trottete neben den beiden her. Sein Onkel kam im Schritt auf die beiden zu. »Ein Unfall. Frau Alighieri ist ohnmächtig. Sie muss ins Schloss.«

Onkel Charlie griff an seinen Sattel und zückte ein Funkgerät. »Gruber?« Das Gerät rauschte kurz bis der gerufene Antwortete. »Wir sind südwestlich vom Schloss. Wegmarkierung D37 und haben hier eine bewusstlose Frau.« Es dauerte wieder einen Moment und Noah konnte kaum etwas verstehen. Seine Arme wurden langsam schwer und ihm war heiß. »Gruber braucht ca. zehn Minuten, er kommt mit dem Wagen.« Noah nickte und blinzelte in die Sonne. »Gut. Danke, Charlie!« »Kein Problem, Junge.« Antwortete der und stieg ab.

»Du hast gewonnen.« Charlie deutete auf den Fuchsschwanz an seinem Sattel. »Jap.« »Glückwunsch.« »Danke, war einfach.« Charlie nickte. »Und die Siegerehrung?« »Keine Zeit. Muss warten, - erst will ich Frau Alighieri zurück ins Schloss bringen.« »Das wird Giovanni nicht gefallen. Das bringt seinen Zeitplan durcheinander.« »Das ist mir gerade scheißegal, Charlie!«, brummte Noah. Der grinste nur. »Gut, dann werde ich für dich hin reiten, die Ehrung annehmen und dich entschuldigen.« »Meinetwegen.«

Noah wusste, dass sein Onkel ihm für weniger ziemlich den Kopf waschen würde. »Aber heute Abend wirst du anwesend sein, oder? Du wirst um die Verleihung des Vlieses nicht herumkommen.« Doch gerade hatte er keinen Bock auf anständig. Noah war noch immer wütend auf Nate, war angestrengt und wollte unter die Dusche. Doch Charlie musterte ihn aufmerksam, der kannte ihn einfach zu gut. »Wer weiß?«, antwortete er giftig. »Wie lange bist du schon unterwegs?«

Noah zuckte die Achseln. »Knapp eine Stunde? Wahrscheinlich weniger.« »Willst du Frau Alighieri nicht auf den Boden legen? Ich habe eine Decke und…« »Nein, es geht schon.«, brummte Noah und zog Assistentin Kass ein wenig dichter an sich, was ihm einen fragenden Blick von seinem Onkel Charlie einhandelte. Der Wagen kam und Gruber öffnete den Van. Entschlossen schritt Noah auf die offene Tür zu und setzte sich, ohne die dunkelhaarige Elfe in seinen Armen loszulassen, einfach auf die hintere Sitzbank.

»Legen sie Frau Alighieri bitte möglichst flach hin, Herr Rosencreutz.« Seinen Schultern und Armen hatte die Fahrt zum Schloss gutgetan. Keinen Moment nahm er seinen Blick von der ohnmächtigen Frau in seinen Armen. Als Gruber den Wagen geöffnet hatte, hatte er Assistentin Kass wieder fester an sich gezogen und war nach einem kurzen Halt am Empfang, begleitet von Gruber und dem Portier samt einem Ersatzschlüssel, direkt zu ihrem Zimmer gestapft. Vorsichtig bettete er den schlaffen Körper in seinen Armen auf die weißen Laken. Etwas in ihm wollte ihr einen sanften Kuss geben. Er tat es nicht und richtete sich stattdessen auf.

»Ist etwas gebrochen?« »Nein, nichts festzustellen bis jetzt. Allerdings sind ihre Muskeln stark verhärtet.« »Also ein Muskelkater.« »Ja.« Gut, damit hatte sie hoffentlich gerechnet, dachte sich Noah. Gruber öffnete seinen Arztkoffer und griff nach dem Desinfektionsspray und Kompressen. »Den Kratzer hier an der Stirn werde ich sicherheitshalber kleben. Sie soll die Finger davon lassen, wenn sie aufwacht. Es ist zwar nur eine Vorsichtsmaßname, aber wenn die Wunde aufreißen würde, müsste sie ins Krankenhaus. Die Kratzer am Arm werde ich nur desinfizieren. Ziehen sie ihr bitte die Stiefel aus, damit ich die Unterschenkel noch abtasten kann.«

Noah nickte und folgte der Anweisung. Gerade stellte der die Stiefel ab und zog Assistentin Kass die Socken von den schlanken Waden als diese leise aufwimmerte. »Was war das, Gruber?« »Sie hat sich scheinbar am Rücken verletzt. Das würde ich mir gerne genau ansehen.« Der Angestellte seines Onkels wollte sich an Assistentin Kass' Hose zu schaffen machen. »Gehen sie da weg, das mach ich!«, knurrte Noah auf. Ohne zu zögern griff er an ihre Hüfte, öffnete die Hose und befreite ihre wohlgeformten Beine von dem engen Stoff.

Unter anderen Umständen hätte er den Anblick auf das in schlichtes Schwarz gekleidete Dreieck vermutlich genossen, doch so verfolgte er nervös jeden von Grubers Handgriffen, als der sie leicht zur Seite drehte und die Bluse hochschob. Wieder hörte er ein jammerndes Stöhnen, als Gruber an der Wunde entlangtastete. »Auch hier: nichts gebrochen oder schlimm verletzt. Nur ein paar Prellungen, die sich hier konzentrieren. Eis täte gut, aber erst, wenn sie wieder bei Bewusstsein ist.« Gruber legte seine Patientin wieder auf den Rücken und tastete die Waden entlang.

»Nein, auch hier, nichts gebrochen. Bei der Kopfverletzung sollten wir mit einer leichten Gehirnerschütterung rechnen. Wenn sie Kopfschmerzen hat, sollte sie heute das Bett hüten. Wacht sie in den nächsten drei Stunden nicht auf, rufen sie wieder nach mir.« »Gut. Danke.«

Noah deckte Assistentin Kass vorsichtig zu und seufzte leise. Nichts gebrochen, ein paar Prellungen, leichte Gehirnerschütterung. Nach einem letzten versichernden Blick, dass sich ihr Brustkorb regelmäßig bewegte, ging Noah, um zu duschen. Hier konnte er momentan nicht viel tun.

Kass fühlte wie sie kräftig die Luft einsog und schlug die Augen auf. Blinzelnd blickte sie sich um. Sie war in ihrem Zimmer auf dem Schloss, in ihrem Bett. Wie war sie hierhergekommen? Was war überhaupt passiert? Sie wusste noch, dass ihr Pferd gebockt hatte, als das dann durchging hing sie bereits auf der Seite. Sie hatte sich den Kopf gestoßen, an einem Baum. Und dann? Da war ein zweites Pferd. Rosencreutz! Sie wollte sich aufrichten, um auf ihrem Handy nach der Uhrzeit zu sehen, doch sobald sie sich bewegte rodete Schmerz wie ein Waldbrand durch ihren Körper. »Au! Scheiße!«, murmelte sie leise fluchend. Gut, es war noch hell, ziemlich hell, also vermutlich Nachmittag. Das musste fürs erste als Info genügen.

»Suppe oder Apfelsaftschorle?« Erschrocken zuckte Kass zusammen und richtete ihren Blick dahin, von wo die Stimme kam. Sie hatte nicht bemerkt, dass sie nicht allein in ihrem Zimmer war, sondern Noah Rosencreutz auf einem Sessel in der Nähe saß und sie durchdringend ansah. Er hatte seine Reitkleidung gegen Jeans und ein T- Shirt getauscht und sein dunkles Haar glänzte feucht. »Saft.«, antwortete sie irritiert. Sie wollte sich bewegen, verzog aber sofort schmerzerfüllt das Gesicht.

»Nicht! Bleib liegen, ich helfe dir.« In einer Bewegung stellte er das Glas auf den Nachttisch, setzte sich neben sie aufs Bett und half ihr sich aufzurichten. »Wie spät ist es?« Fragte sie. »Drei ca.« »Und wie viele Knochen habe ich mir gebrochen?« »Keinen. Du hast dir, von einem Muskelkater abgesehen, nur ein paar kleinere Prellungen zugezogen und einen Kratzer an der Stirn. Widerstehe dem Drang hinzugreifen, er wird von zwei Tapes zusammengehalten. Für die Prellungen werde ich dir später Eis bringen lassen.« Unbeholfen versuchte er ihr mit einem Arm und den zwei vorhandenen Kissen den Rücken zu stützen. »Weißt du was passiert ist?«

Er versagte dabei kläglich, da diese immer wieder zusammenrutschten, weil er sie mit der anderen Hand sicher und sanft festhielt. Was machte er hier? »Ich bin mit dem Kopf gegen einen Baum geschlagen, nur ganz kurz. Ich hatte solche Angst, dass ich falle und das Pferd mich zu Tode trampelt. Dann habe ich sie gehört und danach gefühlt, wie sich mich gepackt haben.«, versuchte Kass sich an das Erlebte zu erinnern. »Ich habe dich zu mir auf meinen Hengst gehoben, danach bist du in meinen Armen ohnmächtig zusammengesackt. Gruber vermutet eine kleine Gehirnerschütterung, hast du Kopfschmerzen?«

Er gab seinen aussichtslosen Kampf gegen die Kissen auf, setzte sich halb hinter sie und lehnte sie kurzerhand an sich. Kass entspannte sich gegen ihren Willen, als sie seine starke Brust in ihrem Rücken fühlte. So ein Schuft, das machte er doch mit Absicht! Sie schüttelte leicht den Kopf. »Ja – doch, wenn ich ihn bewege. Wer ist Gruber? Ein Arzt?«, murmelte sie. Er war ihr so nah. Seine Stimme war ruhig und fürsorglich. Sicher auch nur, weil sein Onkel ihn damit beauftragt hatte.

»Nein, kein Arzt. Er war lange beim Militär und hat eine medizinische Ausbildung.« »Ah.« Sie fühlte, wie er sich kurz bewegte und ihr im nächsten Moment das Glas vor die Nase hielt. »Trink. Du brauchst Flüssigkeit und die Elektrolyte helfen dir mit deinem Muskelkater.« Alles klar du Fitnesspapst, dachte sich Kass, griff aber dankbar nach dem Glas und trank in großen Schlucken, sie hatte Durst. »Ich habe gar nicht richtig mitbekommen was passiert ist. Mein Pferd ist dem von Nate hinterher. Es hat mich herumgeworfen wie beim Bullride und dann ist dieses Vieh plötzlich so scheiße schnell geworden und ich hing an der Seite und dachte, dass mein Leben zu Ende ist.«

Warum erzählte sie ihm das jetzt nochmal, es interessierte ihn doch sowieso nicht. Sicher hatte sie einen Schock. »Egal.« Sie versuchte ein Stück von ihm abzurücken, doch musste ihr Streben schnell unter - wegen Schmerzen aussichtslos - verbuchen, also lehnte sie sich wieder an ihn. Er roch gut, zitronig und herb irgendwie. »Wie geht es ihrem Freund? Hat Nate ihnen den Fuchsschwanz abjagen können?« Sie fühlte seine Bauchmuskeln kurz in ihrem Rücken zucken. »Nein, konnte er nicht. Ich habe gewonnen.« »Dann gratuliere ich, Herr Rosencreutz.« Murmelte sie mit einer Prise Sarkasmus, zu mehr war sie nicht im Stande.

Er schnaubte leise. »Du musst mir nicht gratulieren, ein »Danke« wäre nett, wenn man bedenkt, dass ich dich auf meinen Armen hierher zurück in dein Zimmer getragen habe und bei dir geblieben bin, bis du wieder zu dir kommst« Er hatte sie getragen? Das war wirklich nett von ihm gewesen, eigentlich seine ganze verdammte Rettungsaktion, aber das wollte sie sich nicht eingestehen, nicht solange er ihr so nah war. »Den ganzen Weg?«, fragte sie daher matt. »Den ganzen Weg, yep.« »Danke.«, erwiderte sie leise. »Kein Ding, hab' ich doch gern gemacht, dafür, dass du heute Vormittag so freundlich zu mir warst, Kass.«

Kass spannte sich an, sie wollte endlich von seiner Brust weg. Das Gespräch mit ihm, wie er hier mit ihr saß, ging ihr unter die Haut und das sollte es nicht. Kaum bewegte sie sich fühlte sie seine warmen Hände durch den Blusenstoff an ihren Oberarmen, die sie sanft zurückhielten. »Du bist sauer auf mich und ich wüsste gerne, was der Grund dafür ist.« »Ich bin nicht sauer auf sie!«, sagte Kass schnell und starrte auf ihre Füße. Sie hatte zwar ihre Bluse noch an, aber erst jetzt fiel ihr auf, dass ihre Reithosen und Strümpfe sorgfältig vorne auf dem Bett lagen. Hatte er sie etwa ausgezogen? Was für ein Höschen hatte sie heute Morgen angezogen?!

»Das ist nicht wahr. Den ganzen Vormittag über hast du mich attackiert.« »Haben sie mich ausgezogen?« »Ja, nur deine Hose, ich habe nichts gesehen. Ich war wirklich mit anderem beschäftigt. Bitte lenk nicht ab.« Sie wollte ihm ganz sicher nicht auf die Nase binden, dass sie sich so benahm, weil sie sich unprofessionell verhalten und gelauscht hatte, dass sie wusste, dass sie nur seine Aufgabe war und der Prinzessinnen Teil in ihr darüber immens enttäuscht war, dass der Wunsch seines Onkels der einzige Grund für seine Aufmerksamkeit sein sollte. Gut, dass sie noch einen Vorwurf zum Ausweichen parat hatte.

»Sie wollten, dass Nate und ich verlieren, deswegen sollte ich doch zuerst diesen lahmen Gaul reiten!«, rief sie schmollend. Am meisten an der ganzen Geschichte allerdings nervte sie, dass sie nur auf eine Person sauer sein konnte – sich selbst, weil ihre Erwartungen andere waren. »So ein Schwachsinn, hast du heimlich Gras ins Schloss geschmuggelt? Du wolltest dieses Pferd, Kass. Du hättest auch mit mir reiten können, mitsamt dem langsamen Gaul und wir hätten trotzdem gewonnen! Du hast mein Angebot abgelehnt.« »Ach wirklich? Was macht sie so sicher, dass sie trotzdem gewonnen hätten?« »Weil wir besser sind als Westcliff. Er geht über Leichen, für das was er will.« »Ach und sie nicht?«

Abrupt verlor sie den Halt und fiel nach hinten in die Kissen. Schmerz zog sofort Wanderlieder grölend durch ihren Körper und animierte sie zum aufstöhnen. Als sie ihren Kopf hob, saß Rosencreutz vor ihr auf dem Bett. Ein Anflug von Besorgnis schlich sich in das kalte Grau seiner Augen. »Ein Kissen?«, fragte er, fasste aber schon im nächsten Moment mit einer Hand in ihren Rücken, schob mit der anderen ihr Polster zurecht und ließ sie wieder los. »Danke.«, brummte Kass trotzig.

»Nate bringt ganze Existenzen zu Fall. Familien, tausende, die von heute auf morgen ohne Einkommen dastehen. Ich handle mit Kunstobjekten. Die Geschäfte, die ich für meinen Onkel mache, sind sauber oder zumindest kommt niemand zu schaden. Also kann man mich kaum mit Nate vergleichen.« »Aber trauen kann man ihnen auch nicht.« »Sagt Nate das?« Rosencreutz schüttelte verständnislos den Kopf. »Für wieviel haben sie den Egon Schiele verkauft?« »Das geht dich nichts an, Kass, und es ist keine Antwort auf meine Frage.« »Nate musste mir gar nichts sagen. Bin nicht so dumm, wie ich aussehe.« Seine Augen glitzerten kurz auf. »Nein, bist du nicht. Warum bist du sauer auf mich? Das eben war nur vorgeschoben, weil du mir ausweichen willst.«

Wie sein Rivale sagte, Rosencreutz verlor sein Ziel nicht aus den Augen. »Ich will nicht darüber reden.«, fauchte sie, nachdem Kass feststellte, dass ihr wegen seines ruhigen, kontrollierten Verhaltens jegliche Verteidigung zusammenbrach und sich, sämtliche lahme Ausreden im Gepäck, dünne machte. Rosencreutz stand auf, schnappte sich das leere Glas und ging davon, ohne sie nochmal anzusehen. Wollte er jetzt wirklich einfach so gehen? Kass stöhnte innerlich auf, weil sie das jetzt auch wieder nicht wollte, als sie feststellte, dass er nur bis zu dem kleinen Schreibtisch ging, um ihr Glas erneut aufzufüllen.

»Es gefällt mir nicht, dass du denkst, du könntest mir nicht vertrauen.« Natürlich gefällt ihm das nicht, denn das würde seine Aufgabe ja nur schwerer machen. Kass wollte sich nicht von ihm weichkochen lassen. Sie wollte sauer auf ihn sein, weil er sie gerettet hatte. Heute, vor ein paar Tagen im Park, weil er nicht aus freien Stücken hier bei ihr war und weil sie es nicht schaffte ihn als das zu sehen, was er war: nur der Neffe eines

Geschäftspartners. Sie brachte sich gedanklich wieder auf Spur. Er musterte sie aufmerksam und kam wieder zu ihr zurück, um sich erneut einfach neben ihr auf ihr Bett zu setzen.

Erwartete er von ihr wirklich, dass sie das kommentierte? Und überhaupt, hatte der Kerl denn gar kein Feingefühl! Abfällig und möglichst trotzig schaute sie ihn an. »Na gut, Kass, dann hier ein Vertrauensvorschuss, mit dem du mich an den Eiern hast.« Sie konnte nicht verhindern, dass sich eine ihrer Brauen fragend anhob. Warum war ihm das so wichtig? »Das sitzende Kind von Schiele habe ich für 15,5 Mio. Euro verkauft. Der Handel war sauber, die Steuern dafür bezahlt.«

»Ein stolzer Preis.«, hauchte Kass überrascht. »Ein unverschämter Preis. Wie du richtig geschätzt hast, war es mit 10 Mio. taxiert.« Sie runzelte die Stirn. »Jetzt haben sie zwar mit ihrem kaufmännischen Können geprahlt, aber mir keinen Grund geliefert ihnen mehr Vertrauen entgegen zu bringen.« Verschmitzt grinste der junge Mann sie an, die grauen Augen wurden eine Spur dunkler. »Das stimmt. Aber Vertrauen muss wachsen und es ist keine Einbahnstraße.« Er machte eine kurze Pause, vermutlich um zu sehen, ob sie seine Botschaft verstand.

»Mein Onkel allerdings glaubt, dass ich für das Bild 12 Mio. kassiert habe. Dass es 3,5 mehr waren, wissen damit die Käufer, natürlich ich und jetzt auch du. Wenn Giovanni Balsamo erfahren würde, dass ihn sein eigener Neffe über den Tisch zieht, dann muss ich vermutlich das Land verlassen, er würde mich meucheln lassen, was weiß ich. Öffentlich, damit möglichst alle sehen, dass ich, sein eigener Neffe, ihn, der mich wie einen Sohn behandelt hat, so hintergangen habe. Er würde mir alles nehmen, was ich mir aufgebaut habe. Oder kürzer: erfährt er es, bin ich im Arsch. Du hast mich am Sack. Du siehst also: ich vertraue dir. Du bist dran, Kass.«

Frech setzte er ein Zwinkern an das Ende seiner kleinen Rede und Kass schluckte. Sie hatte seinen Plan erkannt. »Dann haben sie mir das also nur erzählt, um mich dazu zu bringen...« Sie krallte ihre Finger in die Laken. »...mir zu sagen, was ich falsch gemacht habe? Richtig. Und ich denke, dass ich das jetzt auch verdient habe.«, schloss er und seine Lippen kräuselten sich. »Warum interessiert sie das überhaupt?«, fuhr Kass auf. Warum ging er nicht einfach, warum bat sie ihn nicht zu gehen?

»Simpel, als ich mich gestern von dir verabschiedet habe, war alles schick und heute Morgen willst du mich am liebsten in deinem Müsli ertränken.« Assistentin Kass versuchte seinem Blick auszuweichen, aber er bewegte leicht den Kopf und verhinderte es. Er wollte wissen, warum er ihren Unmut auf sich gezogen hatte und er würde nicht nachgeben. »Ich meine, sollte ich schlafgewandelt sein und mich dabei in irgendeiner Form falsch verhalten haben, entschuldige ich mich gerne dafür, ist das nicht der Grund für deinen Sinneswandel, dann bitte sei so gut und nenne ihn mir, damit ich mich für das, was auch immer ich zwischen halb ein Uhr nachts und viertel zehn vormittags getan habe, bei dir entschuldigen kann.«

Kass fühlte sich überfordert und wollte ihre Ruhe haben. Gerade, als er noch hinter ihr gesessen war, war es noch viel netter irgendwie. Aber jetzt, sein prüfender Blick war ihr unangenehm. Wie hatte sie das eigentlich wieder verbockt, konnte sie sich nicht endlich mal ihren Stock aus dem Hintern ziehen und Lagerfeuer machen? Er war nur der Neffe eines Geschäftspartners rief sie sich erneut ins Gedächtnis. War doch auch irgendwie logisch, dass dessen Onkel wollte, dass er nett zu ihr ist, oder? Ach, so ein Mist! »Und nochmal, Herr Rosencreutz: warum interessiert sie das?«, kiekste sie, passend, da sie sich wie eine Maus in der Ecke fühlte.

»Weil ich mich für dich verantwortlich fühle!«, antwortete er ihr streng, seine Augen funkelten geheimnisvoll. Kass presste zischend die Luft aus ihren Lungen. »Natürlich. Sehr elegant umschrieben.« »Bitte?«, hakte er nach. Stur schob sie ihr Kinn nach vorne.

Das konnte Noah auch. Arrogant hob er sein Kinn und verschränkte die Arme, aber damit schüchterte er die Kleine nicht ein, denn sie schwieg beharrlich. Was konnte denn so Schlimmes dahinterstecken, dass sie es nicht sagen wollte? »Gut, dann gehe ich jetzt. Du solltest den Abend hier verbringen und dich ausruhen. Wir können dann morgen weiterstreiten.«

Rosencreutz machte Anstalten aufzustehen. »Ich weiß, warum sie sich für mich verantwortlich fühlen.«, platzte es aus ihr heraus. »Ach? Auch eine von Nates Weisheiten?«, entgegnete er sarkastisch. Maaann, sauer konnte er aber wirklich. »Nein. Weil ihr Onkel sie offenbar darum gebeten hat nett zu mir zu sein und sie brauchen es gar nicht abzustreiten, denn ich habe es heute Morgen persönlich hören können.«

Noahs Augen wurden groß. »Wann?« »Heute früh, bevor ich bei ihrem Onkel war, ich habe das Gespräch zwischen ihnen beiden hören können.«, gab Assistentin Kass trotzig zu. »Sie haben meinen Onkel und mich belauscht!« »Von lauschen kann wohl kaum eine Rede sein. Jeder auf dem Flur hätte hören können, was sie beide gesagt haben, die Tür stand offen.«, verteidigte sie sich matt und schuldbewusst. »Oh.« Noah wusste sofort auf welchen Teil des Gesprächs mit Giovanni sie anspielte. Mies, damit hatte er nicht gerechnet. Das war natürlich ein Problem.

»Oh!?« Ihre Augen blitzten ihn säuerlich an. »Dann hast du sicher auch gehört, dass ich meinem Onkel sagte, dass mich sein geheucheltes Interesse dahingehend nicht interessiert.«, versuchte Noah die Situation zu retten, doch Assistentin Kass zuckte die Achseln. »In jedem Fall habe ich gehört, dass er sie gelobt hat, weil sie sich mir, ihrer Aufgabe, mit so großem Enthusiasmus widmen, denn ich wäre ja ganz hin und weg von ihrem Charme.«

Und das ärgerte sie jetzt warum genau? Selbst wenn sein Onkel ihn nicht mit dieser Aufgabe betraut hätte, auf die sexy Assistentin hätte er in jedem Fall einen Blick geworfen. Sie war mit jedem Wort lauter geworden und Noah genoss es direkt, wie sie sich feurig ihrer Wut hingab. Es stand ihr. »Bist du es denn?« Seine Augen fesselten sie und er konnte nicht verhindern, dass seine Stimme eine Spur rauer wurde.

Ja! Hauchte Kass' Innerstes. »Nein! Ganz sicher nicht!«, antwortete sie schnell, drehte ihren Kopf zur Seite und versuchte relativ erfolglos, nicht rot zu werden. Himmel! Sie war seit Jahren nicht mehr so häufig rot geworden, was war nur los mit ihr! Ihr Stolz zwang sie dazu ihn wieder anzusehen. Sein Blick empfing sie amüsiert. Das lief ja glänzend.

Sie log, sie war es. Ihre ganze Reaktion zeigte es und brachte Noah zum Schmunzeln. Assistentin Kass vermochte es nicht, sich hinter einer Fassade zu verbergen, wie andere Frauen, die er kannte. Dazu war sie zu offen, zu ehrlich. »Du bist also sauer auf mich, weil du denkst, dass ich nur nett zu dir bin, weil mein Onkel mir gesagt hat, dass ich das machen soll.«, fasste Noah zusammen.

Aufs wesentliche beschränkt klang es banal, dachte sich Kass, umso mehr erstaunte es sie, dass Rosencreutz es ernstnahm. »Gut, das verstehe ich. Das macht es mir jetzt schwer.« »Wie meinen sie das?« »Na, du denkst, dass ich das alles nur tue, weil mein Onkel es mir gesagt hat.« Er schob seine Lippen kurz vor und zurück und fuhr sich durchs Haar. »Ich kann dir nur versichern, dass du da einen völlig falschen Eindruck gewonnen hast, Kassandra. Von mir und von dem Verhältnis zu meinem Onkel. Es ist nicht besonders gut.«, raunte er vertraulich. »Da ist der Handel mit dem Schiele schon ein besseres Beispiel.«

Ihr Vorname klang aus seinem Mund wie eine Melodie. »Außerdem trage ich nicht jeden Tag junge Damen durch den Wald oder gebe ihnen private Tanzstunden.« »Nicht?«, fragte sie verhältnismäßig cool, das lag wohl an ihrer Gehirnerschütterung, denn Noah Rosencreutz hatte ihr gerade auf sehr sensible Art beigebracht, dass er etwas für sie empfand, da er sich ja verantwortlich für sie fühlte, dass er seinen Onkel lieber aufs Kreuz legte, als zu tun, was dieser von ihm verlangte und bereit war ihr zu vertrauen.

Oder er wickelte sie schon wieder ein? Sie wollte ihm so gerne glauben, aber nicht vor einem langen Gespräch mit Kia. »Haben wir das damit aus der Welt geschafft, Kass?«, hakte Rosencreutz nach. »Ja, für den Moment.«, antwortete sie wahrheitsgemäß. »Das nehme ich so hin. Trink noch was und schlaf, du siehst müde aus.« »Wie charmant.«, grummelte Kass. Er zwinkerte ihr jedoch nur zu und stand auf. »Ich versuche in Rufweite zu bleiben, allerdings muss ich noch kurz zu meinem Onkel. Schlaf gut, Kass.« Das war charmant. Sie blickte ihm stumm hinterher.

Zum einen war Noah froh Assistentin Kass für den Moment entkommen zu können, andererseits vermisste er ihre Nähe auch schon wieder, wie er jetzt feststellte, doch bevor er später wieder nach ihr sah, wollte er seinen Onkel über Nates Verhalten aufklären. Noch aufgewühlt von dem Gespräch mit ihr, durchmaß er die Eingangshalle des Schlosses mit schnellem Schritt und schlug den Weg zum Arbeitszimmer seines Onkels ein.

Es hatte ihm gefallen, wie entspannt sie sich an ihn gelehnt hatte und ihren Körper an seiner Brust zu spüren. Es war ihr ziemlich peinlich gewesen zuzugeben, dass sie das Gespräch zwischen ihm und seinem Onkel belauscht hatte, mehr noch, sie schien sich sogar daran zu stören, dass er nur so nett zu ihr war, weil sie vermutete, dass er es nur aus dieser Prämisse heraus getan hatte. Hoffentlich glaubte sie ihm, dass das nicht der Fall war. Es war ihm wichtig, Assistentin Kass war ihm wichtig, das konnte er sich eingestehen.

Noah musste grinsen. Wie süß sie war, wenn sie wütend wurde. Ihre vollen Lippen, die sie trotzig wie ein Kind zusammengepresst hatte. Sogar rot war sie geworden. Alles in allem konnte er also wohl davon ausgehen, dass nicht nur er sich zu ihr hingezogen fühlte, sondern sie sich auch zu ihm. Was sie allerdings an Nate fand, verstand Noah überhaupt nicht. Er mochte es kein Stück, dass sie sich mit seinem Rivalen scheinbar so gut verstand. Auch nicht, dass sie ihn auf eine Stufe mit diesem feigen Aufschneider stellte und er hasste es regelrecht, dass sie den sehr wohl beim Vornamen nannte.

Er bog ab und steuerte direkt auf den Verwaltungsraum zu, in dem sich sein Onkel sicher befand. »Ist mein Onkel da drin?« Forsch schritt Noah auf Wolf zu, der vor der Doppeltür zum Büro seines Onkels wartete. »Ja, Herr Rosencreutz, aber er will momentan nicht gestört werden.«, hörte Noah ihn noch sagen, ignorierte dessen Aussage allerdings komplett, schob den Handlanger stattdessen unbeeindruckt zur Seite und öffnete die Tür. »Sie sind gut geritten, Wolf.« »Aber, Herr Rosencreutz…!«

»Onkel! Wir müssen reden!«, platzte es aus Noah heraus, noch bevor er die Tür wieder hinter sich schloss. Wie üblich saß Giovanni Balsamo hinter seinem Schreibtisch und würdigte ihn keines Blickes. »Noah! Jetzt nicht!«, wollte der ihn abkanzeln. »Subito, zio Giovanni!« Erst jetzt sah Noah, dass sein Onkel sich in Gesellschaft von Frau Hill, Nates Mutter, befand. »Ah, Frau Hill, was für ein Zufall, bleiben sie ruhig! Es geht ohnehin um ihren Sohn.«, lächelte Noah frech, bevor er seine Aufmerksamkeit wieder der Tonsur seines Onkels widmete. »Ich verlange, dass Jonathan Westcliff von den Feierlichkeiten ausgeschlossen wird.« »Darf es wahr sein! Giovanni!«, fuhr Nates Mutter sofort auf und auch sein Onkel schüttelte verständnislos den Kopf, aber immerhin sah er ihn endlich an. »Noah, managgia!« Und er war aufgebracht. »Un momento, per favore.«, sagte sein Onkel, bevor er sich an Nates Mutter wandte und diese bat, kurz draußen zu warten.

»Was ist los mit dir, Ragazzo! Was ist das für ein Benehmen? Habe ich dich so erzogen?«, schnappte sein Onkel, als Nates Mutter den Raum verlassen hatte, gereizt. »Was soll das heißen, Onkel? Hast du nicht gehört was passiert ist? Jonathan Westcliff hat Frau Alighieri heute bei der Jagd wissentlich in Lebensgefahr gebracht, daher habe ich ihm gesagt, dass er die Veranstaltung verlassen soll.« Sein Onkel musterte ihn eingehend, bevor er antwortete. »Si, ich habe gerade von Lissy von deiner kleinen Stunteinlage gehört. Mutig und heldenhaft. Nichts anderes habe ich von dir erwartet.«

Noah schloss die Augen und ballte kurz seine Fäuste. Der gute Nate war also zu Mami gelaufen und hatte ihr etwas vorgejammert. Das ist so typisch Nate, wenn es ernst wird: immer den Schwanz einziehen. »Schade, dass du nicht bei deiner Siegerehrung warst, Charles hat dich aber würdig vertreten. Geht es Frau Alighieri gut?« »Soweit, ein paar Schürfwunden, Prellungen, eine leichte Gehirnerschütterung.«, antwortete Noah verdattert. »Das ist alles? Nichts gebrochen, ein bleibendes Trauma?« »No, niente.« Sein Onkel nickte und rieb sich über das Gesicht.

»Dann nimmt dich das ganze etwas zu sehr mit, no? Bist du nicht eher wütend auf deinen Freund, weil du dir für Frau Alighieri fast den Hals gebrochen hast?« Noah schnaubte abfällig. »War kein Risiko für mich ihr zu helfen.« »No?« »No.«, knurrte Noah. Er fühlte, dass das Gespräch eine Kehrtwendung machte, ohne es verhindern zu können. »Na dann gibt es doch auch kein Problem, Noah.«

Doch das gab es! Schließlich war Assistentin Kass verletzt worden. War das nur ihm wichtig? »Aber Onkel! Nate hat sich verantwortungslos verhalten, er muss gewusst haben, dass sie keine geübte Reiterin ist und hat sie dennoch auf diese unberechenbare Stute gesetzt!« »Gegen Frau Alighieris Willen?« »Was?« »Hat Jonathan Westcliff Frau Alighieri gezwungen auf diesem Pferd zu reiten?« Noah schluckte trocken. »Nein, aber…« »Noah! Finito, Kassandra Alighieri ist eine erwachsene Frau. Wenn sie dazu bereit war das Risiko einzugehen, müssen wir davon ausgehen, dass sie wusste, worauf sie sich einlässt, capito?«

»Ach! Dann wäre es dir egal, wenn sie sich das Genick gebrochen hätte?« »No, das wäre es nicht. Aber wie es scheint, hat sie in dir einen perfekten Retter gehabt, das hast du sehr gut gemacht, und du bist zusätzlich als Sieger aus der Jagd geritten. Ich bin sehr stolz auf dich, du übertriffst meine Erwartungen. Was willst du mehr, Ragazzo?«, fuhr ihn sein Onkel entnervt an.

»Dass du Nate sagst, dass er verschwinden soll!« Der amerikanische Arsch hatte zugelassen, dass sich diese schwarzhaarige Elfe verletzte. Tief in seinem Inneren jedoch wusste Noah längst, dass er zu weit drinsteckte, um sachlich gegen seinen Onkel argumentieren zu können. Die Kleine hatte etwas an sich, dass ihn nicht losließ. Er meinte, was er zu ihr gesagt hatte, er fühlte sich verantwortlich für sie.

»Du verhältst dich infantil, Noah. Lissys Sohn bleibt auf dem Schloss und nimmt weiterhin an dem Event teil. Ich erwarte dich dann heute Abend im Festsaal, damit du mit den anderen erfolgreichen Teilnehmern der Jagd deine Ehrung persönlich entgegennehmen kannst. Bis heute Abend.« Ohne ein weiteres Wort an ihn zu richten widmete sich sein Onkel wieder den Unterlagen vor ihm auf dem Schreibtisch und befahl Wolf, Elisabeth Westcliff wieder zu ihm vorzulassen. Geschlagen verließ Noah das Büro.

»Das heißt dieser alte Italiener hat seinen hübschen Neffen also auf dich angesetzt! Na, das Früchtchen dürfte für mich schön den Laufburschen machen.«, rief Kia in den Hörer, als sie den ersten Höhepunkt von Kass' Drama in mehreren Akten hörte. Die musste schmunzeln. »Still hör' zu, ich weiß nicht wieviel Zeit wir haben!«, kicherte sie und erzählte weiter.

»Du lieber Himmel! Vom Pferd gefallen? Geht es dir gut, Maus?«, rief Kia besorgt, als sie den nächsten Knüller des Tages erfuhr. »Naja fast eben, Rosencreutz hat mich irgendwie gerettet, bevor ich wirklich auf dem Boden aufkam. Ja, ok soweit. Ich hab' einen Kratzer am Hirn, blaue Flecken, Muskelkater und wegen Gehirnerschütterung soll ich heute liegen bleiben.« »Mensch, du lässt aber auch nichts aus und was war dann?«

»Bin ohnmächtig geworden, weil ich mir wohl irgendwie den Kopf bei der Aktion gestoßen habe und Rosencreutz hat mich auf mein Zimmer gebracht.« »Hm, das ist doch noch nicht alles.« Wie recht ihre Freundin hatte. Nach einem kurzen Blick auf ihre Zimmertür redete Kass schnell weiter.

»Also was denkst du?«, fragte sie Kia jetzt, nachdem sie endlich alles losgeworden war. »Alter! Das ist ja mal ne Menge Input!« Kass verdrehte die Augen. »Kia, bitte.« »Er steht auf dich, Kass. So wie der sich für dich verbiegt, das kann nicht nur 0815- Charme für einen Geschäftspartner seines Onkels sein. Sei doch mal ehrlich. Wie eine männliche Schlampe sah er mir auch gar nicht aus.« Kass musste kichern.

»Bitte bleib ernst, Kia.« »Kass, würde er sich nicht um dich kümmern wollen, würde er es nicht tun. Die Sorte Mann ist er nicht.« Kass stutzte. »Welche denn dann?« Ihre Freundin kicherte auf. »Du, meine Liebe, hast da eine seltene Spezies am Haken. Nämlich die Zielstrebige, Kühne und Ehrliche. Das was wir dank Hollywood als Mann verstehen.« Gut. Kia war ihre beste Freundin. Wenn das ihre Meinung war, musste sie das so hinnehmen und sich mit einem neuen Problem befassen. Ihr Herzschlag beschleunigte sich. »Wie verhalte ich mich denn jetzt ihm gegenüber?«, hallte Kass' panischer Ruf durch die Leitung.

Nach ihrem Gespräch mit Kia war an Schlaf erstmal nicht zu denken, also hatte Kass erfolglos versucht, sich das schlechte Gewissen, dass sie jetzt gegenüber Noah Rosencreutz hatte, abzuwaschen. Was sie ihm heute nicht alles an den Kopf geworfen hatte! Er war so nett zu ihr gewesen und sie hatte sich wie ein ungezogenes Kind verhalten. Kaum hatte sie sich fertig angezogen, Jogginghose und Shirt würden wohl genügen, wenn sie heute auf ihrem Zimmer blieb, klopfte es an der Tür. Kass rutschte das Herz in die Hose. Sicher war er das schon. Hatte er nicht gesagt, dass er ihr Eis bringen würde?

»Es ist offen!«, rief sie etwas verunsichert und strich sich das feuchte Haar aus dem Gesicht. »Kass! My gosh! Es geht dir gut!« Nicht Noah Rosencreutz spazierte in ihr Zimmer, sondern Nate Westcliff lugte vorsichtig zur Tür herein. »Nate! Danke, ja. Etwas Muskelkater, blaue Flecken und dieser Kratzer, mehr nicht. Komm rein.«, sie deutete dabei auf ihre Stirn. Der blonde Mann grinste und trat ein. »Ich dachte schon, du wärst sauer auf mich.« Kass winkte ab. »Warum sollte ich?

Alles ok. Ich wollte dieses Pferd reiten und hatte mein Abenteuer.«

Er setzte sich auf den Sessel vor dem Schreibtisch und Kass auf ihr Bett ihm gegenüber. »Noah war total angepisst wegen der ganzen Sache. Wollte mich sogar hier rauswerfen lassen. Meine Mum sagte mir, dass er schon bei seinem Onkel war deswegen.« »Was? Aber das ist doch – Blödsinn!«, sagte Kass, stutzte aber und rief sich Kia's Worte wieder ins Gedächtnis - Er steht auf dich, Kass.

»Yeah – total überzogen. Er ist voll ausgerastet und hat mir die Schuld an allem gegeben.« Nate musterte sie amüsiert. »So was habe ich noch nie erlebt bei ihm.« Kass räusperte sich. »Und musst du gehen?« »Nope. Mum hat Giovanni alles erklärt. Lief schlecht für den guten Noah, das dürfte seine Stimmung nicht gerade heben. Sicher schmollt er irgendwo mit einer Flasche Wodka oder Gin.«

Das heißt er würde heute wohl eher nicht mehr nach ihr sehen. Warum auch, auch sie hatte sich nicht gerade freundlich verhalten. »Hm.«, brummte Kass ernüchtert. »Ah – der fängt sich wieder. Warum hast du mir nicht gesagt, dass du nicht gut reitest?« Das hatte er Nate also auch an den Kopf geworfen. »Ich reite nicht – nicht gut, ich bin nur schon lange nicht mehr geritten und gesprungen bin ich eigentlich nie. Etwas Dressur habe ich gemacht.« »Dann hast du sowas wie heute schon erlebt?« »Nein das nicht direkt.«, lachte Kass auf. »Aber ich bin auch schon vom Pferd gefallen – ja. Aber die Sache war wirklich nicht deine Schuld.« Nate grinste sie an.

»Du hättest es erwähnen sollen. Wäre cool gewesen. Sehen wir uns später beim Essen und der Verleihung?« »Nein, leider. Ich soll heute im Bett bleiben.« Er zieht die Mundwinkel nach unten. »A shame. Aber morgen Abend gehen wir zusammen zur Theateraufführung, oder?« »Das kann ich dir nicht versprechen. Es wartet eine Menge Arbeit auf mich, ich verliere den ganzen Nachmittag heute.« Nate nickte und zwinkerte sie an. »Aber danach – haben wir wieder ein Abenteuer.« »Wenn ich mich bis dahin von dem Schock, den mir dieses beschert hat, erholt habe.«, feixte sie. Es klopfte leise und bevor Kass etwas hätte sagen können, öffnete sich die Tür. Noah Rosencreutz' Blick war so kalt wie der Eisbeutel, den er in seiner Hand hatte. Also doch kein Wodka oder Gin. Kass stöhnte innerlich auf. Mist.

»Raus hier, Nate!«, hörte sie ihn bellen und sah, dass der Amerikaner tatsächlich erschrocken aufsprang und sich in Richtung Tür bewegte. »Keep calm, buddy.« Doch Rosencreutz musterte den Blonden lediglich arrogant. »Kass, wir sehen uns.«, rief Nate in ihre Richtung, sie brachte nur ein ersticktes »Jap« zu Stande. Sie war paralysiert von Rosencreutz' Präsenz, die das ganze Zimmer auszufüllen schien. Seine grauen Augen, seine Statur. Sie war sich dessen Anwesenheit so bewusst, dass ihr ganz warm wurde und sie nicht im Stande war einzugreifen. Rosencreutz machte einen Schritt zur Seite, ließ Nate Westcliff durch und schloss bedächtig die Tür hinter ihm.

Sie waren allein. Kass schluckte und atmete so leise wie möglich aus. »Du sollst im Bett liegen und dich schonen und nicht hier herumsitzen und dich anstrengen!«, fuhr er sie barsch an und kam auf sie zu. Kass konnte nicht verhindern, dass sie leicht zusammenzuckte bei so viel Männlichkeit. »Nates Anwesenheit hat mich nicht angestrengt, er war hier, um sich zu entschuldigen und um zu fragen, wie es mir geht.«, antwortete sie so ruhig wie möglich, denn einschüchtern ließ sie sich auch nicht. »Dann hat er ja doch noch was richtig gemacht heute.« Direkt vor ihr blieb er stehen.

Kass musste den Kopf in den Nacken legen, um ihm in die Augen zu sehen, was sich ungünstig auf ihre Kopfschmerzen und Nackenmuskulatur auswirkte, aber geradeaus starren und damit auf die Knopfleiste seiner Jeans war auch keine Option. »Es war nicht nett von ihnen, wie sie ihren Freund behandelt haben. Es war meine Schuld. Ich habe mich auf das Pferd gesetzt.« Er antwortete ihr nicht darauf, sondern fasste sie sanft am Arm. »Leg dich auf den Bauch. Ich will dir das Eis auf den Rücken legen.«

Seine Wut schien verflogen, einfach so von einem Moment zum anderen. Kass ließ sich von ihm aufhelfen und streckte sich stumm stöhnend auf ihrem Bett aus. Nur einen Augenblick später saß er schon bei ihr, sie sah ihn nicht, sie fühlte es, da sie den Kopf auf die andere Seite gedreht hatte. »Entspann dich, wird gleich kalt.« Kass fühlte wie er ungeniert nach ihrem Shirt griff, es nach oben zog und den Eisbeutel platzierte. Sie sog die Luft ein. »Kalt!« »Yep, aber es hilft.« Es entstand eine unangenehme Pause. Starrte er auf ihren Rücken?

»Sie wollten, dass ihr Onkel Nate aus dem Schloss wirft?« »Hat er dir auch erzählt, dass er deswegen gleich zu Mama petzen gegangen ist?« Unwillkürlich musste Kass schmunzeln. »Seine Wortwahl war eine andere, aber er hat erwähnt, dass seine Mutter mit ihrem Onkel gesprochen hat.« »Wow, er war ehrlich. Jetzt überrascht er mich aber wirklich.«, hörte Kass ihn sarkastisch brummen. »Sie dürfen nicht wütend auf Nate sein, weil ich mich dumm verhalten habe, Herr Rosencreutz.« »Hätte er mehr Verantwortungsgefühl, müsste ich nicht wütend auf ihn sein. Du kennst ihn nicht so lange wie ich ihn kenne.«

Kass schnaubte. »Aber ich habe den Fehler begangen!« Schweigen. Sie fühlte, dass er aufstand, hörte, wie er um das Bett herumging und sah schließlich zwei interessierte graue Augen in ihrem Gesichtsfeld auftauchen. »Hören sie, Herr Rosencreutz, ich – ich will mich bei ihnen entschuldigen. Ich habe mich heute Morgen sehr dumm und kindisch verhalten. Das war unprofessionell von mir. Es tut mir wirklich leid. Ich hätte meine Wut nicht an ihnen auslassen dürfen.« Etwas in seinen Augen blitzte kurz auf. »Na, war das so schwer, Kass?«

»Wie bitte? – Au!«, fuhr sie auf, wurde aber sofort von ihrer unbedachten Bewegung gestraft. »Sorry, nur ein Scherz.« Rosencreutz grinste verschmitzt. »Haha! Was habe ich gelacht.« »Warum willst du nicht Noah zu mir sagen.« Seine direkte Frage traf sie unvorbereitet. »Weil, weil sie der Neffe eines Geschäftspartners sind.« »Mehr nicht?« Er gab ihr keine Zeit zu antworten. »Ich habe dir zweimal deinen süßen Hintern gerettet seit wir uns kennen, ich halte das für einen guten Schnitt.« »Nochmals: Danke.« »Gerne.«

Er hockte sich vor das Bett und fesselte sie mit seinem Blick. »Warum willst du nicht Noah zu mir sagen, Kass?« »Das sagte ich schon.« »Das ist nicht der Grund.« Sie hörte ihr Blut rauschen. Nein, der Grund war, dass sie Angst davor hatte, was geschehen würde, wenn sie diese schmale Linie, mit der sie Noah Rosencreutz auf Abstand hielt, überschritt. Aber wenn es nach Kia ging… »Deine Entschuldigung klang ehrlich, aber ich weiß nicht, ob ich sie annehmen kann, denn ich fühle da schon wieder Misstrauen.« Sie schloss die Augen und senkte ihren Kopf ein wenig. »Sie machen sich über mich lustig.« »Das tue ich nicht. Komm schon, Nate kannst du sagen aber Noah nicht? Und das nach allem, was du mir heute an den Kopf geknallt hast. Ein Satz hallt da noch besonders in mir nach. Das wäre dann alles…«

Kass schluckte. Sie verhielt sich schon wieder kindisch und verstockt, dabei hatte Kia ihr immer wieder gesagt: locker bleiben, bleib cool, Kass. Er will dich, das wird ein Spaziergang. Ja, ein Spaziergang rückwärts einen Eisberg in Flipflops nach oben mit verbundenen Augen. »Wie gesagt, es tut mir wirklich leid, was ich zu ihnen gesagt habe.« »Ja, hab ich gehört. - Sag Noah zu mir, bitte.« Kass atmete durch und blickte ihn an. »Gut, Noah, wenn es dir so wichtig ist.« Seine hellen Augen unter dem dunklen Schopf leuchteten kurz triumphierend auf. »Ich nehme deine Entschuldigung an, Kass. Alles vergessen.«

Sie hatte keine Chance. Er hatte mit Geschäftsmännern verhandelt, die weitaus mehr Taktik erforderten, als Assistentin Kass, aber mit keinem von denen hatte es ihm so einen Spaß bereitet, wie mit dieser sturen Dunkelhaarigen, die jetzt auf dem Laken leicht zu zappeln begann. »Was ist?« »Mir läuft Eiswasser die Seite hinunter.« »Ah. Moment.« Noah griff sich ein paar Taschentücher aus einer Box auf dem Nachtisch, hob den Eisbeutel kurz an und tupfte Assistentin Kass' Rücken trocken, bevor er den Eisbeutel erneut platzierte. »Besser?« »Ja.« Noah setzte sich zu ihr aufs Bett und folgte dem Drang ihr eine Haarsträhne aus dem Gesicht zu schieben. Argwöhnisch verfolgte sie die Bewegung seiner Hand.

»Du warst duschen?« »Ja, ich hab gestunken wie ein Bär.« Noah grinste. Wie ein sehr süßer Bär, dachte er für sich. »Und hast du noch schlafen können?« »Nein, nicht wirklich.« »Hm. Dann sollte ich dich vermutlich besser allein lassen, damit du dich ausruhen kannst.« »Vermutlich. Ich will dich nicht aufhalten.« »Hab nichts vor.«, schmunzelte Noah und setzte sich neben sie auf die Matratze. »Dein Onkel wird nicht begeistert sein, dass ich heute ausfalle, schätze ich.« »Mein Onkel ist im generellen schwer zu begeistern. Er hat mich großgezogen, er ist an Enttäuschungen gewöhnt.«

»Bist du das für ihn? Eine Enttäuschung? Ich dachte, dass du mit deinen Reputationen eher sehr hoch im Kurs stehst bei ihm.« »Mag sein. Dennoch versuche ich nicht aufzugeben. Ich setze wirklich alles daran, um meinem Ruf gerecht zu werden.«, spotte er und verfolgte mit den Augen einen

Wassertropfen, der sich von dem Eisbeutel löste und sich auf den Weg von ihrer Taille hinab in Richtung Hüfte machte. »Du bist seltsam, Noah.«, stellte Assistentin Kass ernst fest. »Danke, du auch.« »Wie lange bist du schon bei deinem Onkel, wenn ich fragen darf.« »25 lange Jahre. Wir haben im Mai Jubiläum.«, sagte er freudlos.

Der 03.Mai 1988, Kass erinnerte sich an die Kombination seines Aktenkoffers. Gab es da einen Zusammenhang? »Und du hast nie daran gedacht wegzugehen?« Abfälliges Schnauben. »Ja – du kennst meinen Onkel nicht. Du kennst nur seine Geschäftsfassade. Er ist Italiener, falls es dir entgangen ist, die lassen einen nicht in Ruhe, wenn man zur Familie gehört.«, zwinkerte er ihr zu. »Außerdem verdiene ich gut an ihm.« »Ein Nihilist also.« »Eher ein Opportunist:« Eine Gänsehaut zog sich über ihren Rücken. »Sollen wir den Eisbeutel erst einmal wegnehmen.« »Ja, danke.«

Assistentin Kass stöhnte leise, als er vorsichtig die Druckstellen mit einem Kleenex trockentupfte. Als er nach ihrem Shirt greifen wollte, um es nach unten zu ziehen, trafen sich ihre Hände. Es elektrisierte ihn. Da hatten sie wohl dieselbe Idee gehabt. Kurz versank er in ihren Augen, die ihn verstört anstarrten, bevor sie entschlossen ihre Hände auf die Laken stemmte, um sich umzudrehen. »Was hast du vor?« »Ich will mich aufsetzen.« »Warte, ich helfe dir.« Noah griff an Kass Schultern und drehte sie vorsichtig herum, so dass sie wieder, wie schon vorhin, an seiner Brust lehnte. »Das ist mir unangenehm.«, murmelte sie.

»Was? Wir waren heute Mittag auch schon so gesessen und da hattest du weniger an.« Kass widerstand dem Drang ihn in die Seite zu knuffen. »Frech.«, entgegnete sie stattdessen. »Jap. So wahr mir Gott helfe.« Sie hörte das Grinsen in seiner Stimme und es steckte sie an und tatsächlich drückte sie sich dichter an ihn. »Darf ich fragen, wie alt du bist?« Wollte sie sich diplomatisch dem Datum, dass sie im Kopf hatte, annähern. Sie fühlte ihn mit den Achseln zucken. »Klar, 35 und du?« »31, im Juni dann 32.« »Welcher Juni?« »Am sechsten.« »Ah, ein Stier. Kein Wunder, dass du so einen Dickkopf hast.« Ein Mann, der sich für Sternzeichen interessiert – das hatte Kass noch nie erlebt. »Dann bist du seitdem du zehn bist bei deinem Onkel?«

Auf ihre Frage sollte Kass vorerst keine Antwort erhalten, denn es klopfte an der Tür und sie blickte auf das lackierte Holz. »Noah.«, hörten die beiden die gedämpfte Männerstimme durch das Holz. »Das ist Charlie, Prinz Werode.«, brummte er in ihrem Rücken. Das Klopfen wiederholte sich eindringlicher. »Frau Alighieri, sind sie da? Ist Herr Rosencreutz bei ihnen?« »Ist es ok für dich, Kass?« Sie nickte. »Kommen sie rein, Noah ist hier.«, rief sie und die Tür öffnete sich.

Schon zum zweiten Mal an diesem Tag traf Noah Charlies nachdenklicher Blick. Assistentin Kass wollte von ihm wegrücken. Sanft hielt er sie an der Taille zurück. Sie fühlte sich gut an, darauf wollte er ungern verzichten. »Frau Alighieri, es freut mich zu sehen, dass sie wohlauf sind.«, nickte ihr der Prinz zu und wandte sich dann direkt an ihn. »Du solltest dich langsam fertig machen, Junge. Die Verleihung geht bald los.« »Schickt dich Giovanni?«, brummte Noah und der ältere Herr blickte auf seine Füße.

»Es soll nur sichergestellt sein, dass du heute Abend anwesend bist.« »Ah ja. Dann, Charlie, sei bitte so gut und richte Giovanni aus, dass ich leider zu tun hätte.«, schnappte er trotzig. »Noah, ich bitte dich…« »Nein, ich will nicht. Ich werde heute Abend nicht anwesend sein.« »Gut. Und was hast du zu tun?« »Ich muss sicherstellen, dass es Frau Alighieri gut geht.« Höflich lächelte sein Wahlonkel kurz in Assistentin Kass' Richtung.

»Versteh mich nicht falsch, ich will den Unfall von Frau Alighieri keinesfalls herunterspielen, aber du bist keine 18 mehr, Noah.« Charlie musterte ihn eindringlich. »Du hast eine Verantwortung diesem Event und deinem Onkel gegenüber. Du kannst dich nicht wie ein trotziger Junge aufführen.« »Ich werde nicht gehen, Charles!«, antwortete er kalt.

Kass war die Situation unangenehm, auch, weil der Prinz von Werode ihr jetzt seine ganze Aufmerksamkeit widmete. »Frau Alighieri, es tut mir leid, dass sie in diese private Angelegenheit mit hineingezogen werden, aber ich muss sie fragen, ob es ihnen wirklich so schlecht geht, dass sie auf Noahs Anwesenheit hier nicht verzichten möchten.« Na glänzend. Und jetzt? Lief ja eigentlich ganz gut so zwischen ihnen die letzte halbe Stunde. Sie fühlte, wie seine Hände sie leicht in die Seiten drückten.

Was sollte sie tun, einerseits fand sie es schon gut, dass er hier mit ihr den Abend verbringen wollte, aber andererseits wollte sie bei seinem Onkel und ihm auch nicht zwischen den Stühlen sitzen. Da Giovanni Balsamo ihr Auftraggeber war, wollte sie diesen nicht verärgern. »Es geht mir den Umständen entsprechend.«, fing sie vorsichtig an.

»Und ich möchte ganz sicher nicht Herrn Balsamos Ärger heraufbeschwören.« Der Prinz nickte zufrieden, so, als ob sie in der Schule eine richtige Antwort gegeben hätte und nahm dann kurz den Mann in ihrem Rücken ins Visier. »Würden sie sich denn in der Lage fühlen Herrn Rosencreutz zu der Verleihung zu begleiten?« »Charlie!«, rief Noah anklagend. Sein dröhnender Brustkorb brachte die Haut unter ihrem Shirt zum Vibrieren. »Frau Alighieri hat eine Gehirnerschütterung und soll im Bett bleiben.« »Das solltest du die junge Dame schon selbst entscheiden lassen, Noah. Es wäre auch nicht für lange.«

Kass schluckte. »Naja – ich habe noch nichts gegessen und wenn es nicht lange dauert, dann ginge das schon klar, denke ich.« Der Druck seiner Finger auf ihren Seiten war stetig angestiegen, jetzt ließ er nach. War das jetzt gut oder schlecht? »Noah?«, hakte der Prinz zufrieden nach. »Wir werden da sein.« Es klang frustriert.

Sobald sich die Tür hinter dem Prinzen geschlossen hatte, rückte er von ihr ab und stand auf. Seine Augen verrieten nicht viel von seinen Gefühlen, aber seine Haltung war definitiv angespannt. »Du musst dich umziehen. Ich hole dich in einer halben Stunde ab.« Seine Stimme verriet ihn auch nicht. Hatte sie sich jetzt richtig verhalten? »Ich habe wirklich Hunger.«, versicherte sie zaghaft. »Dann hätten wir uns auch etwas kommen lassen können.« Und einfach so ging er. Verschwunden war die Vertrautheit. Kass hatte das Gefühl gegen eine Mauer zu laufen.

Pünktlich nach Greenwich klopfte es nach 30 Minuten an ihre Tür. Sie hatte das Haar offengelassen, notwendigerweise ein wenig geschminkt und sich ein ärmelloses und knielanges honiggelbes Chiffonhängerchen übergezogen, das sie unter den ihr zur Verfügung gestellten Kleidern entdeckt hatte. Leise flog sie in ihren Ballerinas über den dicken Teppichboden. Sie öffnete sie und sah sich Noah Rosencreutz in einem grauen Cut gegenüber.

Ihr blieb die Luft weg. Das letzte Mal, als sie einen Mann in einem Frack gesehen hatte, war zu Kia's Hochzeit, da sich ihre Freundin damals eingebildet hatte, dass Peter genau das zu tragen hatte. Doch das billige Teil von der Stange, dass der damals trug, stand in keiner Relation zu dem, was dieser dunkelhaarige Schuft hier zur Schau trug. Das Ding saß auf den Millimeter genau und betonte fast unanständig, was es betonen sollte. Breite Schultern, schmale Hüften, kräftige Oberschenkel. Eine ganze Weile starrten sie sich stumm an. Kass erwachte erst, als er den Arm hob und ihre Hand wie selbstverständlich den Weg in seine Beuge fand. »Kassandra.« Ihr Knie verwandelten sich in Pudding, wabbligen Pudding.

Noah wusste, dass er Assistentin Kass vorhin in eine ziemlich unbequeme Zwickmühle manövriert hatte, schließlich war sie bei seinem Onkel angestellt, allerdings hatte er auch nicht gedacht, dass Charlie tatsächlich alle Register zog, damit er zu dieser dämlichen Verleihung ging. Was war denn so wichtig daran? Er hatte die Jagd gewonnen, Charlie die Trophäe entgegengenommen, wozu also das Ganze. Zumal er sich fest vorgenommen hatte, heute sowohl seinem Onkel als auch Nate samt seiner Mutter beharrlich aus dem Weg zu gehen und den Abend mit der Widerspenstigen Zähmung zu verbringen...und er meinte damit nicht Shakespeare.

Aber als sie dann vor ihm stand, so zart, ihr offenes, dunkles Haar, dass sich um ihre bloßen Schultern schmiegte, die Haut eine Spur zu weiß, der Kratzer auf der Stirn. Sein Blick hatte sich an ihre Lippen geheftet und war eine ganze Weile daran hängen geblieben. Ihre Hand lag leicht und etwas zittrig in seiner Armbeuge, als er den Gang mit ihr hinunterging ins Treppenhaus.

»Ich möchte, dass du es mir sofort sagst, wenn es dir schlechter geht oder du dich nicht wohlfühlst.« Kass war zu nervös gewesen, um ein Gespräch anzufangen und war froh, dass er es tat. »Ok.« »Das meine ich ernst.« Er blieb kurz stehen. »Und ich bin nicht taub, hab verstanden.«, antwortete sie und lächelte sanft. Er ging weiter. Seine Haltung war abweisend und sexy zugleich, das verwirrte sie. »Man soll sich doch bewegen gegen Muskelkater und die Kopfschmerzen sind so gut wie weg.« Seine grauen Augen starrten nach vorne.

»Es ist nicht richtig, dass du deine Gesundheit aufs Spiel setzt.« »Sorry, aber ich arbeite für deinen Onkel, da will ich wirklich nicht der Grund sein, dass du mit ihm Ärger bekommst.« Seine Lippen wurden schmal. »Das ist mir klar. Dir sollte klar sein, dass das kein Problem gewesen wäre.« Da war sie sich keinesfalls so sicher. »Das heißt ich habe mich umsonst so fein gemacht?«, witzelte sie. Er ging nicht darauf ein, sondern schob stur seinen Kiefer vor. Kass atmete hörbar aus, schwierig diese Spezies Mann.

Sie erreichten die Tür zum Festsaal, aus der Musik drang. Noah machte einen Schritt nach vorn, um ihr die Tür zu öffnen. »Du bist auch in Jogginghosen bezaubernd, Kass.«, raunte er ihr leise zu. Sie konnte nichts mehr erwidern, denn er zog sie weiter und begrüßte die ersten Gäste. Er fand sie bezaubernd? Ihr Innerstes quietschte hysterisch auf und tanzte einen kleinen Boogie.

Noah bahnte sich rasch seinen Weg mit ihr durch die Reihen und nahm sie mit sich zu einem der vordersten Tische, die im Halbkreis um ein kleines Podest aufgestellt waren. Auf dem Weg dorthin begrüßte er wie selbstverständlich die anderen Teilnehmer des Events. Ließ keinen Zweifel daran, dass die junge Frau an seiner Seite zu ihm gehörte. Kass schien sich nicht daran zu stören. Lächelte und nickte verbindlich. Zeigte ihren intelligenten Humor. Eine perfekte Frau. Wohlerzogen, wenn sie wollte, leidenschaftlich und bockig, wenn ihr etwas gegen den Strich ging. Sie war unkontrollierbar und doch so sanft wie ein schnurrendes Kätzchen.

Er zog ihr galant den Stuhl zurück, wartete, bis sie sich niedergelassen hatte und setzte sich dann zu ihr. »Ich schätze mal, dass du heute großen Hunger hast?« Die junge Elfe nickte unsicher. »Ja – schon, aber das Essen ist doch schon vorbei.« Doch Noah blinzelte sie nur verständnislos an und winkte den nächsten Ober zu ihnen. »Guten Abend. Frau Alighieri und ich haben das Abendessen verpasst, lassen sie uns in der Küche etwas zusammenstellen. Etwas Leichtes – Fisch, reichlich. Gemüse. Keine schwere Soße, kein Alkohol und dazu nehmen wir ein großes Glas Apfelschorle für die Dame und ich nehme eine Cola auf Eis. Danke.«

Ohne zu zögern nahm der Kellner Rosencreutz' Bestellung entgegen und verschwand. Kass musste aufpassen, dass ihr nicht der Mund offenstand. »Sie sind wirklich gewöhnt daran, dass man tut, was sie sagen, nicht wahr?« Fragend blickten sie seine Augen an. »Du – du bist es wirklich gewöhnt.« Seine Mundwinkel zuckten amüsiert nach oben. »Ja, das bin ich. Ist das denn schlecht?« »Ich weiß nicht, dass kommt schon ziemlich verwöhnt rüber.« Er schnaubte und starrte auf das Tischtuch. »Als ob du nie verwöhnt worden bist, Kass.«

»Schon, als Kind eben, von meinen Eltern.«, gab sie zu. »Dann ist das nicht der Grund. Das stört dich nicht.« »Hobby-Psychologe, was?« »Nope. Menschenbeobachter.«, zwinkerte er und lehnte sich zurück, da der Ober die Getränke brachte. »Es ist auch kein Neid. Du findest es nicht gerecht, das ist alles. Daher stört es dich.«, schloss er, als sie wieder allein waren.

Kass runzelte die Stirn. Da hatte er leider irgendwie recht, sie nippte an ihrer Schorle, »Du könntest das auch.«, und verschluckte sich fast daran. »Das denke ich nicht, ich bin nicht der Typ, der immer alles und um jeden Preis durchsetzen muss.« »Das heißt aber nicht, dass du es nicht könntest. Mein Leben fordert von mir ein gewisses Auftreten. Wärst du eine berühmte, vermögende Künstlerin könnte sich das für dich auch ändern und du könntest es nicht verhindern.« »Eine Künstlerin und vermögend in einem Satz funktioniert aber nur in der Theorie.«, zwinkerte sie und erneut zuckten seine Mundwinkel. »Ich verstehe schon, Noah. Viel Kohle, viel Verantwortung, viel Annehmlichkeiten. Du musst mir nicht erklären, warum du bist, wie du bist.« Der Ober brachte das Essen und es sah unglaublich gut aus. »Das weiß ich, aber ich fände es cool, wenn du mich verstehst. Fang mit dem Seeteufel an. Der ist genial.«

Das war er wirklich, er zerging auf Kass Zunge buttrig und zitronig. »Bist du wirklich so sauer auf deinen Onkel und Nate, dass du deswegen darauf hättest verzichten wollen?«, schwärmte Kass selig nach einem weiteren Bissen. Noah Rosencreutz musterte sie eindringlich. »Was?«, hakte Kass nach. »Eigentlich müsstest du stinksauer auf die beiden sein.« »Warum? Ich habe mich entschieden, dieses Pferd zu reiten.« »Und doch hat dich keiner, außer mir, versucht davon abzuhalten. Nate war dein Partner bei der Jagd, mein Onkel ist der Veranstalter dieses Events. Es lag in ihrer Verantwortung.« »Und wieder teilst du unverblümt deine Sicht auf die Dinge mit mir.«

Er prostete ihr mit seiner Cola zu. »So ist es. So macht man das doch, wenn man sich besser kennenlernen möchte, Bella, no? Sag mir, wenn ich falsch liege.«, grinste er breit. Besser kennenlernen – ein Schild, blinkend mit neonfarbener Schrift leuchtete in ihrem Kopf auf, begleitet von einem klingelndem Ding Ding Ding. »Trotzdem ist es deinem Onkel wichtig, dass du heute Abend hier bist. Sonst hätte er dich wohl kaum suchen lassen. Du bist ihm wichtig.«, schob sie die Leuchtreklame in den Hintergrund. Er prustete abfällig.

»Es ist naiv von dir, zu glauben, dass meinem Onkel irgendetwas an mir liegt, Kass. Giovanni Balsamo ist nur eines wichtig – Giovanni Balsamo. Er will mich vorführen, weil ich eine so gute Leistung vollbracht habe, um sich und seine Firma vor seinen Geschäftspartnern im besten Licht darzustellen. Aber er blendet die unbequemen Wahrheiten, die damit zusammenhängen, einfach aus. Dieses Event steht über allem für ihn, deswegen muss alles nach seiner Pfeife tanzen.« »Und das stört dich.« »Si, naturalmente.« Kass grinste auf. »Das ist kindisch.« »Yep, un poco.« »Also reagierst du tatsächlich aus Trotz so. Weil du ihm das nicht gönnst?« »Nope. Weil er nicht bereit ist das richtige zu tun. Das Richtige wäre gewesen Nate zur Verantwortung zu ziehen. Er hat dich in Gefahr gebracht. Ich stehe nur für dich ein. Das ist eben mit Konsequenzen verbunden.«, schloss er mit einem leisen Grinsen. Konsequenzen, die er bereit war zu tragen – für sie. Kass schluckte.

»Ragazzo! Du hast mir beim Essen gefehlt.« Kass hatte seine Aussage noch nicht verdaut, als Giovanni Balsamo zu ihnen kam. Der Mann an ihrer Seite zuckte kurz zusammen, richtete sich etwas auf und setzte ein falsches Lächeln auf. »Ich wünschte, ich könnte dasselbe behaupten.«, deutete er nonchalant auf die leeren Teller von ihnen auf dem Tisch. Kass sah die Augen ihres Auftraggebers kurz wütend funkeln, doch er fing sich augenblicklich wieder, als er sie anblickte.

»Frau Alighieri, schön sie zu sehen. Geht es ihnen gut?« Kass holte Luft, doch Noah Rosencreutz kam ihr zuvor. »Frau Alighieri geht es nicht gut, Onkel.« »Ragazzo. Lass die junge Dame doch für sich sprechen, per favore.« Er sagte es nicht freundlich und doch klang es irgendwie so. Kass lächelte höflich. »Meine Muskeln und mein Rücken sind ziemlich mitgenommen. Die Kopfschmerzen besser, daher denke ich, dass die Gehirnerschütterung auch besser wird. Diesen Kratzer hier, werde ich wohl noch eine Weile behalten. Danke, dass sie gefragt haben.«

Sie legte einen Hauch Missbilligung in ihre Antwort, denn sie hatte verstanden, was Noah für sie tat. »Aber natürlich. Ich möchte doch, dass sie sich bei uns wohlfühlen, Signora. Ich hätte mir nicht verzeihen können, wäre ihnen auf den Feierlichkeiten ernstlich etwas zugestoßen. Fühlen sie sich denn in der Lage ihre Arbeit morgen wieder aufzunehmen?« Kass sah, wie sich Noahs Kiefer anspannte. »Natürlich, Herr Balsamo.«, antwortete sie knapp und beobachtete wie der seinem Neffen die Hand auf die Schulter legte. Der große Mann ließ es über sich ergehen. »Trotz seiner oft ungezogenen Art sind sie bei meinem Neffen in guten Händen. Vielleicht wissen sie noch gar nicht, dass er sie nicht nur vor einem Sturz bewahrt hat, sondern mein Junge hat auch die Jagd gewonnen.« »Doch, Herr Balsamo, das habe ich schon gehört. Herr Rosencreutz kann stolz auf seine Leistung sein.«, nickte sie.

Die Hand klopfte die Schulter ihres Begleiters und Kass sah deutlich das Missfallen in seinem Blick darüber. »Das habe ich ihm auch schon gesagt, aber Noah – wissen sie, er macht es einem nicht leicht.« So falsch das Gespräch bisher verlaufen war, in diesem Punkt konnte Kass nicht widersprechen. »Leicht kann doch jeder.«, grinste sie stattdessen und fühlte wieder den durchdringenden Blick zweier grauer Augen auf sich ruhen. »Si, da haben sie wahrscheinlich recht. Es ist wichtig, dass Noah diese Ehrung heute Abend annimmt. Dass er heute Mittag nicht bei der Siegerehrung war, war schon ein kleines Drama, wissen sie. Verstaubte Bräuche, aber man sollte sie pflegen.«, lachte der Italiener sie an.

»Und ich bin froh, ihren Neffen heute Abend zu begleiten.«, antwortete Kass, weil es ihr am passendsten erschien und lächelte. »Si.« Balsamo beugte sich etwas näher zu seinem Neffen. »Ich halte eine kleine Rede, Ragazzo, dann rufe ich dich zu mir und…« Was folgte verstand Kass kaum, weil er es leiser zu Noah Rosencreutz sagte und noch dazu auf Italienisch. Doch, auch wenn er seinem Neffen ein paar geharnischte Worte gesagt haben sollte, die Miene des gutaussenden Mannes neben ihr blieb vollkommen kalt. »Frau Alighieri, es hat mich gefreut. Berichten sie mir morgen Nachmittag von ihren Fortschritten.« Damit ging er.

Assistentin Kass blickte seinem Onkel nachdenklich hinterher. »Falls du dich fragen solltest: er hat mich gebeten mich zusammen zu reißen und keinen Aufstand zu machen. Gehorche ich nicht, bestraft er mich. Es kostet mich mein Boot.« Ihre blauen Augen blickten ihn erst fragend dann irritiert an. »Dein Boot?« »Si. Es handelt sich um eine zwölf Meter lange Yacht, sie liegt im Hafen von Nizza.« Ihre wunderschönen Augen wurden groß. »Oh. Aber das ist dir egal?« Noah grinste kurz. »Wäre es. Der Liegeplatz ist begehrt. Er würde ihn schnell verkaufen können und teuer.« »Dann geht es um Geld?« »Meinem Onkel schon.« »Und dir?« Noah zuckte die Achseln. »Es ist nichts, was ich in der Vergangenheit nicht schon erlebt habe. Es würde mich ein paar Monate kosten. Ich müsste Zeit investieren und ein paar Objekte verkaufen.« »Hm. Warum tut dein Onkel das?« »Weil er mich nicht mehr mit dem Gürtel unter Kontrolle hat.«
Er sah ihr an, dass sie es zuerst für einen Scherz hielt. Die Striemen auf seinem Rücken, auch wenn nur eine Handvoll zurückgeblieben waren, erzählten eine andere Geschichte. »Das ist dein Ernst.«, hauchte sie erschüttert. »Jap, ist es.« Ihre Augen wurden groß. »Das tut mir leid.« Noah schüttelte den Kopf. »Das muss es nicht. Schmerz bildet einen harten Charakter.«, zwinkerte Noah. »Ich bin mir sicher, deinem Onkel tut es leid.«, stotterte sie hilflos. Noah lachte bitter auf. »Nope. Tut es ihm nicht. Du sollst nur verstehen, warum ich Giovanni nicht leiden kann, ich will ja, dass du mir vertraust,

Kass. Schon vergessen?« Er sah ihre Gedanken rasen, widerstand dem Drang ihre Wange zu streicheln, stattdessen stand er auf, knöpfte den Cut zu und ging hinüber zu seinem Onkel auf das Podest, nachdem sein Name zum zweiten Mal gefallen war.

Die Gäste applaudierten frenetisch, aber Kass bekam kaum etwas davon mit. Giovanni Balsamo hatte Noah Rosencreutz mit einem Gürtel geschlagen. What the fuck!? Wie war der denn drauf! Das ist Kindesmisshandlung! Kass sah vor ihrem inneren Auge einen kleinen, schwarzhaarigen Jungen, mit eisgrauen Augen, weinend und zusammengekauert auf dem Boden, von seinem nackten Oberkörper hing das Fleisch in blutigen Fetzen…gut, sie wusste, dass ihre Fantasie dem ganzen wieder einen Hauch zu viel Hollywood verpasste, zumindest hoffte sie das, aber dennoch: was war dieser Kerl eigentlich für ein Monster?! Jedenfalls hatte sie nicht nur verstanden, sondern sofort verinnerlicht, warum Noah Rosencreutz seinen Onkel so sehr verabscheute.

Nur am Rande hörte sie Balsamos Rede, dass er die anwesenden Gäste begrüßte, das Ausscheiden anderer Teilnehmer bedauerte, ebenso wie deren Abreise. Kass sah Nate ein paar Tische weiter neben seiner Mutter sitzen. Als er ihren Blick auffing, prostete er ihr charmant mit seinem Wein zu. Doch dazu war sie gerade nicht in Stimmung, starrte stattdessen geradeaus und versank wieder in ihren Gedanken.

»Frau Alighieri. Gut sehen sie aus.« Der Prinz von Werode war zu ihr gekommen und setzte sich neben sie. »Danke.«, murmelte sie einsilbig und versuchte sich zusammen zu reißen. »Geht es ihnen gut?« »Wenn ich ehrlich sein darf, bin ich etwas – angestrengt, Charles.«, antwortete sie und wunderte sich dann einen Moment, dass sie Noahs Wortlaut verwendet hatte. »Das verstehe ich. Wenn sie wollen, kann ich sie von jemanden zu ihrem Zimmer bringen lassen, damit sie sich ausruhen können.« Den Prinzen mochte Noah, soweit sie das beurteilen konnte, oder? »Danke, es geht schon.« Sie hoffte es. Er wirkte zumindest nett und im Vergleich zu den anderen hier bodenständig. »Ich danke ihnen, sie haben diplomatisches Geschick bewiesen, Noah ist nicht leicht zu händeln, wenn er sich etwas in den Kopf setzt.« »Das sagte Herr Balsamo auch schon.«, nickte Kass, es klang bitter befand sie und sie erntete ein kurzes Stirnrunzeln ihres Gegenübers. »Giovanni hält große Stücke auf ihn. Er sieht in ihm seinen Sohn, seine Zukunft.« »Ich denke, Noah sieht das anders.«

Kass hielt erstaunt inne. Vielleicht sollte sie besser erst denken und dann reden, doch der Prinz musterte sie amüsiert. »Ja, schon immer. Der Junge ist ein Rebell, Frau Alighieri. Er hat nie verstanden, wieviel leichter er es hätte, wenn er sich nicht ständig gegen seinen Onkel auflehnen würde.« »Er hat scheinbar einen ungebrochenen Kampfgeist.«, beiläufig griff Kass ihr Glas und trank einen Schluck. Der Prinz nickte. »Den hat er, ob das klug ist, ist eine andere Geschichte.«

Kass wurde abgelenkt, als sie Noahs Namen hörte und blickte zur Bühne, auch Nate stand mittlerweile auf dem Podest. »Herr Rosencreutz ist stolz, Charles.«, sagte sie abwesend. »Ja und sehr stur.« Sie hörte das Schmunzeln in der Stimme des Prinzen. Um ihre Mundwinkel zuckte es. »Wie lange kennen sie ihn?«, fragte sie. »Seit seiner Geburt.« Noah Rosencreutz trat vor, senkte sein Haupt und ließ sich von seinem Onkel eine goldene Kette umlegen. Kass runzelte die Stirn.

Ein ähnliches Objekt hatte sie schon in den Archiven bei Nöbritz gesehen, da war sie sich fast sicher, weil sie über eine Bürgermeisterkette aus dem 15. Jahrhundert hatte recherchieren müssen. Allerdings hatte die Abbildung, die sie damals gefunden hatte, etwas anderes gezeigt. »Ist das Das goldene Vlies?« »Wie bitte?« Kass überhörte den überraschten Tonfall des Prinzen und drehte sich ihm zu.

»Die Collane eines Ritters des Ordens vom goldenen Vlies. Eindeutig zu erkennen an dem goldenen Widderfell, das an der unteren Spitze hängt. Die Habsburger waren diesem Orden vorstehend, soweit ich das im Kopf hab. Der Orden war, oder vielleicht ist er das auch noch, für die Loyalität und Zusammengehörigkeit seiner Mitglieder bekannt. Während zu Beginn die Ritter dem Orden quasi exklusiv angehörten hat sich das geändert. Sie hatten sich die Erhaltung des katholischen Glaubens zum Ziel gemacht, natürlich dem Schutz der Kirche und der Ehre des wahrhaftigen Rittertums. Wenn ich mich nicht irre, wurde er sogar der Jungfrau Maria gewidmet und vermutlich auch sonst noch dem einen oder anderen Schutzpatron.«, mutmaßte Kass. »Oh und außerdem konnte ein Krieg erst begonnen werden, wenn alle Ritter dem Oberhaupt des Ordens zustimmten.« »Sie wissen wirklich eine Menge darüber.«, erwiderte der Prinz nachdenklich.

Kass Augen wurden schmal. »Naja, schließlich soll keiner behaupten können, dass Herr Balsamo sein Geld umsonst in mich investiert hat.«, parierte sie frech. Um die Mundwinkel des Prinzen zuckte es. »Schön und gebildet und als ob diese Mischung nicht schon perfekt genug wäre, auch noch eine Prise Impertinenz.«

Noah Rosencreutz nickte kurz in die Runde und dankte knapp für die ihm zu Teil gewordene Ehre. Dann trat er wieder nach hinten zu den anderen. Abgelenkt flog Kass Blick kurz zu ihm. Offenbar war Giovanni Balsamo wieder nicht zufrieden mit dem Verhalten seines Neffen, da er ihn vernichtend anstarrte, bevor er wieder ein Lächeln auf sein Gesicht zauberte.

»Ist das schlecht?«, grinste Kass charmant und wandte sich wieder dem Prinzen zu. »Nein, nicht für Noah. Ich kann verstehen, warum er sich zu ihnen hingezogen fühlt.«, zwinkerte Charles ihr zu. Oh, wow! »Danke, ich nehme das mal als Kompliment.«, sagte sie so locker wie möglich. »Oh – das können sie, Frau Alighieri. Diese Ernsthaftigkeit habe ich an ihm selten bis nie erlebt.« Ernsthaftigkeit? Nicht nur Kia, nein auch der Prinz persönlich brach für Noah eine Lanze. Einfach so. Außer er war auch von Balsamo auf sie angesetzt.

Kass sah, dass Noah nur der letzte in einer Gruppe von jungen Männern war, der geehrt wurde, alle hatten so eine Kette bekommen, auch Nate stand jetzt geschmückt bei ihm, allerdings war Noahs mit Abstand die prachtvollste. Kass sah von ihrem Platz aus die großen Steine in dem üppigen Gold funkeln. »Also ist Noah -, weil er die Jagd heute gewonnen hat und die anderen, sind sie jetzt Ritter des goldenen Vlieses?« Sie konnte sich auf diese irgendwie übertriebene Zeremonie keinen Reim machen.

Charles musterte sie einen Augenblick erstaunt bevor er antwortete. »Übertragen kann man das so sagen, ja. Giovanni ehrt ihn und die Teilnehmer, die an der Spitze um den Sieg gekämpft haben, für ihren Mut und ihre Tugendhaftigkeit. Es hat Tradition, daran hält sich Giovanni.« Kass schnaubte. »Dann hat wohl meine Rettung Noah zum vorstehenden Ritter gemacht.«, witzelte sie. »Wie kommen sie drauf, Frau Alighieri?«, hakte der Prinz nach. »Er wurde als letzter geehrt und seine Collane ist die protzigste.« Der ältere Herr runzelte die Stirn und sah so aus, als wüsste er nicht sofort, was er antworten sollte. Musste er auch gar nicht mehr, denn sie wurden von Nate unterbrochen, der zu ihnen kam.

»Kass! Dachte, du wolltest das Bett hüten und jetzt sehe ich, dass du Noah heute Abend begleitest, ich muss sagen, das trifft mich.« Lächelnd stand sie auf und umarmte den Amerikaner. »Aber dann hätte ich doch diese großartige Verleihung verpasst. Glückwunsch, Nate.« Kass Miene versteinerte und schnell machte sie einen Schritt zurück, als Noah Rosencreutz zu ihnen aufschloss. Nate warf einen verwunderten Blick über seine Schulter. »Ah, verstehe. Coitus internoah…« »Nate.«, tadelte sie ihn leise und sah erneut ein amüsiertes Funkeln in den Augen des Prinzen, der Noah zwar eindeutig mochte, aber auch nicht verhindert hatte, dass der als Kind von seinem Onkel verprügelt worden war. Kass wusste nicht was sie davon halten sollte.

»Kaum dreh' ich mich um, klebst du schon wieder an Kass' Absätzen. Hast du noch nicht verstanden, dass ich dich heute nicht mehr sehen will, Nate.«, brummte Noah. Assistentin Kass war ja geradezu euphorisch aufgesprungen, um seinen Freund zu umarmen. Da war es wieder, dieses Ziehen in ihm, dieses Missfallen. Er würde es nicht Eifersucht nennen!

Wenigstens hatte sein Onkel das Tamtam auf der Bühne in Grenzen gehalten. Er hatte gesehen, dass einige der Gäste abgereist waren. Die Runde wurde intimer. Giovanni trennte das Fußvolk von den Machern. Die Schwätzer von denen, die zu ihrem Wort standen. Sein Onkel würde so etwas nie direkt angehen, aber er war ein Meister, wenn es darum ging Menschen zu manipulieren, sie so lange zu ordnen, bis es ihm nutzte.

»Noah, gratuliere.«, versuchte Charlie die Situation zu beruhigen. »Lass das, es war keine Leistung, Onkel Charlie. So eine Jagd würde ich jederzeit gewinnen und das weißt du.«, kanzelte er Charles ab. »My gosh. Verhält er sich, wenn ihr zwei allein seid auch so, Kass, denn dann frag ich mich, warum du dir das antust.«, fragte Nate sie flapsig. Noah sah, wie ihre hübschen Brauen nach oben schossen und ihr Blick beschwörend wurde. »Nate, du weißt, dass das nicht so ist.«, antwortete sie ernsthaft.

Innerlich nickte Noah zufrieden. Er hatte verstanden, dass er einiges von sich preisgeben musste, wenn er sie näher kennenlernen wollte, wenn sie ihm vertrauen sollte. Warum er das allerdings wollte, wusste er noch nicht genau. Das war neu für ihn. Normalerweise war es ihm egal ob seine Betthäschen ihm über die Bettkante hinaus trauten oder nicht, sie waren ihm nicht wichtig genug und er wäre bei keiner bereit gewesen, sich zu öffnen, aber bei Assistentin Kass war das anders. Er wollte, dass sie ihn verstand, dass sie seinen Blickwinkel sehen konnte, bevor sie urteilte, wollte, dass sie ihn mochte.

»Na so wie sich unser aller liebster Bastard heute verhält, will man das gar nicht glauben.«, witzelte Nate einfach weiter. Auch so war sein ehemaliger Schulkamerad schon immer gewesen. Noah fühlte wie sich sein Arm anspannte, nach vorne schießen wollte, um Nate an seinem selbstgefälligen, nervigen Hals zu packen und sein blonder Schopf auf die Tischplatte knallte. Noah hörte förmlich wie er um Gnade winselte. Aber sie waren nun mal keine 16 mehr – schade, schade.

So nutzte er die Energie, die in seine Hand geschossen war, um eine Faust zu machen, bis seine Sehnen hervortraten. »Nate, es reicht jetzt, hör' auf, bevor du zu weit gehst. Du hast meine Nerven heute mehr als genug strapaziert. Lass Kass und mich heute Abend einfach zufrieden. Hau' ab und geh zu deiner Mami. Sicher kannst du ihr was zu trinken holen.«, schnappte Noah kalt.

Kass grinste überrascht auf, hatte Noah Rosencreutz Nate gerade tatsächlich zu dessen Mutter geschickt? Schnell blickte sie in die Richtung, wo Frau Westhill vorhin mit ihrem Sohn gesessen hatte und fühlte, wie ihr schummrig wurde. Durch Kass Körper ging ein Zittern. Ihr Blut rauschte plötzlich laut durch ihren Kopf, Sterne blitzen über die Gesichter von Nate und Noah und der Saal um sie herum begann sich zu drehen. »Ich muss - mich setzen.«, murmelte sie verdattert und machte einen unkoordinierten Schritt, bevor die Welt um sie schwarz wurde. Kass merkte, dass sie fiel, aber nicht aufkam. Fühlte wie sich zwei starke Arme um ihren Körper schlangen. »Scheiße!«, hörte sie Noah und wurde hochgehoben.

Ihr war heiß und doch kalt, jemand atmete flach. Sie atmete flach. »Das ist nicht meine Schuld!« Das konnte sie Nate zuordnen. »Geh aus dem Weg. Ich bring sie auf ihr Zimmer, schick Gruber zu uns, Charlie.« Kass versuchte bei Bewusstsein zu bleiben, die Augen zu öffnen. Schaffte es kurz, aber erhaschte nur einen Blick auf Noahs männliches Kinn. Sie spürte, wie sie getragen wurde. Zügig und kompromisslos. Die Musik wurde leiser und auch ihr Kreislauf schien sich wieder zu beruhigen. Vorsichtig öffnete sie die Augen. »Sorry, ich wollte euch nicht unterbrechen.« Sie brachte ein schiefes Grinsen zu Stande, ihr klappriger Zustand war ihr dabei eine gute Hilfe. »Scht. Du redest quatsch, Kass.« Sie fühlte, wie er sie dichter an sich zog und atmete seinen Duft ein. »Du riechst gut.«

Hatte sie das gerade laut gesagt? Oh mein Gott! Das lag am Kreislaufkoller, dachte sie schnell. Dass ihr Herz einen Satz machte, als Noah sie kurz liebevoll anlächelte, wohl auch. Ihr Blick heftete sich für einen Moment an einen roten Stein in der Kette um seinen Hals. So aus der Nähe gesehen, würde sie sich das Ding gerne mal genauer ansehen – als Kunstexpertin gedacht. »Du hast Nate zu seiner Mami geschickt.«, murmelte sie matt. Die Sicherheit die seine starke Brust ausstrahlte, zog Kass Kopf magisch an. Vorsichtig lehnte sie ihre Stirn dagegen. Fühlte die angespannten Muskeln darunter und die Wärme, die von ihm ausging.

»Du hast überrascht gegrinst, als du es gehört hast. Es hat dir gefallen, Bella. Abstreiten zwecklos.« Fast zärtlich funkelten seine grauen Augen sie an. »So oft wie heute bin ich seit meiner Kindheit nicht mehr getragen worden.« »Kein Mann, der dich auf Händen trägt, Kass?« Kass entging nicht der Ernst in der Frage, die Noah Rosencreutz hier hinter seinem coolen Spruch verbergen wollte. »Nein - und schon gar nicht wörtlich.« »Dann schlage ich vor, dass du dich entspannst und es genießt, Kass. Denn wir sind gleich da.«

Zeitgleich mit ihm und Assistentin Kass traf auch Gruber an ihrem Zimmer ein. Der öffnete den beiden die Tür und folgte ihnen. Nach einer kurzen Untersuchung wies Gruber sie erneut an im Bett zu bleiben. Der Kreislaufkollaps wäre nur eine Nebenwirkung der leichten Gehirnerschütterung. Noah wartete bis Gruber ging und als sie ihn nicht aus ihrem Zimmer schickte, nahm er sich diese schwere, alte Goldkette ab, ließ sie in seiner Tasche verschwinden und setzte sich zu ihr aufs Bett.

»Alles ok, nur der Kreislauf.«, lächelte sie ihn tapfer an. Ihre Haut war noch immer kalkweiß. »Jap, hab's gehört. Tut mir leid, wäre ich nicht so ein Sturkopf gewesen und wäre einfach zu der beschissenen Verleihung gegangen, dann wäre das nicht passiert.«, brummte er. Assistentin Kass winkte ab. »Ach, eigentlich wäre mir dann echt was entgangen.« Noah nickte. »Wenn ich das nächste Mal meinen Kopf durchsetze und du siehst, dass ich den Wagen gegen die Wand setze, dann wirst du aussteigen, capito?«

Sie lachte kurz auf. »Si, capito.« »Bene. Was machst du da?« Ungelenk und stöhnend wand die dunkelhaarige Elfe vor ihm ihren Oberkörper hin und her. »Ich versuche…ich würde mich gern wieder umziehen, aber ich komm so nicht an den Reißverschluss.« »Darf ich?«, fragte Noah. Assistentin Kass nickte und drehte ihm ihren Rücken zu. »Ja.« »Nimm die Haare weg.« Er beobachtete ihre grazilen Finger, wie sie die schwarze Mähne geschickt zusammenfassten und griff an den

Zipper. Er würde lügen, wenn er behauptete, nicht zu genießen, was er gleich machen würde. Langsam öffnete Noah ihr das Kleid und legte ihren Rücken frei.

»Schicker BH.«, hörte sie ihn zärtlich raunen und unterdrückte ein Zittern. »Schlechter Scherz.«, antwortete sie ihm scheu. Das erwähnte Wäschestück war aus schlichtem hellgrauen Jersey-Stoff und das einzige, was sie unter dem Kleid hatte anziehen können, ohne, dass es sich abzeichnete. »Wo ist dein Shirt?« »Drüben auf dem Sessel, die Hose liegt auch dort. Ich geh kurz ins Bad und…« »Nope.« »Nope?« Er holte ihr die Sachen und drückte sie Kass in die Hand. »Ich warte kurz draußen. So wenig wie möglich bewegen, verstanden.« »Aye, aye, Sir.«, witzelte sie und legte die Hand an ihre Stirn. Sein Blick heftete sich auf den Kratzer über ihrer Augenbraue. »Bene.« Was überlegte er? »Bis gleich.« Sie würde es wohl nicht erfahren.

Noah nutzte die Zeit. Er musste sich ablenken von dem Anblick ihres nackten Rückens, den seine Synapsen noch immer feierten, als wäre er ein pubertierender Junge. Kurzerhand kaperte er einen Servierwagen in der Küche, belud ihn mit Essen, Getränken und einem Eisbeutel und wurde belohnt mit einem überraschten Jauchzer, als er das Ding in ihr Zimmer karrte. »Was ist das denn?«, rief sie überrascht. Noah grinste. Da saß sie wieder in ihrem Shirt und der Jogginghose, allerdings hatte sie den BH anbehalten.

»Du sollst dich nicht bewegen, das Ding ist praktisch und ich habe einen neuen Eisbeutel für deinen Rücken. Nachtisch?« »Gerne. Was gibt es?« »Jede Menge Cremes mit Früchten und fragwürdigem aufgeweichtem Biskuit, soweit ich das erkennen kann. Nimm dir, was du willst.« Er machte direkt neben dem Bett Halt, holte sich den Sessel heran und griff nach dem Vodka, den er gefunden hatte, und einem Glas. Öffnete den Eiskühler und ließ zwei Eiswürfel gekonnt in sein Glas springen.

»Und Ersatzeis für den Beutel hast du auch mitgenommen.«, stellte sie süffisant fest. Noah zwinkerte und goss sich blind den Kartoffelschnaps in das Glas. »Du hast gekellnert.«, stellte Assistentin Kass fest. »Si, während des Studiums, später bei ein paar Jobs.« »Bei ein paar Jobs?« »Hab den berüchtigten Mann an der Bar gegeben.« »Ah, der Mann der alles weiß. Ziemlich coole Taktik.«

Assistentin Kass entschied sich für eine helle Creme mit Beeren. »Danke. Man erfährt alles was man wissen will, und manchmal auch Dinge, die man lieber nicht wissen will.« »Was wäre das zum Beispiel?«, hakte sie amüsiert nach, setzte sich etwas auf und ließ den gefüllten Löffel bedächtig in ihren Mund gleiten. Noahs Körper reagierte mit einem sehnsüchtigen Ziehen das sich in seiner Mitte sammelte auf ihre unbedachte Geste und er nippte schnell an seinem Wodka. »Zum Beispiel, dass Nate mir meine Freundin ausgespannt hat.« »Arschnummer.« Er lachte dunkel auf.

»Ich war auch kein Sonnenschein.« Diese helle Creme schmeckte himmlisch. Sie war luftig und die Beeren vollmundig süß dazu und reif. Genießerisch schob sich Kass einen weiteren Löffel in den Mund. »Ich kann mir nicht vorstellen, dass deine Eltern stolz auf so ein Verhalten sind!« »Meine Eltern sind schon lange tot.« Bravo, Kass, was für ein Bauchklatscher ins Fettnäpfchen, dachte sie sich. Er sagte es tonlos, als ob es ihm nichts ausmachen würde, doch etwas in seinen Augen versetzte ihr einen Stich.

»Es tut mir leid, das wusste ich nicht.«, versuchte sie sich zu retten. »Du weißt noch vieles nicht, Kass.« »Das kann ich mir vorstellen.«, sagte sie und leckte sich schnell einen kleinen Tropfen Beerensaft von ihrem Handrücken. Was war sie doch für ein Musterbeispiel an Empathie. »Nicht mal im Ansatz fürchte ich, aber mutig, dass du es versuchen willst.«

Ihr verwirrtes Lächeln, weil sie sich nicht sicher war, ob er es ernst meinen könnte, ließen Noah kurz vergessen zu atmen. »Aber auch kein Grund ein Kind zu schlagen.« Er runzelte die Stirn als er das Mitleid in ihrem Blick sah. »Das ist lange her und hat in etwa so lange gedauert, bis ich mich zur Wehr setzen konnte.« »Wie lange?« »Zwei Jahre? Pass auf, Kass, ich hab' dir das nicht erzählt, damit du mich bemitleidest, dann hast du mich falsch verstanden.« »Nein, schon klar. Sorry. Das ist meine Fantasie, die geht manchmal mit mir durch. Ich stelle mir Sachen einfach zu bildlich vor.« Sie wollte ihm nicht schon wieder zu nahetreten.

»Hast du Narben?« Eine kleine Kass in ihrem Kopf trat vor und applaudierte ihr, als sie tiefer in den Fettnapf hinein watete. »Ein paar.« Sie nickte und hielt unschlüssig das geleerte Glas in den Händen. Doch er nahm es ihr scheinbar auch nicht übel, dass sie ihn fragte. »Wann sind deine Eltern gestorben, wenn ich fragen darf?« Auch wenn sie bereits glaubte, die Antwort zu kennen. »Am dritten Mai, 1988.« Der Code zu seinem Koffer. »Also hat dich dein Onkel nach ihrem Tod adoptiert.« »Sì.«, antwortete er knapp und deutete dann auf das Glas in ihren Händen.

»Gib mir das.« Er stelle ihr Glas zur Seite und füllte seines erneut. »Eisbeutel?«, wechselte Noah das Thema. »Vollgegessen.«, hob sie die Hand. »Das ist kein Grund.«, antwortete er. »Wenn ich mich jetzt auf den Bauch drehe, muss ich mich übergeben, schätz ich, das ist ein Grund.« Noah schnaubte. »Dann müssen wir das anders lösen. Er stand auf, zog seinen Frack aus und setzte sich neben sie. Stellte seinen Wodka auf ihr Nachtkästchen und griff nach dem Eisbeutel. Er begegnete ihrem fragenden Blick. »Warts ab, Kass.« Noah setzte sich zurück und lehnte sich an den Kopf des Bettes, schnappte sich ein Kissen und deutete mit seinem Kinn einladend auf seine Seite. »Komm her.«

Grinsend schob sie sich nach hinten, bis sie das Kissen in ihrem Rücken fühlen konnte. Vorsichtig drückte er ihr den Eisbeutel auf die Seite. »Gut so?« Kass nickte. »Ja, danke.« »Kein Ding. Schließlich habe ich dich heute die längste Zeit des Tages in meinen Armen gehalten, wäre doch schade, wenn du jetzt darauf verzichten müsstest, oder?« »Ganz schön selbstsicher, Herr Rosencreutz.« Unerwartet vertraut legte sie ihren Kopf zurück an seine Brust und Noah fühlte, wie sich seine Arme automatisch anspannten und sie etwas fester hielten als zuvor. »Si, Bella, naturalmente. Man muss selbstsicher sein, wenn man Noah Rosencreutz ist.« »Was hast du zu deinem Onkel gesagt?« »Wann?« »Auf dem Podest.«

Noah brauchte einen Moment, um zu wissen, worauf sie anspielte. Sie hatte es also gesehen, sie hatte ihn beobachtet. »Es ging eher darum, was ich nicht gesagt habe. Er wollte, dass ich eine kleine Rede halte und war unzufrieden, weil ich so kurz angebunden war.«

»Charles sagte, dass du ein Rebell bist.« »Jap. Er kennt mich gut.« »Ich glaube ich habe ihn beeindruckt mit meinem Wissen und er hält mich für impertinent.« Sie fühlte ein zustimmendes Brummen. »Du bist impertinent, Kass. Womit hast du ihn beeindruckt?« »Die Kette, mit der dein Onkel dich ausgezeichnet hat, wenn ich mich nicht irre, ist es die Collane eines Ritters des goldenen Vlieses. Eine wie deine, mit Edelsteinen besetzt, könnte sogar dem vorstehenden Ritter, dem obersten Ritter, gehört haben. Er war wohl erstaunt, dass ich etwas darüber wusste. Dabei war das ein reiner Zufall. Vor gut einem Jahr musste ich für einen Deal wegen einer englischen Bürgermeisterkette aus dem 15. Jahrhundert recherchieren, um sie gut verkaufen zu können. Dabei bin ich über diese Collanen gestolpert. Wo ist das Ding?«

Dass sie Charlie damit beeindruckt hatte verstand er. Auch er schob bewundernd die Lippen nach vorn. »In meinem Frack.« »Hm. Wenn ich Zeit habe, würde ich sie mir gerne einmal anschauen, ich denke, dass Ding ist richtig wertvoll. Wäre das ok?« Noahs Bauchmuskeln zuckten. »Ok? Ich geb' dir 15% vom Verkaufswert, Kass.« »Abgemacht.«, sagte sie schnell. Grinsend hatte sie die Augen geschlossen. »Dann bin ich also jetzt ein Ritter des goldenen Vlies, und stehe ein für Recht und Tugendhaftigkeit.« Er lachte leise und ihre Augen blickten ihn neugierig an. »Das passt doch.«, schloss sie. »Findest du?« Sie nickte und legte ihren Kopf wieder an seine Brust. »Dann bin ich das für dich, aber nur für dich. Ich hab einen schlechten Ruf zu wahren, nicht vergessen.« »Ja.«, antwortete sie knapp und er sah, wie sie ein Gähnen unterdrückte.

»Du hast noch immer keinen Moment geschlafen seit dem Unfall, stimmts?« »Nein, wann auch?«, verteidigte sie sich halbherzig. »Dann sollte ich dich besser schlafen lassen?« Noah griff sich seinen Wodka und fühlte, wie sie sich etwas dichter an ihn drängte. Nur ganz wenig, so, dass er es eigentlich nicht mitbekommen sollte, als ob sie ihn noch nicht gehen lassen wollte.

»Gute Nacht – Geschichte, Kassandra?«, bot er ihr schmunzelnd an und nahm noch einen Schluck von seinem Kartoffelschnaps, der wirklich gut war. Fast nussig im Abgang. Er rechnete fest damit, dass Assistentin Kass ablehnen würde. »Hatte ich schon lange nicht. Kia's letzte ist bestimmt Monate her.« Sie zog sich den Eisbeutel aus ihren Rücken und warf diesen aus dem Bett bevor sie sich umständlich zu ihm drehte. »Zeig was du kannst, ihre Geschichten sind gut.« Noah grinste überrascht, leerte sein

Glas, stellte es ab und betätigte den Lichtschalter. Im Zimmer wurde es dunkel.

Weil er nicht gleich etwas sagte, war es Kass kurz unangenehm hier im Dunkeln so dicht an seinem Körper zu liegen, bis der ruhige und dunkle Klang seiner Stimme sie entspannte und sie die Augen schließen ließ. »Lange vor deiner und meiner Zeit in dem reichen Land Troja wandelte der Gott Apoll unter den Menschen. Wie es das Schicksal wollte sah er dabei eine Frau von atemberaubender Schönheit. Sie schlug den jungen Gott mit ihrem Liebreiz in ihren Bann und Apoll verliebte sich in sie. War wie von Sinnen hinter ihr her, machte ihr den Hof und brachte ihr Geschenke. Sie war nicht irgendein Mädchen, sie war die Tochter des Königs Priamus, wie er erfuhr. Ihr Name war – Kassandra.«

Kass Mundwinkel zuckten nach oben. »Die dunkelhaarige Schönheit, wusste um ihren Stand und machte dem Gott sein Werben schwer. Doch Apoll wollte nicht aufgeben, wollte sie für sich gewinnen. Um ihr seine Liebe zu beweisen, machte er ihr ein Geschenk. Er schenkte ihr die Gabe der Weissagung. Doch Kassandra wies den jungen Gott dennoch zurück. Als er merkte, dass sie sich nicht von ihm verführen lassen wollte, verfluchte er ihre Gabe, denn nehmen konnte er sie ihr nicht mehr. Fortan sollte niemand mehr ihren Prophezeiungen Glauben schenken.« »Romantisch eigentlich.«, murmelte Kass, sie schlief schon fast.

Noah schmunzelte. Ihr Kopf wurde immer schwerer an seiner Brust. »Dann lass ich das Ende der Geschichte, bei dem Kassandra nach der Eroberung Trojas vergewaltigt, von Agamemnon als Sklavin verschleppt und von dessen Ehefrau erdolcht wird, wohl besser weg.« »Wohl besser.«, brummte die dunkelhaarige Elfe in seinen Armen. Vorsichtig und mit tatkräftiger Unterstützung des zweiten Kissens und ihrer

Bettdecke zog er sich von ihr zurück. Achtete darauf, Assistentin Kass nicht wieder zu wecken, die sich schließlich von ihm löste und in die Kissen kuschelte. Noah fühlte wie sich sein Kopf senkte, sich seine Augen schlossen und seine Lippen sanft ihre Stirn oberhalb des Kratzers küssten. »Schlaf gut, Kass.«, flüsterte er leise. Ihr Lider flatterten und sie seufzte leise, als er sich umwandte und hinausschlich.

Noah Rosencreutz hatte sie geküsst. Sie hatte es nicht geträumt. Er war ihr näher gekommen und hatte sie auf die Stirn geküsst. Oh, mein Goooott, dachte Kass und schlief glücklich ein.

THEATERAUFFÜHRUNG

Am vierten Tag findet eine Theateraufführung statt. Das Stück ist eine Allegorie auf die Reformation. Im Anschluss müssen die erwählten Zuschauer ihre absolute Treue geloben, da sie daraufhin Zeugen der Enthauptung von sechs Mitgliedern der königlichen Familie werden. Ihnen wird zuvor erklärt, dass die Wiedererweckung der Geköpften von den Zuschauern abhänge.

Am nächsten Morgen trat Kass nervös den Teppich in ihrer Zimmerecke platt während sie darauf wartete, dass Kia endlich abhob. »Meinart?« »Kia! Rosencreutz hat mich geküsst!« »Was! Wow! Hab doch gleich gesagt, dass er dich will und - wie wars?« »Schön. Ich war gestern Abend mit ihm bei dieser Verleihung, die auf dem Programm stand, da bin ich umgekippt, dann hat er mich auf mein Zimmer gebracht, mir eine Gute Nacht- Geschichte erzählt und mich auf die Stirn geküsst.«, fasste Kass kurz für ihre Freundin den gestrigen Abend zusammen.

»Also nur ein Kuss auf die Stirn.«, stellte Kia fast enttäuscht fest. »Warte! Du bist umgekippt?« »Nur der Kreislauf, bleib bei der Sache.« »Das hat jetzt aber noch nicht viel zu bedeuten, Kass. Da hab ich jetzt schon mit etwas anderem gerechnet.

Hast du denn mit ihm geflirtet, ihm gezeigt, dass du interessiert bist?« Hatte sie? Kass war sich selbst nicht sicher. »Naja, ich war eben wie immer, du kennst mich doch.« »Oh je!«, hörte sie ihre Freundin stöhnen. »Ganz ehrlich, dann wirst du dich wohl etwas engagierter zeigen müssen, nicht mit deinen Reizen geizen, wenn du verstehst, was ich meine.«, lachte Kia.

»Was soll ich machen, Kia? Ich kann mich ja schlecht in Unterwäsche vor ihm hinstellen und sagen: nimm mich, du geiles Stück!«, brummte Kass. »Ach, ich hatte durchaus Bekanntschaften, bei denen es nicht viel anders gelaufen ist.« »Ja – du, Kia! Aber ich…ich bin einfach nicht du. Ich habe weder deine Figur noch deine Coolness. Egal. Wahrscheinlich irrst du dich ohnehin und er war einfach nur so nett zu mir.« Kass hörte ihre Freundin in ihr Smartphone seufzen.

»Kahaass! Das ist doch völliger Nonsens. Erstens hast du eine perfekte Figur, nichts zu groß, nichts zu klein und zweitens irre ich mich nie! Du musst einfach nur ein bisschen zugänglicher werden. Geh auf ihn ein, berühr' ihn zufällig, lobe ihn! Darauf stehen die Männer. Du machst das schon.« Na hoffentlich, dachte sich Kass. »Wie geht's deinem Kopf heute, Süße, was macht der Muskelkater?«, wechselte Kia das Thema. »Besser geworden, mein Kopf tut auch nicht mehr weh. Also werde ich mich gleich in mein Turmzimmer einsperren und arbeiten, ich bin ganz schön im Verzug schätze ich.« Sie quatschten noch eine Weile, bevor Kass auflegte und sich unter die Dusche stellte.

Tief atmete Noah die würzige Waldluft ein, die ihm, noch feucht vom Morgentau, um die Nase wehte. Als er heute früh aufgewacht war, flogen seine Gedanken sofort wieder zu Assistentin Kass. Das war doch nicht normal! Konnte er eigentlich an gar nichts anderes mehr denken? Er wollte sich ablenken und da er hier auf dem Schloss vor heute Abend sonst nichts zu tun hatte, ging er, von einem kleinen Umweg über die Küche, um sich ein Brot zu organisieren abgesehen, direkt in den Stall, sattelte seinen Hengst und stob mit ihm in den angrenzenden Wald. Doch leider stellte sich der gewünschte Effekt nicht ein.

Sein Kopf hatte sich in Kassandra Alighieri verbissen, wie ein Rottweiler in einem fetten Steak. Er konnte sich nicht erinnern, wann er zuletzt solche Gefühle gehabt hatte. Selbstverständlich war auch er schon in Mädchen verliebt gewesen, aber das hier, es ging - tiefer. Er wollte alles wissen von ihr, wollte ihre Haut fühlen unter seinen Fingerspitzen, wollte sie zum Lachen bringen und sie – beschützen. Apoll stolperte und wurde langsamer, doch Noah hing seinen Gedanken nach, er achtete nicht darauf.

Erst als er schnellen Hufschlag hörte, blickte Noah auf und sah sich um. Nate und ein Begleiter kamen in seine Richtung. Als sein Freund die Hand hob und ihn erkannte, war es wohl auch zu spät um sich aus dem Staub zu machen, also hielt er seinen Hengst an, setzte ein Lächeln auf und wartete, bis die beiden zu ihm aufgeschlossen hatte. »Guten Morgen, Noah.« »Nate.«, nickte er ihm knapp zu. »Vielleicht kennst du Sam Flanigan, sein Vater hat schon mit dir Geschäfte gemacht.«

Er hatte mit so vielen Geschäfte gemacht. Flanigan war ein neureicher Engländer, vertuschter irischer Abstammung, der ihn einen horrenden Preis bezahlt hatte, um in Bangalore, Indien, einer Götterstatue hinterher zu jagen. »Die Brahma – Statue, ich erinnere mich.«, nickte Noah. »Genau. Dad schwärmt von ihnen in den höchsten Tönen. Er sagte mir, dass sie eine Art Indiana Jones sind.« »Danke, zu viel der Ehre. Ich weiß nur, wen ich fragen muss, wenn ich nach etwas suche.«, grinste Noah verbindlich.

»Hast du dich inzwischen wieder beruhigt?«, brummte Nate jetzt verhalten. »Ja, Nate, habe ich und hast du dir auch deine Gedanken gemacht?« »Ich hätte Kass vor dem Abritt fragen können, wie gut sie reiten kann. Es war unvorsichtig. Zufrieden?« Noahs Augen wurden schmal. Nate stand auf dünnem Eis. »Es geht.« »Hey, pass auf. Ich dachte wirklich nicht, dass du da so tief drinsteckst. Immerhin arbeitet sie nur für deinen Onkel und sie ist – cute. Ich dachte ehrlich nicht, dass du an ihr ein ernsthaftes Interesse hast. Solche Mäuschen vernaschst du doch sonst zwischen zwei Wodkas.«

Nate und sein Reitkumpel Sam kicherten auf. Das Eis unter Nate knackte bedenklich. »Wie meinst du das, Nate?«, hakte Noah ruhig nach. »Ah – c'mon, Noah!«, sein Freund zwinkerte ihm vertraulich zu. »Sowas wie Kass fickt man und genießt es, aber mehr? Wer ist sie schon: eine Kunstexpertin! Ich bitte dich Noah, geht's langweiliger? Sie hat keinen Hintergrund, keine Firma, keine Kohle.« Nate wandte sich an seinen Mitreiter. »Ich habe sie eingeladen für heute Abend, vielleicht geht was. Was denkst du, Noah?«

Das Eis unter Nate brach, weil es von einem ausbrechenden Vulkan darunter zersprengt wurde. Leider erwischte es Nate und er ging in Flammen auf. Schön! Schön, wie seine Asche langsam und bedächtig auf Noah herabregnete. Er streckte seine Arme zu beiden Seiten von sich und tanzte darin. Dann wandte er sich ab von dieser Fantasie und wieder der Realität zu. »Sam, es war nett sie zu sehen, bestellen sie ihrem Vater bitte meine Grüße, wenn er etwas braucht, dann kann er mich gerne zu jeder Zeit kontaktieren. Aber jetzt seien sie doch bitte so freundlich und lassen mich und meinen Freund kurz allein.« Reitkumpel Sam warf Nate und ihm einen unsicheren Blick zu und verabschiedete sich dann. Noah nahm die Zügel auf. »Komm, Nate. Reiten wir ein Stück zusammen, Buddy.« »Nach dir.«, grinste der und Noah erwiderte sein Grinsen.

Er gab seinem Freund ungefähr fünf Minuten, die sie schweigend in die entgegengesetzte Richtung von Reitkumpel Sam ritten, um sich in der Gewissheit baden zu können, dass alles ok wäre. Er wusste, dass Nate ihm das wahrscheinlich nicht abkaufte, aber um nicht über ihn herzufallen, brauchte Noah diese Zeit unbedingt, um seine Wut in den Griff zu bekommen. »Pass gut auf, Nate, denn ich werde das, was jetzt folgt, nicht wiederholen: Du wirst Kass nicht ficken, du wirst deine Finger von ihr lassen, mich interessiert einen Scheiß, was du von ihr oder ihrem Hintergrund hältst, capito!«, stellte Noah ruhig fest.

»Ach? Seit wann? Du bist keinen Deut besser als ich, ich kenne deinen Verschleiß, Rosencreutz.« »Na und? Vielleicht hatte ich viele Frauen, aber ich habe über keine so herablassend und entwürdigend gesprochen, wie du eben. Oberflächlich war ich nie.«, nickte er entschieden, doch für Nate war das hier nicht zu Ende, dass wusste er. »Dann lass uns doch sehen, mit wem Kass zu dem Stück heute Abend geht.«, selbstbewusst grinste er den Amerikaner an. »Oh, du wirst ganz sicher nicht mit ihr zu diesem verkackten Theaterstück gehen, Nate.« »Really?« »Jap. Kassandra ist eine anständige, intelligente Frau, die für meinen Onkel arbeitet. Du wirst daher meinen Wunsch, von ihr Abstand zu nehmen, respektieren.«

Er sah, dass Nate etwas erwidern wollte und fuhr ihm über den Mund. »Nate! Du wirst es respektieren!«, donnerte Noah kurz, dass die Pferde nervös wurden. »Also fühlst du doch etwas für sie!« Noah nahm die Zügel straffer und beruhigte seinen Hengst. »Das geht dich nichts an. Es ist alles gesagt.«, damit wendete er sein Pferd und machte sich auf den Rückweg.

Sie war froh, bei ihrem kurzen Frühstück weder Nate noch Noah über den Weg gelaufen zu sein, sie musste sich auf ihre Arbeit konzentrieren und beide hatten einfach ein zu großes Ablenkungspotential.

Schon eine ganze Weile wühlte sich Kass durch die vorliegenden Dokumente, die Balsamo ihr im Zusammenhang mit diesem Merkurstab überlassen hatte. Ihr schwirrte der Kopf, da sie nicht verstand, wie sie die Abhandlungen des Philosophen Casaubon in einen Zusammenhang zu dem Stab bringen sollte. Wenn sie das Textstück richtig übersetzte, ging dieser davon aus, dass das ihr vorliegende Werk zwar eine Sammlung verschiedener Traktate, Predigten und Briefwechsel war, aber nicht von verschiedenen Schriftstellern, sondern allesamt aus der Feder eines Hermes Trismegistos stammten.

Er berief sich dabei auf jene Übersetzung eines Marsilius Ficinus und glaubte, dass dieser, vermutlich aus Eigennutz, neue Traditionen ursprünglicher Weisheiten beschrieben hat. Traditionen, die Kass nachverfolgen konnte bis ins 16. Jahrhundert. Sie las, dass dieser Ficinus wohl versucht hatte, eine alte, einheitliche Ordnung wiederherzustellen. Sein Werk war laut Casaubon angereichert mit eigenen mystischen und zum Teil medizinischen Erkenntnissen, vor allem im Bereich der Seele des Menschen und der Reinigung derselben.

Casaubon ging davon aus, dass der Corpus Hermeticum, so der Name dieser Schriftsammlung, als die Quelle hermetischer Geheimlehren anzuführen sei, da er einen deutlichen Einfluss auf die christlichen Glaubensgemeinschaften des dritten und vierten Jahrhunderts nach Christi nachgewiesen haben wollte.

Casaubon verwies auf eine Stelle in dem alten Schinken, den sich Kass jetzt zur Hand nahm und aufschlug.

»Pimander.«, murmelte sie und runzelte die Stirn, als sie den Titel auf der ersten Seite las. Aber hatte sie nicht eben in der Abschrift gelesen, dass es sich bei dem Buch um eine Übersetzung des Corpus Hermeticum handelte? Kass Hände stoben über den Schreibtisch und sie fand die Seite. Corpus Hermeticum, Übersetzung: Marsilius Ficinus, Florenz. Wieder griff sie zu dem Buch und schlug es auf, da stand es: Ficinus, 1493.

Kass zuckte die Achseln. Es war nicht ungewöhnlich, dass bei Schriftsammlungen früher die Überschrift des ersten Dokuments der Sammlung als Titel herangezogen wurde. Sicher war das auch hier der Fall, dennoch machte sie sich eine Notiz dazu. Sie blätterte zu der von Casaubon angegebenen Stelle, las, während sie es in das Übersetzungsprogramm ihres Notebooks eingab und wartete schließlich auf das Ergebnis.

Das vorliegende Werk gibt daher einen in sich gelungenen Leitfaden der primären Theologie. Man sehe dieses als Lehre, die in absonderlicher Ordnung eben diesen genannten sechs Theologen entwachsen ist. Ausgehend von Hermes dem dreifach Größtem und vollendet von Meister Platon. Kass runzelte die Stirn. Sonderbar, was bedeutete das? Sie überprüfte ihre Eingaben, die allerdings korrekt waren und schnaubte.

Ficinus persönliche Meinung brachte sie zum Schmunzeln. Anscheinend konnte der nicht glauben, dass so etwas im generellen möglich wäre, die Meinungen der verschiedenen Philosophen mit denen von Hermes Trismegistos in Einklang zu bringen, und stellte es daher nicht nur in Frage, - er hat sich darüber lustig gemacht. Kass schüttelte den Kopf und lehnte sich in ihrem Drehsessel zurück. Alles schön und gut, aber kein Hinweis auf die Echtheit dieses Brieföffners.

Kass rieb sich übers Gesicht, schlug das Buch zu und legte es wieder zur Seite, um sich im Anschluss den übrigen Dokumenten zu widmen, die sie sich noch nicht angesehen hatte. Sie musste etwas finden, was den Stab beschrieb, zumindest erwähnte.

Erschrocken zuckte sie zusammen, als die Tür zu ihrem Büro aufflog und von der Wand gebremst wurde. »Himmel Herrgott!«, fuhr sie erschrocken auf. Noah Rosencreutz stand im Türrahmen und kratzte sich am Hinterkopf. Sie hatte sich überlegt, wie sie ihm heute begegnen wollte, locker und freundlich, hatte es sogar kurz vor dem Spiegel geübt. Und jetzt polterte er hier herein wie nikotinsüchtiger Stier auf Entzug. Wäre sie nicht so ernsthaft bemüht ihm gefallen zu wollen, hätte sie sicher drauflosgeschimpft.

»Sorry, dachte die Tür hätte mehr Gewicht. Stör' ich?« Kass stöhnte leise und warf die Unterlagen, die sie gerade durchgesehen hatte, vor sich auf den Schreibtisch. »Nein, nicht wirklich.«, grinste sie endlich. »Irgendwie suche ich scheinbar ohnehin an den falschen Stellen, denn bisher habe ich zwar viel gelesen, aber noch immer keinen Zusammenhang zu dem Artefakt herstellen können.«

Noah hatte keine Zeit verloren. Nachdem er seinen Hengst abgeritten und versorgt hatte, wollte er so schnell wie möglich zu Assistentin Kass. Geradezu ungeduldig hatte er sich geduscht und umgezogen, nur um im Anschluss so schnell wie möglich zu ihr hinauf in den Turm zu steigen und das nicht nur, um sie vor Nate zu erreichen.

Er lachte leise und schloss die Tür hinter sich. »Ich finde das nicht witzig, Noah. Dein Onkel erwartet schließlich Ergebnisse von mir, die ich ihm, nach meinem derzeitigen Wissenstand, nicht liefern kann.« Das interessierte ihn nicht. »Wie geht es deinen Muskeln? Da du arbeitest, schätze ich, dass es deinem

Kopf wieder gut geht.«, lächelte er sie an. Ihre Augen strahlten irgendwie ganz besonders intensiv Blau heute. »Es zieht noch, aber es geht. Kein Vergleich zu gestern.«, antwortete sie.

Wie hübsch sie war. Ihre Haare hingen wild um ihren Kopf, als ob sie sich diese mehrfach gerauft hatte und ihre Wangen waren ganz rosig vor Arbeitswut. Langsam ging er zu ihr und positionierte sich ihr direkt gegenüber vor ihrem Schreibtisch. »Ich jedenfalls finde das schon witzig oder besser gesagt hatte ich nicht erwartet, dass etwas anderes dabei herauskommt.«

»Ach?« Kass fühlte wie ihr der Mund trocken wurde, das war nicht gerade motivierend. »Si. Der Sage nach soll der Caduceus, der Hermesstab, die Macht besitzen, über die Welt zu richten, sie nach Gut und Böse zu teilen.« Jedenfalls glauben diese Vereinigungen, dass es mit Hilfe des Stabs möglich sein sollte, einen reinen, gottgleichen Menschen zu erschaffen, der das Gleichgewicht zwischen Gut und Böse in den Händen hält…

»Der Hermesstab?!«, wiederholte sie verblüfft. Und vergessen sie nicht mir Bescheid zu sagen, sollte der Hermesstab in ihrem Auktionshaus auftauchen!… Hörte Kass die Worte von Kardinal Vorknitz' in ihren Ohren wiederhallen. »Si, der römische Gott Merkur, entspricht dem Griechischen Gott Hermes und, falls ich dir noch etwas Nachhilfe bei deinen Recherchen geben darf, dem ägyptischen Gott Toth.«

Kass wusste das, hatte aber bisher nicht daran gedacht, dass es sich bei dem Caduceus um den Hermesstab handeln könnte, dabei hatte Balsamo selbst ihr noch gesagt, dass es sich um den Stab des Götterboten Mercurius handeln würde. Sicher war sie nur so unsortiert, weil dieser unverschämt gutaussehende Kerl sie ablenkte wo er nur konnte, deswegen hatte ihr Gehirn bisher den Zusammenhang wohl einfach nicht hergestellt.

»Aber du glaubst nicht daran?« »Nope.« Kass runzelte die Stirn und nahm sich den Caduceus. »Hm.« »Hm?« Neugierig trat Noah um ihren Tisch herum und setzte sich auf die Platte. Kass legte den Stab wieder weg, schaffte es aber nicht mehr die Dokumente, die er dabei einfach unter seinem Hintern begrub, zur Seite zu ziehen. »Die Kirche auch nicht.« Sie sagte es ohne darüber nachzudenken.

Noah stutzte. »Die Kirche.« »Ich hatte da einen Klienten, es ging um – egal, ich darf eigentlich gar nicht darüber reden, jedenfalls ging es um Alchemie und diesen Hermesstab.« Jetzt im Nachhinein kam ihr das Gespräch mit dem katholischen Würdenträger sogar noch seltsamer vor. »Welche Kirche?« »Was?« »Du sagtest: die Kirche auch nicht. Der Vertreter welchen Glaubens hat mit dir über Alchemie und den Hermesstab gesprochen, Kass.«, hakte er eindringlich nach. »Das – entschuldige, bitte, das geht dich nichts an, Noah.« »Dann gehe ich davon aus, dass du von den Katholiken gesprochen hast. Du musst nicht antworten.«

Kass runzelte die Stirn. »Woher willst du das wissen?« »Das, liebe Kass, geht eigentlich dich nichts an, aber ich will mal nicht so sein: hinter diesem Artefakt ist nicht nur Giovanni her gewesen, wie der Teufel hinter der armen Seele, sondern auch die Gemeinschaft der Juden, Vertreter des muslimischen Glaubens und – die Katholiken.« Bei Kass im Kopf machte es Klick. »Deswegen dachtest du, dass ich eine Spionin bin und hast gefragt, wer mich geschickt hat!« »Si.« »Wer könnte noch daran interessiert sein? Freie Glaubensgemeinschaften? Logen?« »Wie meinst du das?« »Naja. Warum ist dein Onkel an dem Ding interessiert?«

Grübelnd zogen sich Noahs Brauen zusammen. Er wusste es eigentlich selbst nicht so genau. »Geld, vermute ich, ein Deal.« »Hm.«, brummte Kass unzufrieden, wieder hatte sie eine Menge erfahren, aber nichts, was dazu beitrug, die

Echtheit dieses Stabs zu bestimmen. Sie begegnete Noahs Blick, der sie interessiert musterte. »Sagt dir Basilius Valentinus etwas?« »Nicht wirklich.« »Auf einem seiner Drucke ist eine Abbildung von dem Hermesstab.« »Und?« »Er sah anders aus.« »Von wann ist diese Abbildung?« »16. Jahrhundert.« »Das ist eine Menge Zeit für Seemannsgarn.« »Wie meinst du das?«

»Man darf nicht davon ausgehen, einen Stab aus purem Gold mit Flügeln in Händen zu haben.« »Nein, das ist mir auch klar. Auf Vasen und Tellern der Antike war der Stab nicht mehr als eine Rute mit einem Kreis und einem Halbkreis, man vermutete die Symbole galten für Sonne und den Halbmond.«

Noah nickte. »Si. Also aus was könnte er bestanden haben.« »Führenberg vermutet in dem Hauptstab ein unbekanntes Erz, aber es ist kein Metall denke ich, dazu nimmt er zu schwer Körperwärme an und er schmeckt auch nicht metallisch, aber genaueres kann ich erst sagen, wenn ich mit den Tests beginne.« »Er schmeckt nicht metallisch. Du hast wirklich an dem Ding geleckt?«

Kass zuckte die Achseln. »Es ist der einfachste Test. Wenn ich von einer Rute ausgehe, müsste er aus Holz sein, geht man von der Mythologie aus ist es ein von zwei Schlangen umwundener Blitz des Zeus.« Entmutigt stützte Kass die Ellenbogen auf den Schreibtisch und vergrub den Kopf in ihren Händen, ließ es dann aber, als ihre Finger an die Wunde an ihrer Stirn kamen. »Wahrscheinlich ist es eine Mischung aus allem. Das klingt doch gut. Vielleicht verzichtest du erstmal auf den Papierwust und beschränkst dich auf das wesentliche.« »Vielleicht.«, seufzte Kass und lehnte sich zurück.

»Gut, dann kommen wir jetzt zu den wirklich wichtigen Dingen.«, frech blitzten seine grauen Augen auf. »Meine Gute Nacht- Geschichte, wie bewertest du dieses Erlebnis?«, grinste er und sein Blick wurde fast ein wenig schüchtern. Kass schmunzelte. »Die Geschichte war gut, der Erzähler ambitioniert, also insgesamt würde ich vier von fünf Sternen vergeben.« Flirtete sie etwa? »Ambitioniert, si?«, raunte er. »Ja.«, antwortete Kass knapp und fühlte, wie ihr warm wurde. »Das ist mir zu wenig.« Er stand auf und fasste sich an den Kragen.

Kass Augen weiteten sich, als sie erkannte, dass er sein Hemd öffnete. »Was tust du da, Noah?« Hatte sie irgendwas verpasst? »Dir etwas zeigen.« Mit einem Ruck zog er es aus seiner Jeans, zog es sich über den Kopf und legte es achtlos zur Seite. Kass schluckte beim Anblick seiner nackten Brust und unweigerlich musste sie an Michelangelos David denken. Seine Muskeln und Sehnen zeichneten sich deutlich unter seiner Haut ab und Kass wollte nur noch eines, sie wollte ihn berühren. Sie wollte diese männliche Brust packen und ihn an sich ziehen. Gerade noch rechtzeitig bemerkte sie, wie sich ihre rechte Hand selbstständig machen wollte, als sie ihr Hirn die Aktion umleiten ließ und sie sich jetzt stattdessen selbst die Hand gab.

»Und was wolltest du mir zeigen?« Er grinste und drehte sich mit dem Rücken zu ihr. »Das da.« Auch sein Rücken war durchtrainiert, doch erkannte sie hier die feinen Narben, die wohl von dem Gürtel seines Onkels stammten. Für Kass Hand gab es kein Halten mehr. Sie stand auf und zart berührte sie eine der aufgesetzten Linien an seiner Schulter. Er zuckte leicht zusammen und sie zog ihre Finger zurück. »Sorry.« »Schon gut. Ich hatte nur nicht damit gerechnet. Ich wollte sie dir zeigen, damit du siehst, dass du es dir wahrscheinlich schlimmer ausgemalt hast als es ist.« Kass Augen blieben an seiner schmalen Taille hängen, auch hier hatte er zwei Narben zurückbehalten. »Es ist schlimm, Noah. Du musst furchtbare Schmerzen gehabt haben.«

Das stimmte zwar, aber Noah hatte die Erinnerungen tief in sich begraben. So tief, dass er sich nicht einmal mehr selbst gestattete daran zurück zu denken. »Es ist vorbei, Kass. Das gehört nicht zu mir. Das gehört zu einem schwächlichen, weinerlichen Jungen.« »Wohl eher zu einem unendlich traurigen und tiefverletzten Jungen.«, murmelte sie und erlaubte sich die Narbe, die über seinen Nieren verlief, zu berühren. Diesmal zuckte er nicht zusammen, sondern drehte sich um und griff sanft nach ihrer Hand.

Völlig irritiert über seine Berührung starrte sie auf seine schlanken Finger, die sich warm um die ihren legten. »Begleitest du mich heute Abend zur Vorstellung?« »Ich weiß nicht.«, erwiderte Kass blinzelnd und blickte ihn an. Seine Augen lagen fordernd auf ihr und versprachen ihr unanständige Dinge. Die Luft um sie herum knisterte. »Nate hat gestern gefragt, ob ich vielleicht mit ihm gehen will.«, wandte sie sich schließlich scheu von ihm ab und entzog ihm ihre Hand. Warum hatte sie das gesagt? Musste sie immer so ehrlich sein? Er war ihr so einladend nah. Seine Brustwarzen so wunderschön und genau an der richtigen Stelle, wie sie sich wohl an ihrer Zunge anfühlten, wie er schmeckte.

»Hm.«, brummte Noah unzufrieden, griff nach seinem Hemd und zog es sich wieder über. »Ich habe Nate schon heute Vormittag gesagt, dass du nicht mit ihm gehen wirst.«, klärte er sie knapp auf.

»Du - Arsch!«, stieß Kass überrascht aus, was ihr in den Sinn kam, doch Noah lachte nur auf. »Meinetwegen nennst du mich Lawrence von Arabien, Bella, aber du gehst mit mir! Ich hol' dich um sieben ab, dann können wir vorher noch etwas essen.« Er drehte sich um und ging davon. »Das ist mir zu früh! Acht!«, rief Kass ihm hinterher. »Halb acht.« War seine Antwort nach der die Tür ins Schloss fiel.

Das war doch erfreulich verlaufen. Keinesfalls wollte er Assistentin Kass sagen, warum Nate nicht mit ihr zu dem Stück gehen würde. Ihre erfrischende Art hatte es ihm leicht gemacht, gar nicht erst in die Verlegenheit zu kommen, die Unterhaltung zwischen ihm und seinem Rivalen zu erwähnen. Noah knöpfte sich sein Hemd zu und machte sich auf den Weg zu seinem Onkel.

Das Grinsen, dass er auf den Lippen trug wurde noch breiter, als er an ihren lüsternen Blick zurückdachte, den sie auf seinen nackten Oberkörper geworfen hatte. Doch auch er hatte aufpassen müssen, dass er sie nicht einfach an sich zog. Wie zärtlich ihre Finger seinen Rücken berührt hatten, er konnte es noch immer fühlen.

Gruber begegnete ihm im Flur vor Giovannis Büro. »Herr Rosencreutz, guten Tag, wie geht es der Patientin heute?« »Ich schätze gut, sie arbeitet. Ist mein Onkel da?« »Ja, er ist allein.« »Danke.«, nickte Noah und ging ohne anzuklopfen hinein.

Er liebte diese kleinen Respektlosigkeiten, weil sie seinen Onkel wahnsinnig machten. »Und so stellt sich heraus, dass ich mich nicht völlig geirrt habe.«, forschen Schritts ging Noah auf seinen Onkel zu und erstaunlicher Weise blickte der auf. »Ciao, Ragazzo, du warst reiten?« »Nate und Lissy stecken wirklich tief in deinem Hintern, no?« Die Augen seines Onkels wurden schmal.

»Was willst du?« »Dir mitteilen, dass die katholische Kirche sich für den Caduceus interessiert hat. Vor kurzem.« »Ah. Wer war es?« »Das weiß ich nicht. Frau Alighieri ist allerdings bei einem vergangenen Geschäft auf den Hermesstab angesprochen worden.« Giovanni Balsamo schüttelte den

Kopf und musterte ihn. »Che diavolo, was solls, Noah. Der Caduceus ist hier absolut sicher.« »Ach? Ich dachte, es würde dich mehr interessieren.« »Ist Frau Alighieri tiefer darin verstrickt? Denkst du, sie würde diesen Klienten ins Vertrauen ziehen?« »No.« »Na dann.« Noah rührte sich nicht von der Stelle.

»Was ist noch, Ragazzo?« »Ich habe mich gefragt, wozu du den Hermesstab so dringend in deinen Besitz bringen wolltest. Willst du die Welt richten damit? In dein Gut und Böse aufteilen?«

Einen Wimpernschlag lang, da war sich Noah ganz sicher, veränderte sich etwas in der Haltung seines Onkels, bevor der sich gewohnt selbstsicher in seinem Sessel zurücklehnte, die Hände über seinem Bauch faltete und ihn musterte, wie einen dummen Jungen.

»Viel wichtiger wäre es vorher zu wissen, ob das Artefakt, das sich in unserem Besitz befindet, echt ist. Gerade vorhin habe ich den Verkäufer bezahlt.« »Warum?« »Che?« »Du hast meine Frage nicht beantwortet, Onkel.« »Noah, ich habe wirklich wichtigeres zu tun. Es geht um Macht und um Geld, wie immer. Du kannst mir glauben, du wirst mit dem Ausgang der Geschichte zufrieden sein und jetzt lass mich allein. Ich habe noch einiges zu tun. Wir sehen uns bei der Aufführung.«

»Tabula Smaragdina.«, flüsterte Kass zu sich selbst. Der Druck, den sie Vorknitz verkauft hatte, darauf war sie abgebildet gewesen und auch der Caduceus. Endlich hatte Kass einen Hinweis gefunden zu dem Stab. Flavius Benedictus ein Astronom, der im 13. Jahrhundert gelebt hatte, schrieb an seinen Abt, dass er auf seiner Reise von Konstantinopel nach Athen etwas gesehen hätte. Zwei Tafeln aus Smaragd. Gefunden im Grab des dreifach größten Hermes, dem Boten der Götter.

Wenn Kass' Übersetzungsprogramm zuverlässig war wie immer, dann mutmaßte dieser Flavius, dass der Gott selbst aufgeschrieben hatte, was dastand und er selbst schätzte diese Tafeln auf älter als tausend Jahre. Auch Ficinus behauptete, dass die Traktate aus dem 3. oder 4. Jahrhundert nach Christi stammen könnten. Casaubon hingegen vermutete, dass die Sammlung wesentlich älter war, was sie auch sein müsste, sollte sie denn tatsächlich von einem Gott verfasst worden sein. Aber das war es nicht, was Kass interessierte.

Flavius war sich sicher, dass es sich dabei um eine Überlieferung der Schöpfung handeln musste. Die es einem wahrhaft Reinen erlaubte – und jetzt kam es – mit Hilfe des göttlichen Stabes, die Welt zu schaffen. Zwölf Säulen, die einen Zusammenhang zwischen Mikrokosmos und Makrokosmos herzustellen vermochten, um dem ewig andauernden Wunder des einen zu dienen. Sie griff sich den alten Wälzer und prüfte den Index. Wie hoch standen die Chancen, dass sich auch eine Abschrift der Tabula Smaragdina im Corpus Hermeticum befand. Sehr hoch! Kass grinste zufrieden und schlug die Seite auf.

Der Text war zwar interessant gewesen, aber leider war auch hier der Caduceus nicht beschrieben. Nur, dass Hermes seinen Stab nutzte um Hermes zu sein. Super. Daher Zeitverschwendung. Deswegen saß Kass jetzt etwas unruhig vor ihrem Auftraggeber, da sie noch immer nichts vorzuweisen hatte, was von Belang war.

»Deswegen kann ich bisher nur mit Gewissheit sagen, dass der Stab aus keinem Erz besteht. Ich habe in den Unterlagen zwar viel über die Geschichte von Hermes und den Einsatz des Caduceus gefunden, aber leider noch nichts, was mir einen Hinweis gibt auf das Aussehen oder das Material, aus dem er ist.«, schloss Kass ihren dürftigen Bericht. »Das ist mir zu wenig und ihnen sollte es das auch sein. Was bringt es zu wissen, was damit zu tun ist, wenn man nicht weiß, ob man den echten Caduceus in Händen hält. Zumal ich sie nicht angestellt habe, um die Geschichte der Hermetik zu studieren.«

Es klang freundlich und doch ging Kass ein Schauer über den Rücken. Jetzt da sie wusste, was dieser Mann seinem Neffen, seinem Adoptivkind, angetan hatte, fiel es ihr schwer sachlich zu bleiben und nicht die Fassung zu verlieren. Sie arbeitete nur für ihn, mehr nicht, sie hatte keinen Grund sich einschüchtern zu lassen. »Das weiß ich, Herr Balsamo. Aber leider sind die beigelegten Unterlagen, bis auf Führenbergs Abhandlung zu dem vorhandenen Artefakt leider nicht hilfreich bis jetzt. Wenn ich einen Internet Zugang hätte, vielleicht, dann würde ich eventuell schneller vorankommen, aber so muss ich mit dem vorhandenen arbeiten. Ich werde natürlich selbst versuchen das Material zu bestimmen, aber derzeit könnte ich mit diesem Ergebnis nur herausfinden aus was der Stab besteht und wie alt er sein könnte.«

Nur ehrliche Fakten, keine leeren Versprechungen, dennoch sah sie, dass Giovanni Balsamo wütend wurde, nur einen kurzen Augenblick. »Kein Internet, Frau Alighieri, sie müssen diese Aufgabe auch so bewältigen können. Suchen sie weiter und wenn es geht, etwas schneller, denn wir haben nicht unendlich Zeit. Ich will bis Samstag Gewissheit, capito, Signora Alighieri.«

Kass schluckte und nickte – eingeschüchtert, wie sie sich eingestand. »Aber natürlich, Herr Balsamo. Wenn sie mich dann bitte entschuldigen würden, ich würde mich gerne sofort wieder an die Arbeit machen.« Kass zwang sich dazu seinen Blick ernst, aber mit einem Hauch Präpotenz, zu erwidern. »Das wird nicht möglich sein, das Theaterstück.« »Aber ich dachte...«, hob Kass irritiert an. »No, ich habe ihnen gesagt, dass sie an den Feierlichkeiten teilnehmen werden und daran halten wir uns. Gehen sie sich umziehen. Aber morgen will ich Ergebnisse.«, brummte ihr Auftraggeber ungehalten. »Jawohl, Herr Balsamo.«, antwortete sie und ging zurück in ihr Zimmer wie ein getretener Hund, um sich für den Abend umzuziehen.

Pünktlich um 19:30h klopfte es an Kass Zimmertür. Für heute Abend stand Bodenlanges Kleid als Zusatz in der Veranstaltungsbeschreibung und wenn Kass sich schon mies fühlte, wollte sie wenigstens gut aussehen. Ein karmesinroter, bestickter Traum von Versace mit hoher Taille und tiefem Ausschnitt hatte es ihr angetan. Gerade verstaute sie noch eine Packung Taschentücher in der Abendhandtasche, die sie dazu gefunden hatte und öffnete dann die Tür.

Lässig lehnte Noah Rosencreutz im Türrahmen. Im Smoking. Unweigerlich musste Kass an James Bond denken. »Hi.«, hauchte sie sacht und ihr Herzschlag trommelte los. »Hi Kass.«, grinste er, beugte sich vor und gab ihr einen sanften Kuss auf die Wange. »Du siehst bezaubernd aus.« Und er roch bezaubernd. Herb, nach Moschus und Abenteuer. So unendlich männlich. Cool, bleiben, Kass! Cool! »Danke.«, erwiderte sie schüchtern. Mit so einer vertraulichen Geste hatte sie gar nicht gerechnet. »Können wir gehen?« »Gerne.« Sagte sie und legte ihm ihre Hand in die dargebotene Armbeuge, um ihm zu folgen.

»Das Treffen mit meinem Onkel?«, sagte er schließlich nach ein paar Schritten. »Was ist damit?«, fragte Kass. »Es ist nicht gut gelaufen, oder?« Sie lächelte bitter. »Ähnlich frustrierend, wie meine Recherchen davor.« »Du hast also nichts finden können.« »So würde ich das nicht sehen. Ich habe sogar eine Menge über den Stab erfahren, wie man ihn einsetzt. Hermes selbst hat auf Smaragdtafeln festgehalten, wie man sich zu einem Gott erheben kann, um dann den Stab zu nutzen. Jede Menge hermetisches und Parallelen zu Glaubensgrundsätzen, die auch heute noch Bestand haben, aber keine Beschreibung des Caduceus oder einen Hinweis auf sein Aussehen.«

Noah nickte verständig und öffnete eine Tür vor ihnen, durch die sie weitergingen. Sie sah atemberaubend aus. Wie eine Königin und sie passte so gut an seine Seite. »Das hat dem Alten nicht gefallen, claro.« »Nein. Er will bis Samstag ein definitives Ergebnis.« Natürlich, so war sein Onkel. Druck mit einer Prise Druck. »Was hast du gesagt?« »Das es schwer sein wird unter den gegebenen Umständen. Einen Internetzugang gibt es nicht…« Noah trat einen Schritt vor und öffnete eine der Balkontüren, die auf die Terrasse führten. »Bene. Was würdest du davon halten, wenn ich morgen mit dir die Unterlagen durchsehe. Nach dir.«

Galant wies er mit seinem Arm nach draußen und Kass trat ohne zu zögern hinaus. Der Abend war lau und sie genoss den sanften Wind, der sie umwehte. »Das kann ich nicht verlangen, Noah. Dein Onkel bezahlt mich dafür, dass ich die Echtheit des Artefakts bestimme, es wäre nicht richtig, wenn du mir dabei hilfst meinen Job zu machen.« Der zuckte die Achseln, griff nach ihrer Hand und legte sie wieder in seine Armbeuge, bevor er mit ihr weiterging. »Es wäre aber dumm von dir, auf meine Hilfe zu verzichten, denn wenn auch nicht diplomiert, weiß ich sehr viel über Kunstgegenstände, da ich damit handle. Ich stelle dir lediglich meine Erfahrung und mein Wissen zur Verfügung. Ich will dir deine Arbeit nicht abnehmen. Sieh mich einfach als dein persönliches, unwiderstehlich gutaussehendes Google.«

Kass schnaubte und musste Grinsen. »Gut, Herr Google.« Sie gingen nach links ein Stück die Terrasse entlang. Wohin brachte er sie? »Und der Text über die Smaragdtafeln beschreibt wirklich wie man zu einem Gott wird mit Hilfe des Hermesstabs?« Sie durchschritten einen offenen Seitengang, der an einer kurzen Treppe endete. »Ich dachte, du glaubst nicht an sowas?«, frotzelte sie ihn und fuhr fort, als er nicht darauf einging. »Es geht um einen »wahrhaft Reinen«, der mit Hilfe des Stabs den Zusammenhang zwischen Mikro- und Makrokosmos herstellen kann, um so über alles zu herrschen.« »Über Gut und Böse.«, nickte Noah. »Irgendwie, ja. Es liegt dem ganzen wohl eine Prüfung zu Grunde, die es überhaupt erst ermöglicht oder vielleicht auch Hermes ermöglicht hat, den Stab zu führen.«

»Hm, eine Prüfung?« »Ficinus übersetzt es mit zwölf Säulen. Aber ich denke, er macht einen Fehler oder besser, er hat etwas übersehen.« »So?«, fragte Noah erstaunt. »Ja. Es sind sieben Säulen oder es sind sieben Schritte und dann stützt sich das Sein des Universums auf zwölf Säulen, so ganz sicher bin ich mir da auch nicht. Hermes Trismegistos leitet das Ganze ein mit einer Art Eid ein, dass es genau so läuft, wie er beschreibt und auch die letzten Punkte dienen eher der Feststellung dessen, was dann vollbracht ist und nicht dem, was bis dahin zu tun ist.« »Und was sind das für sieben Stationen?«

»Ach du meine Güte. Du setzt große Erwartungen in mein Gedächtnis, dass langsam wirklich unterzuckert ist.«, grinste sie bevor sie begann aufzuzählen. »Grob geht es darum, dass ein Auserwählter im Schlaf berufen wird, danach muss er die Abweisung erfahren, also sich gegen Zweifler durchsetzen, dann Reinheit – ganz ehrlich, mir ist selbst nicht klar, was das bedeuten soll. Dann folgt die Entsagung weltlicher Verführungen, danach die Opferung, ich denke, dazu muss ich nicht viel sagen, die gefolgt ist von der Wiedererweckung, was ja auch irgendwie logisch ist, denn als Toter kann man ja schwer ein Gott sein und letztlich die Offenbarung – das grande Finale, der neue Gott akzeptiert eben diese zwölf Säulen oder hat sie damit durchschritten und der Stab akzeptiert seinen geprüften Gott und ist voll einsatzfähig.« Sie runzelte die Stirn.

»Wohin bringst du mich, Noah, ich dachte, wir wollten noch etwas essen, bevor das Stück anfängt und hier geht es nicht zum Speisesaal.«, fragte sie jetzt, bevor sie an der kurzen Treppe ankamen und diese langsam nach unten gingen. »Si, und das werden wir, wir müssen nur noch hier die Stufen nach unten und dann sind wir auch schon da.« Vor Staunen klappte Kass der Mund auf, als sie einen weißen Pavillon aus Stoff zwischen den Büschen entdeckte.

In dem Pavillon mehrere Kerzenleuchter, ein Tisch, gedeckt, und zwei Sessel. Ein Ober wartete bereits auf sie neben einem Champagnerkühler. »Wie ihm Film.«, stieß Kass aus. »Darf ich dieser Reaktion entnehmen, dass es dir gefällt, Kassandra?«, fragte er schmunzelnd und ging mit ihr in das Zelt. »Oh ja. So was hab ich ja noch nie erlebt!«, grinste sie und sah sich um. »Dann findest du nicht, dass ich dich gerade zu sehr verwöhne?« Vielsagend zuckte er mit seinen Augenbrauen. »Ich weiß es nicht, was wäre, wenn ich mich daran gewöhnen würde?« Doch ihr Begleiter zuckte nur nonchalant mit den Schultern. »Dann hätte ich damit kein Problem.«, raunte er ihr zu, ließ sie los und zog ihr den Stuhl zurück, damit sie sich setzen konnte.

Der Kellner öffnete den Champagner und schenkte ihnen ein, bevor er sich zurückzog. Noah hob sein Glas in ihre Richtung. »Auf dich, Bella.« Kass prostete ihm zu und nippte. »Was sehen wir eigentlich heute Abend für ein Stück?« »Hast du denn gar nicht den Eventplan studiert?« »Doch, aber ich bin nicht wirklich schlau draus geworden.« »Fein, ich auch nicht. Ich habe nur verstanden, dass es wohl von einigen Teilnehmern dieser Veranstaltung einstudiert wurde und es interaktiv ist. Etwas Modernes.« Kass verzog die Lippen und lehnte sich etwas zur Seite, da der Ober mit zwei Tellern zu ihnen zurückkehrte, von denen er einen jetzt vor Kass abstellte. Es sah fantastisch aus. »Zweimal Rinderfilet mit Belugalinsen- Avocado Salat.«, kommentierte der Kellner sein Handeln und Kass konnte nicht verhindern, dass ihr Magen in freudiger Erwartung zu knurren begann.

»Danke.«, nickte Noah dem Ober zu, der sich wieder zurückzog. »Hunger?«, fragte er Kass auch prompt. »Ich hab' seit dem Frühstück nichts mehr gegessen.«, gestand sie. »Das ist – ungesund.« »Das weiß ich.«, zwinkerte sie. »Warum tust du es dann, Kass?« Sie lachte auf. »Weil ich unvernünftig bin?« »Si, un poco. Aber nichts, womit ich nicht umgehen kann.« »Und da bist du dir sicher, Noah.« »Naturalmente, Signora Alighieri.« Er lächelte schief. Der Schuft! Sicher wusste er ziemlich genau, wie sexy er sich anhörte, wenn er Italienisch sprach. Kass Hände wurden feucht. »Erzähl mir von dir.«, forderte er sie auf und griff zu seinem Besteck.

»So? Und was willst du wissen?« »Alles, Musikgeschmack, Lieblingsessen. Worauf steht Kassandra Alighieri?« »Alles?!«, lachte sie auf. »Haben wir denn so viel Zeit? Wenn ich mich nicht irre, dann fängt die Vorstellung um halb neun an.« »Glaube mir, Kass: Giovanni wird nicht zulassen, dass ich auch nur eine Minute von dem Stück verpasse.« Kass nickte bestätigend. »Wieso wusste ich nur, dass du etwas in der Richtung sagen würdest?« »Tja, das ist eines der Geheimnisse, die wir wohl später erörtern sollten. Also? Lieblingsband?«, sagte er auffordernd und Kass begann zu erzählen.

Noah hätte ihr die ganze Nacht zuhören wollen. Er versank in ihren Augen, genoss den Klang ihrer Stimme, die so sanft klingen konnte und ihren Anblick. Ihre hochgesteckten Locken die wippten, wenn sie lachte, ihr edel geschwungener

Hals und ihr Dekolletee, dass in dem Kleid, welches sie gewählt hatte, verdammt sexy war. Erst auf Assistentin Kass Drängen hin hatte er schließlich nachgegeben und er geleitete die Elfe hinüber in den Schlosspark wo die Bühne aufgebaut worden war.

Selbstverständlich waren sie zu spät dran und selbstverständlich hatte das Stück noch nicht begonnen. Die Sitzreihen vor der Bühne waren bereits gut gefüllt und zufrieden nahm Noah zur Kenntnis, dass sein Onkel ihm einen düsteren Blick zuwarf und dabei auf seine Uhr deutete. Doch Noah hob nur auffordernd sein Kinn in dessen Richtung, bevor er nach zwei freien Plätzen Ausschau hielt. Leider befanden sich diese ausgerechnet neben Nate und seiner Mutter.

Finster zogen sich seine Brauen zusammen, als Nate jetzt Assistentin Kass zuwinkte und seine Lippen ein stummes »Wow« in ihre Richtung formten. Lächelnd nickte sie ihm zu. »Hat Nate uns die Plätze freigehalten, das ist aber nett von ihm.«, sagte sie leise, als Noah sich auf den unvermeidbaren Weg zu den zwei Stühlen machte. »Si, wie selbstlos von ihm.«, zischte er zynisch und setzte dann ein erzwungenes Lächeln auf, als er die ihm entgegengestreckte Hand von Nates Mutter nahm und sie kurz an seine Lippen führte.

»Buona sera, Signora Hill.«, raunte er dabei charmant und nickte Nate danach knapp zu. »Noah, wir dachten schon, dass du Frau Alighieri entführt hast.«, zischte sein Schulfreund ihm zu. »Du siehst fantastisch aus, Kass.«, flüsterte Nate ihr jetzt zu und setzte ein rasches: »Setzt euch doch.«, hinterher, als er Noahs eisigen Blick auf sich fühlte. »Wir haben gegessen und die Zeit dabei vergessen.«, sagte Kass leise.

»Gut, dass Herr Rosencreutz dann doch noch die Zeit gefunden hat hier aufzutauchen, denn sonst hätten wir alle heute wohl auf diese Vorstellung verzichten müssen.«, sagte

Nates Mutter mit einem Hauch von Gift in ihrer Stimme und Noah bedachte Kass, die sich zwischen Nate und Noah setzen wollte, mit einem triumphierenden Blick. Allerdings stand er wie der Hadrians Wall zwischen ihr und seinem Rivalen, ließ ihr keine andere Möglichkeit, als den anderen Platz zu wählen und setzte sich dann selbst zwischen Nate und sie, nachdem Kass sich niedergelassen hatte. Um ihre Mundwinkel zuckte es. Als sie endlich saßen, sah Kass im Augenwinkel wie Giovanni Balsamo jemanden in der Nähe der Bühne ein Zeichen gab und es ging los.

Das Stück war sehr modern und schwer, da Humor dem Ganzen vollkommen fehlte. Dem Publikum wurden insgesamt sechs Protagonisten vorgestellt, welche die Handlung bestimmten. Grob stellte jeder seinen Beitrag vor und um was es ihm ging. Kass klatschte verhalten, als das Stück nach einer Stunde in die Pause ging. »Was für eine seltsame Handlung murmelte sie, als Noah sie entnervt anblickte. »Grauenhaft, oder? Ich habe ja gleich gesagt, dass wir in dem Pavillon hätten bleiben sollen.« »Was eine geradezu ehrenvolle Tat gewesen wäre, weil wir so den anderen Zuschauern auch diese Zeitverschwendung erspart hätten.«, brummte sie und strich sich den Rock glatt, was unnötig war, da der seidige Stoff ohnehin nicht knitterte.

»Hat es dir gefallen, Kass?« Nate beugte sich etwas vor, um an Noah vorbeisehen zu können. »Ich bin da noch unentschlossen.«, erwiderte sie freundlich. »Etwas zu trinken?«, fragte Noah dazwischen, bevor sich ein Gespräch entwickeln konnte. »Gerne.«, grinste Kass. Ziemlich besitzergreifend, ihr Begleiter.

Noah stand auf und bot ihr den Arm. »Darf ich mich vielleicht anschließen?«, hörte er Nate in seinem Rücken und ließ die Schultern fallen. »Ich dachte, wir hätten das besprochen, Nate!«, sagte er und drehte sich zu seinem Rivalen um. In seiner Stimme schwang eine leise Drohung mit. Der Abend war schön, das Dinner in jeder Hinsicht ein Genuss und es war ihm schon gegen den Strich gegangen, dass sie hier sitzen mussten, was Nate zweifellos absichtlich eingefädelt hatte.

»Du hast befohlen, Noah. Vielleicht fragen wir Kass ob es sie stört, wenn ich euch begleite. Schließlich ist es doch nur ein Drink. Kass?« Kass runzelte die Stirn. Die Spannung zwischen den beiden Männern war greifbar. Nicht nur, dass sie anscheinend schon wieder zwischen zwei Fronten geriet, so langsam würde sie gern wissen was Noah Nate heute Vormittag alles gesagt hatte. Sah er den Abend mit ihr etwa als – Date?

Kleine Kassandras, gekleidet wie Cheerleader, formatierten sich in ihrem Kopf und wedelten jubelnd mit ihren Pompons. Strenggenommen war es ja genau das. Sie hatten gegessen, erzählt, geflirtet. Der Abend an Noahs Seite war, von dem Theaterstück abgesehen, einfach nur schön und sie wollte ihnen beiden ungern die Stimmung verderben, in dem sie jetzt Noahs greifbaren Wunsch mit ihr allein zu sein, nicht respektierte. »Nate, sei mir nicht böse, aber ich würde gerne mit Noah allein sein.« Sagte sie möglichst cool und ignorierte wie ihre Ohren heiß wurden, ignorierte das überraschte Flackern, dass durch Rosencreutz' Augen zog, als er ihre Hand nahm und sie, ohne ein weiteres Wort an Nate zu richten, wegbrachte.

Ganz von selbst verhaken sich Noahs Finger auf diese vertrauliche Pärchen- Art mit den ihren und sie ließ es zu. Es gefiel ihm. So sehr, dass er sie am liebsten gar nicht mehr losgelassen hätte. Durch ihr Inneres jagte ein kleines Feuerwerk. »Was möchtest du trinken, Kass? Weißwein? Martini?« »Weißwein ist ok.«, antwortete sie und Noah wendete sich an den Barmann. »Einen Weißwein und einen Wodka auf Eis, bitte.« Der Mann machte sich an die Arbeit und kurz drauf stellte er die beiden Gläser auf der Theke ab.

Etwas enttäuscht darüber, dass sie Noahs Hand loslassen musste, nahm Kass grinsend ihr Glas entgegen und stieß mit ihm an. »Was genau hast du Nate heute Vormittag eigentlich befohlen?« Undurchdringlich lagen seine grauen Augen auf ihr. »Nur, dass er heute Abend nicht mit dir zu dem Stück gehen wird.« Kass nickte. Irgendwie beschlich sie so ein Gefühl, dass das nicht alles gewesen sein konnte. »Ich verstehe. Das war alles?« »Si.«, lächelte er versichernd. »Das hat sich für mich aber nach mehr angehört.«, stellte sie ihre Vermutung zwischen Noah und sich.

»Ich würde lügen, wenn ich das abstreiten würde, Bella.«, zwinkerte er und nippte an seinem Glas. »Aber du willst es mir auch nicht sagen.« »Si.« »Warum?« »Männersache.«, schloss er knapp. »Wir haben nur noch zehn Minuten, bis dieser Theaterwahnsinn weitergeht, willst du die wirklich nutzen, um über Nate zu reden?«, raunte er dann charmant und nein – Kass wollte nicht weiter nachbohren, jetzt gerade hätte sie ihm lieber einen sanften Kuss auf seine sinnlichen Lippen gedrückt und sich an ihn geschmiegt. Sie fühlte sogar, wie sich ihr Körper sanft auf ihn zu bewegte, als sie sich fing. »In der zweiten Hälfte müssen wir also mitspielen bei dem Stück? Habe ich das richtig verstanden?« »Si!«, stöhnte Noah entnervt auf und nahm noch einen Schluck Wodka. »Erinnere mich nicht!«

Als sie zurück zu ihren Plätzen kamen, lagen dort kleine Briefe, die ihren Text enthielten. Kass öffnete und las es. Es war ein Treueschwur, der sie dazu verpflichtete, Stillschweigen zu bewahren und dem neuen König die Treue zu halten. Wenn es weiter nichts ist. Wenigstens zeigte ihr das, dass dieses seltsame Stück, bei dem es um alte Glaubenstheorien und Gebräuche ging, um Reformationen und wüste Neuzeitvisionen, enden würde.

Der Moment, in dem das Publikum auf ein Zeichen hin dann aufstand, um diesen Schwur zu leisten, war sogar richtig feierlich, weniger festlich war, was folgte. Zwei Männer in schwarze Kutten gekleidet traten auf die Bühne. In einem erkannte Kass Gruber, der Mann, der sie medizinisch versorgt hatte. Sie trugen große Sensen, um die Schauspieler, die in einem Halbkreis auf Opferbaren lagen, der Reihe nach zu köpfen.

So wenig das Stück bisher auch hergegeben hatte, musste Kass zugeben, dass diese Szene wirklich gut gemacht war. Effektvoll und realistisch fielen die Köpfe der aufgebarten Puppen in positionierte Körbe, Blut spritzte und besudelte die Bühne und die Luft nahm einen metallischen Geruch an. »Ist das Schweineblut?«, zischte Kass Noah zu, der auch nur die Achseln zuckte. »Keine Ahnung.«, raunte er leise. Ihr Blick fiel auf Nate und seine Mutter, die gebannt und ergriffen das Geschehen verfolgten. Auch Balsamo starrte gefesselt auf die Bühne. Wenigstens hatte die Aufführung ein paar Leuten gefallen.

Das Stück endete mehr oder weniger abrupt mit dem Tod der Protagonisten. Der Sensenmann, der nicht dieser Gruber war, trat nach vorne und entließ das Publikum mit einem abschließenden Satz. »Im Tode dem König geweihet erfolge die Auferstehung des neuen Gottes am dritten Tage. Dem Beginn der neuen Welt, des neuen Glaubens.« Kam es nur ihr so vor, als hätte der Mann Noah dabei angesehen? Der Vorhang schloss sich, das Publikum applaudierte. Seltsam war, dass die Schauspieler nicht nach vorne traten, um sich zu verbeugen, aber offenbar störte sie sich als einzige daran. Vielleicht verzichteten sie ja darauf, damit die morbide Endzeitstimmung des Schlusses nicht gestört wurde.

Kass war jedenfalls froh, dass es vorbei war und Noah anscheinend auch. Sie fühlte seine warme Hand an ihrem Ellenbogen, die ihr aufhalf und sie dann bestimmt durch die Reihe und wieder zu der aufgebauten Bar zurückbrachte, an der sie bereits die Pause verbracht hatten. »Wodka, doppelt und einen Weißwein. Danke.«, sagte er dem Kellner. »Ich werde noch immer nicht schlau aus dem Stück.«, murmelte Kass und griff nach dem Wein. »Was sollte das heißen: der Beginn einer neuen Welt des Glaubens?« »Ich habe keine Ahnung.« Verständnislos schüttelte sie den Kopf.

»Das ist kaum durchdacht gewesen. Als ob alle Menschen von heute auf Morgen einem König, einem Diktator quasi, folgen. Aber die Opferszene war gut gemacht.«, lächelte sie und nippte an ihrem Wein. »Ich dachte, dass du als Künstlerin offen bist für alles was mit Kunst zu tun hat.«, schmunzelte er. »Bin ich doch auch, aber deswegen muss mir ja noch lange nicht alles gefallen.« »Nein, muss es nicht.« Er trat etwas näher zu ihr, um anderen Gästen, die an die Bar wollten Platz zu machen. Kass stieß an seine Seite, doch bevor sie zurückweichen konnte, fühlte sie seinen Arm, der sich um ihre Taille schlang und an Ort und Stelle hielt.

Ein wohliger Schauer jagte ihr den Rücken hinunter und Noah beobachtete sie dabei genau. »Du kannst ruhig zugeben, dass es dir gefällt mir nah zu sein.«, grinste er unbeschwert. »Habe ich das nicht schon? Schließlich habe ich doch vorhin gesagt, dass ich gerne mit dir allein bin.« »Das war überraschend.«, gab er zu. »Wirklich? Ich hätte nicht gedacht, dass dich überhaupt etwas überraschen kann.« Sein Blick wurde intensiver. »Doch. Du überraschst mich, wie sich herausstellt.« Er räusperte sich kurz. »Und ich denke durchaus, dass du dir dafür eine Belohnung verdient hättest, Kass.«

Sie fühlte, wie er sie noch ein klein wenig dichter an sich zog. »Eine Belohnung?« Kass schluckte trocken. »Und wie könnte eine Belohnung aussehen, die einem Noah Rosencreutz gewährt?« »Das werde ich dir gerne zeigen, aber vorher muss ich dich warnen, es könnte nicht uneigennützig sein.« Seine freie Hand fasste sanft an ihre Wange. Wann hatte er sein Glas abgestellt, fragte sich Kass. Sie hatte es nicht mitbekommen, sie bekam nur mit, wie sich jetzt ihr Herzschlag beschleunigte, als Noah zärtlich an ihrem Kinn entlangstrich, seine Hand in ihren Nacken gleiten lies und seine Lippen auf die ihren drückte. Glückseligkeit explodierte in ihrem Kopf und durchzuckte ihren Körper, als sie sich stumm seufzend an ihn drückte und leicht ihren Mund öffnete, um ihn einzulassen. Sie schmeckte den Wodka und – ihn.

Noah zog sie etwas dichter an sich. Streichelte sanft ihren Rücken auf und ab, zog ihren Kopf zu sich, kraulte ihr sacht den Nacken und teilte ihre Lippen mit seiner Zunge. Trank ihren Duft, schmeckte ihre warme Süße und ließ sich in den Kuss fallen, als sie ihn sanft erwiderte. Sie küsste perfekt. Sie war perfekt. Hitze raste durch seinen Körper und seine Hose begann zu spannen.

»Ah – the win is yours and the girl is yours. Got it, Noah!« Er war völlig in dem Kuss mit Kass versunken und so war ihm entgangen, dass Nate sich genähert hatte. Widerwillig, aber zügig löste er sich von ihren seidigen Lippen und griff sacht nach Kass Handgelenken, die sich um seinen Hals geschlungen hatten. Ihre Augen waren verhangen, sie schien gar nicht zu verstehen, was los war. »Entschuldige, Bella.«, raunte er bevor er sich seinem ehemaligen Schulkameraden zuwandte. »Was ist, Nate? Willst du uns jetzt doch noch den Abend verderben?« »Du hättest heute Morgen gleich sagen können, dass du selbst hinter der Kleinen her bist. Wenn du sie vögeln willst, sag es doch einfach.« Ah – er wollte.

Langsam sickerten Nates Worte durch die rosafarbene Zuckerwattewolke um Kass und sie begriff, was Nate gerade gesagt hatte. Empört keuchte sie auf und machte einen Schritt weg von Noah, zumindest wollte sie das, doch er hielt sie noch immer im Arm und sein Griff wurde fester. »Nein, nicht, Bella, so ist das nicht. Vertrau mir.«, versicherte er ihr. »Natürlich, dass ist es doch nie.«, zischte Kass und wehrte sich gegen seinen Arm, stemmte ihre Hände gegen seine Brust, als er sie endlich losließ.

»Nate, du wirst das sofort richtigstellen!«, knurrte Noah den Amerikaner an, der einen Schritt zurückwich. »Was gibt es denn da richtig zu stellen?« Als Geste seiner Überlegung legte der eine Hand an sein Kinn und musterte erst Noah und dann Kass. »Das vielleicht: Noah will dich nur flachlegen, liebe Kass, genauso wie ich. Ich will es dir nur gesagt haben, bevor er dich gleich mit auf sein Zimmer nimmt und morgen beim Frühstück, naja – da teilt der gute Noah seine Eier dann mit jemand anderem.« Sein Rivale schnippte sich arrogant eine Erdnuss in den Rachen, möge er daran ersticken, und grinste ihn dann siegessicher an. »Stehst du nicht eigentlich eher auf blond, Buddy?«, zwinkerte er ihm zu. Noah fühlte, wie der aufbrandende Zorn das Blut durch seinen Körper trieb, Adrenalin in seine Adern schoss, sich seine Hand zur Faust ballte und diese durchaus unsanft und in jedem Fall unfreundlich den Kiefer des Amerikaners traf.

Kass, nicht fähig die Unverschämtheit zu verarbeiten, die ihr Nate gerade ins Gesicht geschleudert hatte, machte einen raschen Satz zurück, als sie fühlte, wie sich Noah neben ihr anspannte und die Kontrolle über sich verlor. Erschrocken weitete sie die Augen, als sie das Ausmaß seines Kontrollverlusts sah, in Form von Blut, das Nate jetzt auf den Rasen neben sich spuckte. Erschrocken quietschte sie auf.

»Du bist ein Arschloch, Nate!«, schnaubte Noah, exte seinen Wodka, griff nach Kass' Arm und zog sie mit sich. Es blieben ihm Sekunden in denen sie ihm verdattert folgte, als sich Kass endlich fing. »Lass mich los, Noah!« Mit Schwung entzog sie ihm seinen Arm und blieb stehen. »Also war es doch nur eine Scharade gewesen!« Der Abend, dass er sich um sie kümmerte. »Du glaubst ihm doch nicht etwa!«, stieß er hervor. »Ach! Und warum sollte ich nicht? Der ganze Abend, das Essen – der Kuss.« Ernüchtert wurden ihre Lippen kurz schmal. Sie war verletzt. »Eine uneigennützige Belohnung. Dass ich nicht lache!«, ätzte sie.

»Kass, du solltest dich beruhigen.« »Natürlich.« Aufgebracht lief sie ein paar Schritte von ihm weg, nur um dann wieder wie eine Furie auf ihn loszustürmen. »Immer alles so, wie es der feine Herr Rosencreutz will, nicht wahr?«, giftete sie wütend in seine Richtung. »Das schlimme daran ist, dass ich wusste, dass dein Onkel dich auf mich angesetzt hat und trotzdem lasse ich dumme Kuh mich von dir einwickeln!« »Kass, bitte. Wirklich. So ist es nicht.« »Aha. Natürlich – und wie ist es dann, Noah?«

Das wusste er auch nicht so genau. »Anders!«, donnerte er hilflos. Er wollte sie und das nicht nur für eine Nacht, dessen war er sich sicher, aber wie sollte er ihr das jetzt beweisen? »Was haben Nate und du über mich geredet heute Morgen? Wie wurde ich zu deinem Preis für heute Abend?«, zischte sie. Ihre Augen funkelten mit den Steinen an ihrem Kleid um die Wette. »Kassandra! Genug jetzt! Ich habe es nicht notwendig mich von dir anschnauzen zu lassen! Du bist kein Preis, Nate hat sich herablassend geäußert und ich bin für dich eingestanden. Ich will nicht, dass ihr beiden weiterhin Kontakt habt. Finito.«, erklärte er kalt und erwartete ihre Erwiderung.

Doch sie blieb aus. Kass stand nur da. Stumm und wütend und schwer atmend. »Ich geleite dich jetzt zurück auf dein Zimmer.«, schloss er, als sie keine Reaktion zeigte und wollte nach ihrem Arm greifen, als er hart von etwas zwischen den Beinen getroffen wurde und gezwungen war ein gedehntes, schmerzhaftes »Ah«, in den Nachthimmel zu entlassen.

Kass hatte schon früh gelernt, dass eine schwere Handtasche von Vorteil war. Ihr Abendtäschchen war zwar nicht groß, aber aus einem mit Strasssteinen verziertem, harten Material und so drehte sie sich geschickt und schleuderte das Ding Rosencreutz zwischen die Beine. Zufrieden sah sie, wie der zusammensackte und johlte. »Danke, den Weg finde ich selbst, Herr Rosencreutz!«

Ihre Schuhe flogen über den Marmor, der Rock des Versace Kleides konnte ihren Schritten kaum folgen. Sie querte die Halle und wurde auf den Stufen hinauf ins obere Stockwerk von ihrer Reue eingeholt. »Scheiße!«, stieß sie hervor. Sie wollte sich so gerne daran festklammern, dass Noah und Nate sie einfach nur hatten flachlegen wollen. Dann wäre es so leicht für sie, sich wieder hinter ihrer kleinen, selbsterrichteten Mauer zu verstecken, um dort in emotionaler Stagnation und selbst eingeredeter Zufriedenheit ihr Dasein weiterhin in dem Wissen fristen zu können, dass alle Männer eben doch Idioten waren.

Doch da war ein Satz von Noah, der ihr nicht aus dem Kopf ging, eigentlich zwei. Er hatte von Nate verlangt es richtigzustellen, warum sollte er das verlangen, wenn sie beide damit aufflogen und dann noch, dass sie ihn überraschen konnte. Und wie klasse sie ihn doch überrascht hatte, als sie ihm die Handtasche zwischen die Beine geworfen hat.

Missmutig schloss sie die Tür zu ihrem Zimmer auf und ging hinein.

Ihr war nach Heulen zumute. So ein wunderschöner Abend – so ein mieses Ende. Warum hatte sie sich auch nicht beruhigen wollen! Sie hatte irrational gehandelt, aber doch nur, weil sie ihn so sehr wollte. Weil sie gehofft hatte, dass es nicht nur ein Traum wäre. Sein starker Körper, seine fordernden Lippen. Unwillkürlich glitten ihre Finger zu ihrem Mund und strichen darüber. Nein, nicht, Bella, so ist das nicht. Vertrau mir, hallten seine Worte durch ihren Kopf. Sie musste sich bei ihm entschuldigen. Sie hatte sich dumm verhalten – schon wieder.

Er war zu schroff zu ihr gewesen. Der Abend hatte so schön begonnen und dann dieses Desaster. »Großartig Noah!«, murmelte er vor sich hin. Er war auf der Galerie gelandet. Kurz überlegte er gleich umzudrehen und in sein Zimmer zu gehen, aber was sollte er dort? Schlafen konnte er jetzt ohnehin nicht. Er war aufgewühlt. Dass Nate aber auch so ein Arsch sein muss! Er öffnete die Tür, die in den ersten Stock der Bibliothek führte, vielleicht fand er ja ein Buch, dass ihn ablenken würde. Vielleicht ja etwas, das Assistentin Kass mit ihren Recherchen half. Als er die Bibliothek betrat, hörte er von unten im Raum Stimmen.

»Was soll die ganze Aufregung. Es gibt noch keinen Grund sich Sorgen zu machen.«, hörte Noah seinen Onkel und schlich leise näher. Was ging hier vor sich? »Und der Junge?« War das Onkel Charly? Neugierig duckte er sich etwas dichter hinter die Balustrade und spitzte die Ohren. »Noah? Ach, der hat keine Ahnung. Er steckt bereits mittendrin und wird das richtige tun. Er wird verstehen, dass es die Erfüllung von allem ist, was wir uns je erhofft haben. Die Cagliostros stehen nach wie vor hinter ihm. Ich habe ihm nicht beigebracht sich mir zu widersetzen, er ist kein Drückeberger.«, verhallte die Stimme seines Onkels bestimmt.

Cagliostros? So wie der Geheimorden? »Er muss. Tut er es nicht, verstreicht unsere Chance vielleicht endgültig.«, mischte sich Reuß ein. Gehörte der etwa auch diesem Orden an? »Stehen die Illuminaten etwa nicht mehr hinter ihren Entscheidungen?« Illuminaten – natürlich - was zum Henker war hier los!? »Doch…aber.« »Beruhigt euch. Er wird das Ritual vollziehen, wie vorgesehen.«, schloss sein Onkel besänftigend. Ein Ritual vollziehen. Noah runzelte die Stirn. »Es ehrt dich, Giovanni, dass du an deinen Jungen glaubst, aber ob er tatsächlich bereit ist für diese Aufgabe, du traust ihm da vielleicht etwas viel zu. Es war voreilig unsere Leute zu köpfen.«

Bitte was?! Sein Herzschlag beschleunigte sich. Graf Philippe Florentin war zwar Franzose, aber so sehr könnte er sich doch nicht verhört haben, oder? Es war echt gewesen und nicht nur Teil dieses abstrusen Theaterstücks! Die Protagonisten waren tatsächlich geköpft worden!? Ausgeschlossen, oder? Neugierig lauschte Noah weiter. »Das sehe ich ähnlich. Wenn du dich mal nicht in dem Jungen täuschst. Falls es dir entgangen ist: er konnte dich nie besonders gut leiden, Giovanni.«, gab Charlie zu bedenken.

»Was denn, Prinz? Das ist keine Sache von persönlichen Befindlichkeiten. Wenn das Ritual vollzogen ist, kann er ohnehin nichts mehr dagegen tun.«, mischte sich Kropotkin ein. »Schluss jetzt.«, ging sein Onkel erneut dazwischen. »Wir werden die Weltordnung neu aufstellen, revolutionieren! Mit Noah an der Spitze…« »Hast du gar keine Angst, was sein wird, wenn er die Tragweite seiner Macht versteht, Giovanni? Wenn er wollte, könnte er uns alle mit einem Fingerzeig zur Hölle fahren lassen.«, schob Nate seine Meinung dazwischen.

Scheiß die Wand an, wollte er das? Fragte sich Noah einen unwirklichen Moment. Warum sollte er und wie?

Vorsichtig spähte er aus seinem Versteck. Zufrieden erkannte Noah an Nates Mund und Kiefer das Werk, welches seine Faust dort vollbracht hatte. Eine kleine Platzwunde und ein satter Bluterguss. Zufriedenstellend. »Du, amico mio, hast ganz schön mit dem Feuer gespielt bei der Wäge Zeremonie. Wenn Frau Alighieri etwas zugestoßen wäre, hätten wir ganz schön in der Tinte gesteckt, no? Wie hättest du schnell einen adäquaten Ersatz beschafft?« Wäge Zeremonie. »Es braucht eine Venus.«, brummte Kropotkin. Venus? Noah verstand nur Bahnhof. »Die Aufgabe war eindeutig und Rosencreutz der kühnste, während der Jagd und danach auch.«, warf Reuß ein.

»Ja – mein Sohn weiß selbst, dass er sich ins Aus geschossen hat.«, schnappte Elisabeth Hill. »Naja, er ist mit ihr geritten und doch hat er es seinem Schulkameraden überlassen sie zu retten.«, war Kropotkin erneut zu vernehmen. »Wenigstens war ich in der Nähe. Nachdem Noah den verschissenen Fuchsschwanz hatte, seid ihr zurückgefallen.« »Und doch war Noah besser als du. Wie wir sehen können, hast du heute wieder gegen ihn verloren.«, schloss Charlie. Ok, der war schön, dachte sich Noah. »Wichtig ist, dass diese Alighieri endlich beweisen kann, dass der Stab echt ist, sonst war ohnehin alles reine Zeitverschwendung.«, hörte er jetzt Nates Mutter.

»Es ist noch Zeit.« »Wie kannst du das sagen, Giovanni, das Opfer der sechs ist vollzogen, wenn sie nicht wiederauferstehen wäre das eine Katastrophe.« Opfer der sechs? Das Theaterstück, Gruber und Wolf, die die Sense geschwungen hatten, die Morde waren tatsächlich echt. Er hatte sich nicht verhört und es war nicht fingiert. Kein Schweineblut. Die Gäste – Schrägstrich – Laiendarsteller waren wirklich tot. Noahs Herzschlag beschleunigte sich. In was war er da hineingeraten? Sein Onkel und die hier im Innenraum der Bibliothek anwesende Gruppe hatten sie also alle zum Narren gehalten. Sie hatten vorsätzlich getötet.

Noah schauderte. Nüchtern trug er die wenigen Fakten zusammen, von denen er jetzt wusste, um sich zu beruhigen. Seine Jagd nach Artefakten war kein ungefährliches Geschäft, daher wusste er damit umzugehen. Was auch immer hier vor sich ging, es hatte anscheinend mit dem Hermesstab zu tun und irgendeinem Ritual, das ihn an die Spitze einer neuen Weltordnung stellen sollte, weil er und wohl auch andere Teilnehmer bei der Jagd gewogen worden waren. Die Jagd war eine Prüfung gewesen. Es waren sechs Menschen regelrecht hingerichtet worden, und er würde das alles zu einem Ende bringen müssen. Ja, das müsste er wohl wirklich in irgendeiner Weise.

»Es wird kein Problem geben, Lissy.«, antwortete sein Onkel resolut. »Und wenn heute Nacht etwas schiefgeht, Giovanni?«, fragte Charlie. Heute Nacht? Genügte ihnen der Mord an sechs Menschen noch nicht? »Das ist kein Problem, Kassandra Alighieri wird ihn nicht einmal mehr mit der Kneifzange anfassen, dafür habe ich gesorgt.«, sagte Nate selbstbewusst. Was hatte Assistentin Kass damit zu tun? Weil sie schön war? Wegen der Katholiken? Verwirrt schüttelte Noah den Kopf.

»Was soll schon schief gehen, Charles? Er hat sich heute nach dem Theaterstück unmittelbar zurückgezogen. Sie hat ihn einfach stehen lassen. Er tut nur, was ich ihm gesagt habe. Er ist zuvorkommend, damit sie sich wohlfühlt, mehr nicht.«, nickte sein Onkel zustimmend. Nate hatte ihn also absichtlich in Misskredit gebracht. Warum ging es um Kass? Warum sollte sie die Finger von ihm lassen? Einfach nur, damit sie ihren Job machte? »Wenn du das sagst, du kennst deinen Neffen sicher besser als wir alle.«

Eigentlich hätte Noah von den Dingen, die er gerade hörte, vollkommen geschockt sein müssen, doch der joviale Kommentar von seinem Onkel Charly ließ seine Mundwinkel kurz nach oben zucken. »Prinz Werode hat recht. Es wäre nicht zum ersten Mal in der Geschichte der Hochzeit, dass ein Rosencreutz nicht rein genug wäre, um das Ritual abzuschließen. Ich denke, sie ist ein Sicherheitsrisiko, das sollten wir nicht außer Acht lassen.« Ging dieser Lamprecht auf Charlies Aussage ein.

Assistentin Kass – ein Sicherheitsrisiko? Also doch die Katholiken!? Was für ein Irrsinn ging hier vor sich! Wollten sie ihr etwas antun? »Ich werde Wolf und Gruber schicken, sie sollen die Zimmer der beiden im Auge behalten, bene?«, antwortete sein Onkel und die Runde nickte zustimmend. »Dann wollen wir uns jetzt an die Bar zurückziehen, es war ein langer Abend.«, schloss er. Noah runzelte die Stirn und blieb in seinem Versteck, bis sich die Gruppe entfernt hatte.

Geduckt schlich er zurück zu dem Eingang oben auf der Galerie, den er gewählt hatte, nahm aber dann nicht die Treppen, um wieder nach unten zu den Zimmern zu gelangen, sondern öffnete kurzerhand die Luke zum Dachboden, die sich in der Nähe befand und stieg hinauf.

Sein Gehirn arbeitete auf Hochtouren. Versuchte nochmals zusammenzufassen, was er da soeben gehört hatte. Offenbar gehörte die Gruppe, von der er gedacht hatte, sie so gut zu kennen, auf jeden Fall zwei Geheimgesellschaften an, den Cagliostros und den Illuminaten. Wenn er diesen Gedanken weiterverfolgte und Nate samt Mama ihrem Vorfahren Crowley treu geblieben waren, waren diese Mitglieder des Order of the Golden Dawn, wobei Crowley selbst zuletzt mit dem Ordo templi orientis in Verbindung gebracht wurde, also eine weitere Loge. Also hatte Kass recht mit ihrer Vermutung, dass auch Logen an dem Stab ein Interesse hatten.

Leise schlich er weiter. Und diese Geheimgesellschaften wollten ihn zur Durchführung eines Rituals zwingen. Hatte Kass nicht auch von zwölf oder sieben Punkten gesprochen, einem Ritual des Götterboten, durch die Hermes zu einem Gott geworden war?

Er kannte das Schloss, seit er ein Junge war und da die Bausubstanz des ursprünglichen Hauses, Denkmalschutz sei Dank, erhalten werden musste, hatte sich kaum etwas verändert.

Wie passten Reuß, Lamprecht und Onkel Charlie da hinein und um was für ein Ritual ging es hier wirklich? Opfer der sechs...Der Merkurstab...Eine Hochzeit...Kass. Warum sollte er die Macht haben, um alle mit einem Fingerzeig in die Hölle fahren lassen zu können und wichtiger – hatte Nate das wörtlich gemeint? Nein, es machte keinen Sinn. Sein derzeitiger Wissensstand brachte ihn allenfalls in die Irrenanstalt.

Es dauerte nicht lange und Noah zog sich hinaus aufs Dach, schlenderte nachdenklich und sicher über die neuen Schindeln, bis er über dem Gästetrakt war und ließ sich dann vorsichtig in einer Ecke zwischen zwei Mauern mit Unterstützung von Dachrinne und Fallrohr hinunter.

DIE SCHLAFENDE VENUS

Am fünften Tag entdeckt Rosencreutz beim Schlendern durch das
Schloss in einer Schlosskammer eine Frau, einer schlafenden Venus
gleich. Um die anderen Gäste zu täuschen, wird die Beerdigung der
Königsfamilie inszeniert. Doch Rosencreutz kann als einziger
beobachten, dass die eigentlichen Särge der Verstorbenen auf eine
abgelegene Insel verschifft werden.

Leise schloss Noah die Balkontüren hinter sich und schlich
sich vorsichtig in das Zimmer hinein. Es war schon nach eins,
wie ihm ein Blick auf seine Smartwatch verriet, die seine
Kletteraktion als Schwimmen erkannt haben wollte, was für
ein verstörender Bug. Der weiche Teppich dämpfte seine
Schritte.

Er wusste nur zu genau in welches Zimmer er sich gerettet
hatte, in ihres, denn sollte sie in Gefahr sein, wollte er hier sein,
an ihrer Seite. Er würde sie nicht verlieren. Schön wie die
Sünde selbst lag sie auf ihrem Bett. Kassandras schwarzes
Haar wellte sich über die hellen Kissen. Der Mond ließ ihre
Haut erstrahlen, als wäre sie aus feinstem Alabaster. Für ihn
war sie schön wie eine Venus, so viel stand fest. Er wollte sie

nicht wecken, erschrecken mit dem, was er herausgefunden hatte.

»Noah? Was machst du hier?«, schlaftrunken setzte sich Assistentin Kass auf und fixierte den dunklen Schatten, den er abgeben musste. Er konnte aber auch nicht zurück in sein Zimmer, da es bewacht wurde, genauso wie das von ihr. Vermutlich bezog gerade einer der beiden mörderischen Lakaien seines Onkels vor der Tür Stellung. Leise stieß er die Luft aus und verdrehte die Augen.

Wenn er sich still verhielt, würde sie dann vielleicht denken, dass sie nur träumte? In Kambodscha musste er einmal vierzehn Stunden in derselben Position verharren, um eine Falle in einem alten Tempel nicht auszulösen. Da wäre das doch das reinste Zuckerschlecken. Er könnte sich still auf einen Sessel setzen und – schlafen? Gut, sein Plan hatte Lücken.

»Noah! Du bist es doch! Wie kommst du in mein Zimmer?«, fragte sie jetzt auch lauter, nicht gut. »Wir können wohl nicht so tun, als hättest du mich nicht gesehen?«, flüsterte er ihr zu. Umständlich setzte sie sich auf und musterte ihn im Halbdunkel. »Nein, können wir nicht. Was ist denn los?« Sehr gut, sie senkte ebenfalls ihre Stimme. »Es ist – kompliziert, ich musste weg und…« Da bin ich über das Dach geflohen und in dein Zimmer eingestiegen, weil du in Gefahr sein könntest? Unglaublich glaubwürdig.

Betreten blickte er zu Boden. Was er seinen Onkel hatte sagen hören, dass er wirklich von einem geheimen Orden dazu auserwählt sei die Welt zu verändern... Sollte er sich stolz fühlen diesen Kreis von Mördern anzuführen? Sollte er es ihr sagen, aber wenn er das tat, wäre sie dann nicht ebenfalls in Gefahr? Jedenfalls konnte er jetzt, wo sie aufgewacht war, kaum bleiben. Hätte sie ihn am Morgen hier gefunden, hätte er das schon mit irgendeinem Suffdesaster retten können, aber so.

»Kass, ich will dich nicht länger stören, sorry, dass ich dich überhaupt geweckt habe. Das wollte ich nicht.«, entschlossen fasste er an die Klinke der Zimmertür. »Es ist abgeschlossen, warte. Die Schlüssel sind hier bei mir.« Auch das noch. Sie schlug die Decke zurück und griff nach dem Schlüsselbund auf dem Nachttisch. Er hörte wie bloße Füße auf ihn zu tapsten. »Ist das nicht etwas sehr paranoid?« Noah drehte sich um und seine Augen weiteten sich. Er hatte in den letzten Tagen, auch heute Abend wieder, Gelegenheit genug gehabt festzustellen, wie schön Assistentin Kass war, der Kuss vorhin war so verheißungsvoll gewesen und wie sie jetzt so unschuldig auf ihn zukam, mit nicht mehr am Leib als einer knappen Shorts und einem Trägertop bekleidet, kostete es ihn einiges an Zurückhaltung, sie nicht einfach an sich zu ziehen.

»Du musst mich schon vorbeilassen, sonst komme ich nicht an das Schloss.«, grinste Kass müde, die dicht an ihn herangetreten war, als sie bemerkte, dass Noah sie stumm anstarrte. »Ja – natürlich.«, antwortete er einsilbig und schluckte. Warum war er hier und wieso war er über den Balkon gekommen? Dieser Mann war wie eine Achterbahnfahrt. »Bist du noch böse auf mich?« Seine Stimme klang rau, doch er bewegte sich keinen Zentimeter. »Nein, eigentlich nicht. Du hättest es mir sagen können – das mit Nate. Ich habe mich dumm verhalten, ich sollte dir vertrauen, statt dir meine Tasche in die Weichteile zu schleudern. Tut mir echt leid, aber was Nate gesagt hat und dann heute Abend, ich war unsicher, dieses wundervolle Essen. Ich habe…ich bin manchmal so…« Redete sie wirr? Sie redete doch wirr, oder?

»Hm, schon gut. Ich will dich nur – beschützen.«, murmelte er abwesend. Kass runzelte die Stirn. Sie hatte jetzt schon mit einer anderen Reaktion gerechnet. »Noah? Was ist los?« »Ich – es – du…zu viel, um das mit ein paar Worten zu erklären. Entschuldige, - du siehst so verdammt süß aus, das lenkt mich ab.«, raunte er sanft. Der Kuss, den sie beide geteilt hatten, drängte sich erneut durch seine Verschwörungsgedanken an die Oberfläche zurück. Fragend legte Kass ihren Kopf schief.

Verdammt süß! Hatte er das gerade wirklich gesagt? In ihrem Bauch fingen kleine Schmetterlinge an zaghafte Kreise zu drehen. Wenn sie ihm traute, hieß dass doch auch, dass er sie eben nicht einfach nur flachlegen wollte, oder? »Das fällt dir jetzt auf?«, lächelte sie deswegen betont charmant, doch er blieb stumm. Sie wurde nicht schlau aus ihm. »Jetzt lass mich vorbei oder willst du hier die ganze Nacht stehen und mich anstarren?« »Nein, sorry.« Noah gab den Weg frei und Kass schob sich an ihm vorbei, um die Tür zu öffnen. »Irgendwie klemmt das Schloss.« Etwas unbeholfen rappelte sie an der Türschnalle. »Warte, ich helfe dir.« Ein wohliger Schauer jagte über Kass Rücken, als sie Noahs Hand spürte, die sich sanft um die ihre schloss, seine Gestalt, die sich dichter an sie drängte. Sie fühlte sich tatsächlich beschützt, wenn er in der Nähe war, selbst wenn das zu Anfang gar nicht der Fall war. Kurz gab sie sich dem Gefühl hin, das seine große Statur hinter ihr in ihr auslöste.

Noah schluckte, als er fühlte, wie sie sich kaum merklich an ihn lehnte. Atmete ihren sanften Duft nach Kokos und Mango ein und beobachtete schon einen Wimpernschlag später, wie seine Hand zärtlich über ihren Arm strich. Böse Hand! Wenn er nachgab, würde er sie in Gefahr bringen? War sie nicht ohnehin schon in Gefahr seit dem Moment, in dem sie als Sachverständige hierhergebeten worden war? Sicher war für ihn nur: er würde sie schützen, mit allen Mitteln würde er verhindern, dass ihr etwas zustieß.

Kass bekam eine Gänsehaut von seiner unerwarteten, sanften Berührung und lehnte sich noch etwas mehr an ihn. Passierte das gerade wirklich? Seit sie ihn kennengelernt hatte, war dieser Mann mit den grauen Augen ein einziger

Widerspruch. Er zog sie an, er stieß sie von sich, er war freundlich, er verhielt sich wie ein Arsch. Auf und ab. Sie jedoch wollte ihn, selbst wenn sie tief in ihrem Inneren wusste, dass er sie sicher nur verletzen würde, jeder beschissene Zoll an ihm war es wert. Wenn er doch nur nicht so ein Mannsbild wäre!

Kass drehte sich zu ihm. Er fühlte ihren Atem, wie er warm in sein Gesicht wehte, ihre zarte Haut unter seiner Hand. »Kass wir sollten nicht…« Seine Gedanken sollten sich um das drehen, was er erfahren hatte. »Wir sollten was nicht?«, unterbrach sie ihn mit unschuldigem Blick. Wie von selbst glitt Noahs Hand in ihren Nacken und er senkte seinen Kopf. Andererseits war er durchaus bereit sich von ihr ablenken zu lassen.

Federleicht berührten seine Lippen die ihren. Küssten sie zärtlich und Kass gefiel es. Wie von selbst schlangen sich ihre Arme um seine Mitte und zogen sie dichter an seinen festen Körper. Er schmeckte so fantastisch wie er aussah. Gefühlvoll glitt seine Zunge in ihren Mund und sie stellte sich auf die Zehenspitzen, um ihm noch näher zu sein. Ihm ging es wohl ähnlich, denn aus seiner Kehle drang ein tiefes, zufriedenes Seufzen an ihre Ohren. Sein Griff um ihren Nacken verstärkte sich, während seine andere Hand sich ihrem Rücken näherte und sie an sich zog. Sein Kuss wurde neckischer, seine Berührung in ihrem Rücken intensiver. Kass fühlte seine großen Hände, die ihren Rücken hinab zu ihrem Po glitten und seufzte leise an seinen Lippen, als er sie packte und auf seine Hüften hob.

Die dunkelhaarige Elfe schlang ihre schönen Beine um Noah und zog sich dichter an ihn. Ihre Hände glitten in seinen Nacken, griffen in seinen Schopf und zogen seinen Mund fester auf den ihren. Taumelnd ging er zwei Schritte vorwärts, presste sie an die Wand neben der Tür. Seine eine Hand schützend über der Stelle, die von ihrem Reitunfall noch geprellt war. Ein Schauer ging durch den warmen, drahtigen Körper in seinen Armen. Ihn so dicht an seinem zu fühlen, machte ihn kirre. Er ließ von ihren zarten Lippen ab, um sie anzusehen, um zu sehen, welche Leidenschaft in den zwei blauen Saphiren lag und er wurde nicht enttäuscht. »Seit ich deinen süßen Hintern zum ersten Mal gesehen habe, habe ich daran denken müssen, wie er sich in meinen Händen anfühlt.« Assistentin Kass legte keuchend ihre Stirn an die seine. »Und? Trifft es deine Erwartungen?« Sie lächelte sacht. »Nope, es übertrifft sie.«, wisperte er und packte noch etwas fester zu, zog sie an ihren Oberschenkeln wieder an sich, musste ihre sanften Lippen wieder küssen.

So kaltschnäuzig dieser Mann auch sein konnte, so leidenschaftlich war er. Kass drückte sich an seine muskulöse Brust, rieb sich an seinen Hüften und krallte sich in seinen Nacken, als er sich mit ihr umdrehte und durch das Zimmer zurück in Richtung Bett ging. Seine Hände stützten sanft ihren Rücken, streichelten sie, als er sich mit ihr auf ihr Bett setzte, verließen sie nur kurz, als er sein Sakko auszog, ohne seine Lippen auch nur einen Augenblick von ihren zu nehmen. Teufel noch eins war sie heiß auf diesen Schuft! Ihr schwirrte der Schädel. Das hier geschah wirklich und doch glaubte ein Teil von ihr zu träumen. Kass fühlte, wie er sich zurücknahm, seine Berührungen zärtlicher wurden, seine Küsse sanfter. Als sich seine Hände unter ihr Shirt schoben, schnappte sie nach Luft und warf den Kopf in den Nacken. »Ist das ok?« Seine Finger tanzten über ihren Rücken und verschafften ihre eine Gänsehaut.

»Ja.«, hauchte sie. »Und das?« Noah küsste sanft ihren Hals, ließ seine Zunge kurz über ihre weiche Haut gleiten. »Auch.« Wieder sah Noah die Gänsehaut, die ihren Körper überzog, fühlte die kleinen strammstehenden Härchen und grinste leicht. »Und wie ist das?« Er führte seine Lippen an ihren Hals und zog mit seiner Zunge eine Spur ihr Dekolletee hinab. Kass reckte sich ihm seufzend entgegen. Vorsichtig ließ er seine freie Hand unter ihr Shirt gleiten, genoss die weiche Haut, bahnte sich seinen Weg nach oben, bis er ihren Brustansatz fühlte.

Kass schloss die Augen und lehnte sich gegen seine Hand in ihrem Rücken. Seine Zunge hatte eine verräterisch glühende Spur hinterlassen, die sich bis tief in ihre Lenden zog, als er ihr jetzt unters Shirt griff und unendlich sanft ihren Busen zu streicheln begann, zuckten diese erregt auf und entlockten ihr ein leises Stöhnen.

Noah schluckte. Er wusste, dass er mehr wollte. Er wollte sie fühlen, wollte sich tief in ihr verlieren. Ihre feste Brust, die sich so genau in seine Handfläche legte, ihre Brustwarze, die sich hart an seine Finger schmiegte. Kurz zwickte er hinein, er konnte definitiv nicht widerstehen und beobachtete zufrieden die wollüstige Reaktion, die er damit hervorrief.

»Willst du das, Kass? Willst du, dass ich weitermache?« Aus weiter Ferne hörte sie Noahs sanfte Stimme. Sie grinste kurz die Zimmerdecke an bevor sie in seine fast silbrig glänzenden Augen blickte. Und wie sie das wollte. »Ja.«, antwortete sie und rieb sich an seiner Mitte. In seinen Augen blitzte etwas auf, etwas Wildes. Seine Finger zwickten sie erneut in ihre Brustwarze und strichen dann unendlich sanft darüber, doch Kass widerstand dem Drang die Augen zu schließen, wandte ihren Blick nicht ab von seinem. »Ganz sicher, Kass?« Sie schluckte. »Absolut sicher.« Ein gefährliches Lächeln huschte über seine Züge, als er seinen Arm um ihre Mitte spannte und sie mit sich auf das Bett nahm. Ihre Schenkel zitterten, so nervös war sie, als er seine Lippen wieder auf die ihren legte.

Sanft drückte Noah Kass zurück in die Laken. Als seine Hände den Saum ihres Tops fanden, krallte er seine Finger hinein, zog sie kurz ein Stück dichter an sich, bevor er es ihr ausziehen wollte, als er ihre Hände an den Seinen fühlte, die den Stoff packten und ihn nach oben wegzogen. Er würde das hier genießen. Jede Sekunde.

Kass löste sich nur so lange von seinen göttlich fordernden Lippen, wie sie brauchte, um sich das Shirt über den Kopf zu ziehen. Als sie es achtlos zur Seite warf hing sie bereits wieder an seinem Mund, schickte ihre Hände los und fand seine Fliege, zog das schwarze Band schnell und ungeduldig auf, warf es hinter ihn und machte sich an den Knöpfen seines Hemdes zu schaffen.

Noah strich über ihren Bauch und genoss das leise Wimmern an seinen Lippen, dass ihr seine Berührung entlockte, bis er ihren ungeduldigen Händen half ihm das Hemd aus der Hose zu ziehen und es zu öffnen. Kaum war er fertig fühlte er, wie ihre zarten Hände gierig über seinen nackten Bauch fuhren, zu seiner Taille, an seinen Rücken und ihn fast ungestüm an sich zogen.

Kass seufzte zufrieden, als sie seine warme nackte Brust auf der ihren fühlte und rieb sich an seinen Hüften. Noahs Küsse neckten sie. Er biss sie sachte in die Lippen, küsste ihr Kinn, ihren Hals. Knabberte sich an ihrem Brustbein entlang tiefer. Sie fühlte einen Ruck und nahm im Augenwinkel war, dass er sein Hemd zur Seite warf, hielt kurz seinen Blick fest und genoss das freudige Zucken um seine Mundwinkel, bevor er seine Lippen um ihre Brust schloss. Kass keuchte auf und krallte sich in seinen Rücken, als seine Zunge kräftig über ihre Warze leckte und sie dann einsog.

Ihre Brüste waren ebenmäßig, wunderschön und fest. Ihre Brustwarzen hart. Noah spielte mit ihnen, reizte Kass bis sie sich ihm stöhnend entgegen drückte und ließ auch dann noch nicht von ihnen ab, als er sich weiter ihren Bauch entlang nach unten schob, bis zu dem Moment, in dem er ihr die knappe

Short von den Hüften zog. Noah richtete sich auf und genoss den Anblick auf ihr ordentlich getrimmtes Dreieck, das sie ihm wollüstig entgegenstreckte.

Verklärt hob Kass ihren Kopf, griff nach dem Mann der sich zwischen ihre Schenkel hockte, ihre Waden packte und ihre Beine auseinanderzog, den Blick wie eine Liebkosung auf ihre Scham gerichtet. »Was tust du?«, keuchte sie. »Ich werde dich verwöhnen, Kass, und ich will jeden Augenblick davon genießen.« Die Lust, die ihr seine Ehrlichkeit bereitete, packte sie am Haaransatz und riss ihren Kopf in den Nacken. Sie fühlte wie ihre Schenkel gegen den sanften Druck seiner Hände anzitterten, wie sie zuckten, als er sich zwischen sie bückte und sie Noahs Atem zwischen ihren Beinen fühlte.

Er spreizte ihre Beine noch etwas weiter, hielt sie mühelos dort, wo er sie haben wollte. Atmete den zarten Duft ihres zierlichen Geschlechts ein, bevor er sanft seine Zunge darüber gleiten ließ. Kass zuckte und keuchte auf. Grinsend packte er ihre Schenkel etwas fester und zog sie an sich. Ihre Hüften tanzten im Takt seiner Zunge und Noah ließ sie tanzen, bis ihr Stöhnen lauter wurde, erst dann zog er sich zurück. Bebend lag sie vor ihm. Fauchend, weil er ihr die Erlösung versagte. Ihre Augen leuchteten gierig. »Zieh endlich deine Hose aus.«, verlangte sie seufzend.

Noah stand auf und drehte sich von ihr weg. Kass hörte, wie er den Gürtel öffnete, den Reisverschluss seiner Hose und genoss die Aussicht auf seinen sexy Hintern. Sie konnte nicht anders sie hockte sich auf, griff sanft an seine Hüften und verteilte Küsse auf seinem unteren Rücken und seinem nackten Po. Er ließ es sich eine Weile gefallen, bis er an ihre Handgelenke fasste und sich zu ihr umdrehte. Prall und wunderschön reckte sich Kass sein Schwanz entgegen. Sie hatte sich schon gedacht, dass er nicht schlecht bestückt war, aber – wow.

Sie wollte ihre Lippen auf seine Eichel legen, sie küssen und lecken, doch Noah hielt sie zurück. »Nicht, Kass.«, raunte er leise. Drückte sie zurück aufs Bett und folgte ihr. Er fasste ihre Hände über ihrem Kopf mit einer Hand und streichelte ihr mir der anderen unendlich langsam die Seite entlang, glitt unter ihren Po. »Hör' auf zu zappeln.«, flüsterte er leise an ihren Lippen und schob sich endlich auf sie.

Kass öffnete ihre Schenkel, umschlang mit ihren Beinen seine Hüften und bebte auf, als er sanft in sie glitt. Stöhnte sacht, als er sie ausfüllte und ihn in sich spürte, wie sein Schwanz in ihr pulsierte, als Noah sich wieder zurückzog, um erneut langsam in sie zu drängen. Seufzend zitterte sie und drückte sich ihm entgegen. »Noah, - bitte!«, flüsterte sie verzweifelt.

Ihr leises Flehen jagte ihm einen Schauer über den Rücken. Nass und eng umschloss sie ihn, er wusste, dass er ihr Zeit geben musste, um sich an ihn zu gewöhnen, selbst wenn sich ihm ihre Hüften ungeduldig entgegenschoben. »Calma, Bella. Ruhig.«, murmelte er und suchte ihren Blick, küsste zärtlich ihre Stirn und fasste ihre Handgelenke eine Spur fester. Langsam zog er sich ein Stück aus ihrer feuchten Hitze zurück und schob sich ganz in sie.

Überrascht öffnete Kass ihre Augen, als er noch tiefer in sie glitt, streckte sich gegen den Druck seiner Hand die ihre Gelenke noch immer festhielten und stöhnte, als er mit der anderen ihren Po fester packte und sich begann in ihr zu bewegen. Er liebte sie sanft und zärtlich, küsste ihre Lippen, saugte sacht an ihrem Hals. Kass wimmerte auf und streichelte ihm über den Nacken, als er endlich ihre Hände freigab, genoss seine Gänsehaut und das Spiel seiner Muskeln unter ihren Fingerspitzen. Krallte sich seufzend in seine starken Schultern, als seine Stöße leidenschaftlicher und intensiver wurden und stöhnte laut auf, als er sie fester packte und sie beide dem Höhepunkt entgegentrieb.

Sie hatte nicht geträumt. Das erste was Kass wahrnahm, als sie aufwachte war, dass sie dicht an Noahs nacktem Körper lag, in seinen Armen. Sicher und warm. Hatte er sie etwa die ganze Zeit festgehalten? Warum war er noch hier? Sie war fest davon ausgegangen, dass er keiner war, der bleiben würde. Und jetzt? Sollte sie sich bewegen und auch wichtig, was sollte sie sagen? »Buon giorno, Bella. Gut geschlafen?«, raunte es zärtlich in ihr Ohr. Lieber Himmel! Was wenn er wach war! Was wenn sie es einfach genoss so lange wie möglich… »Jap. Sehr gut und du?« »Wenig, war beschäftigt damit dich anzusehen.«

Kass fühlte, wie er sie ein wenig fester an sich zog. »Hm.« Grinsend schloss sie die Augen und genoss seine Lippen, die sanft an ihrem Ohr zupften und sie küssten. »Wird es nicht Zeit, dass du dir eine andere suchst, mit der du dir deine Eier teilen kannst?« »Oh Kass!«, begann er spielerisch tadelnd. »Meine Eier sind bei dir in den besten Händen.« Anrüchig drückte er seine Hüfte an ihren Po und Kass fühlte seine morgendliche Prachtlatte, die sich zwischen ihre Pobacken drängte. »Dann sollte ich mir wohl besser einen Pfannenwender besorgen, damit nichts anbrennt.« Sie drehte sich zu ihm um.

Wie ein junger Gott lag er da. Das Haar zerzaust, den Kopf auf einen Arm gestützt und seine grauen Augen, die sie anstrahlten. »Glaube mir, die Chancen dafür sind gering, aber zuerst müssen wir über zwei Dinge reden.« Da war er. Sexy verpackt und doch hässlich wie die Nacht finster. Der verhängnisvolle Satz, auf den Kass gewartet hatte. Wir müssen reden…Kass nahm sich einen letzten Augenblick, um sich innerlich zu wappnen.

»Schon ok, Noah. Ich weiß schon, dass das eine einmalige Sache war. Mach dir keinen Kopf.« Sie versuchte nicht allzu enttäuscht zu klingen. Als er sie entgeistert musterte. »So ein Blödsinn! Warum – ah.« Er machte eine Pause und setzte sich auf. »Bene, Bella. Es tut mir leid dich enttäuschen zu müssen, aber für mich war das keine einmalige Sache, weil ich mich in dich verliebt habe, capito?« »Was?« Kass schnellte in die Höhe. »Si, du hast richtig gehört. Ist jetzt dein Problem. Mach was draus.« So fühlte er und es fühlte sich richtig an, es ihr auch zu sagen.

Oh mein Gott, er hatte es gesagt! Noah Rosencreutz hatte ihr gerade gesagt, dass er in sie verliebt war! Wahnsinn! Ein kleiner Film spulte vor ihrem inneren Auge ab: Noah und sie vor dem Eifelturm, in Las Vegas, vor Stonehenge, in einer Gondel in Venedig. In jeder Szene waren sie lächerlich glücklich, so glücklich, dass der Abendhimmel im Hintergrund jedes Mal kitschig rosa war. Tatsächlich rückte sie näher an ihn und schmiegte sich an seine Brust. »Das ist aber ein schönes Problem, nicht so wie ein eingerissener Fingernagel oder Rotweinflecken.«, kicherte Kass. »Du vergleichst mich mit einem eingerissenen Fingernagel!?«, brummte er, legte aber seinen Arm um sie. »Was ist das zweite?«

»Hm?« Seine Hand strich gedankenverloren über ihren Arm. »Die zweite Sache, über die du mit mir reden willst?« »Ah – no, so leicht mache ich es dir nicht, Bella. Zuerst will ich wissen, wie du zu mir stehst. Sei ehrlich, magst du mich?« »Ich habe mit dir geschlafen, Noah.« »Si. Aber leider ist das keine Antwort. Bist du auch verliebt in mich?« Er küsste zärtlich ihren Schopf. »Noah – ich werde rot!« Er lachte dunkel auf, als

Kass versuchte ihr Gesicht zwischen seinem Rücken und den Kopfkissen zu vergraben. »Warum? Nenn mir den Grund.«, neckte er sie.

Kass fühlte sich wie ein Teenager, wenn sie sich weiter so aufführte bekam sie noch Pickel! Noah bewegte sich zur Seite und legte ihr Gesicht frei. »Du weißt, dass ich verliebt in dich bin.«, nuschelte sie schnell. Selbstsicheres Rosencreutz – Grinsen. »Si, aber es ist schöner, wenn man es auch hört, no?« Er senkte seine Lippen auf die ihren und küsste sie sanft, bevor er sich wieder aufsetzte und Kass in seinem Arm positionierte. »Das zweite ist – der Grund, warum ich heute Nacht über den Balkon in dein Zimmer eingestiegen bin.«, fing er vorsichtig an. »Ok.«, sagte Kass und blickte ihn an.

Irgendwie schien er sich schwer zu tun, mit dem, was er ihr gleich sagen wollte. »Nach unserem kleinen Disput gestern bin ich in der Bibliothek auf meinen Onkel und einen Kreis seiner engsten Vertrauten gestoßen. Dort konnte ich ein Gespräch belauschen, von dem ich mir sicher bin, dass dessen Inhalt dich wahrscheinlich ähnlich aufwühlen wird, wie mich.« »Warum belauscht?« Kass hob fragend die Brauen. »Ich habe mich versteckt, niemand hat mich bemerkt. Damit das so bleibt bin ich im Anschluss über das Dach des Schlosses bis zum Gästetrakt gelaufen und bin so in dein Zimmer gelangt.« »Verstehe.«, nickte Kass. Sie verstand gar nichts. »Und worum ging es bei diesem Gespräch?«

Er antwortete ihr nicht gleich, sondern starrte geradeaus und suchte nach den richtigen Worten. »Noah? Ging es darum, dass ich deinem Onkel noch keine Ergebnisse liefern konnte?« »Auch - irgendwie.« Er seufzte stockend. »Hör' zu, Kass, du darfst nicht ausrasten bei dem, was ich dir gleich sagen werde. Versprich mir, dass du versuchst ruhig zu bleiben. Ich verspreche dir, dass dir nichts geschehen wird, ich werde dich schützen, mit allem, was ich zur Verfügung habe.«

Kass runzelte die Stirn, löste sich aus seiner Umarmung und setzte sich ihm gegenüber im Schneidersitz auf das Bett. Das klang unerwartet ernst. »Gut, ich verspreche es.« »Bene. Ganz verstanden habe ich es selbst nicht. Im Großen und Ganzen ging es um ein Ritual oder die Vorbereitungen dazu.« »Ein Ritual.« »Si. Mein Onkel und die anderen wollen mich damit anscheinend an die Spitze einer neuen Weltordnung bringen.«

Kass nickte. »Also so wie in dem Ritual, das Hermes auf dieser Smaragdtafel aufgeschrieben hat? Sie wollen dich zu einem Gott machen!?« Kass schlug sich die Hände vor den Mund. »Si. Vermutlich.« »Und sie glauben an das alles?« »Jap. So unglaublich das klingt.« »Und dazu brauchen sie natürlich die Echtheit des Merkurstabes bestätigt, da es sonst nicht läuft.«, kombinierte Kass weiter. »Si.« »Ok, dann kann ich dir ja eigentlich nur gratulieren. Ich meine, wann hat man schon die Gelegenheit sich zu einem Gott aufzuschwingen? Das ist doch mal ein Sprung auf der Karriereleiter, der sich super in der Vita macht.« Noah starrt sie irritiert an. »Du weißt, dass ich nicht glaube, dass sowas funktionieren kann.« Kass zuckte die Achseln. »Ich auch nicht. Aber auf einen Versuch käme es doch an, oder?«, grinste sie frech, aber schließlich kannte sie auch noch nicht die ganze Geschichte.

»Allerdings glaube ich kaum, dass dein Onkel dein Leben opfern würde. Denn wie ich bereits gestern sagte, ist auch die Opferung Teil dieses Weges.« »Si.«, antwortete Noah ihr Ernst. »Und du und ich haben an der Opferung sogar teilgenommen. Haben Seite an Seite einen Eid abgelegt, Stillschweigen zu bewahren und haben andächtig oder besser verwirrt danach vernommen, dass die Auferstehung des Gottes am dritten Tage erfolge. Dem Beginn der neuen Welt, des neuen Glaubens.«, wiederholte er Wolfs abschließende Worte des Theaterstücks.

»Was willst du mir damit sagen, Noah?«, hakte Kass vorsichtig nach, die fühlte, wie ihr Herzschlag schneller wurde. Der Mann mit der Sense, der Noah angesehen hatte, das Blut, der Geruch. Eine ganz furchtbare Ahnung beschlich sie. »Es war alles echt. Wir haben keine gespielte Opferung gesehen. Giovanni und sein Kreis von bornierten Idioten haben diese sechs Menschen gestern Abend vor den Augen aller hinrichten lassen.« Und Noah bestätigte sie ihr. »Was? Das kann nicht sein!«, fuhr Kass erschüttert auf. Ihr wurde schlecht. Richtig schlecht. »Doch, leider.« Ein Alptraum! »Aber dein Onkel er würde doch nicht einfach so…das glaube ich nicht.« »Er würde und er hat, Kass.« Das Blut. Der metallische Geruch. Galle schoss ihre Speiseröhre hinauf.

»Und ich dachte es wäre Schweineblut, es wäre gut inszeniert!«, sagte sie tonlos, schluckte, schluckte intensiver. Noah sah wie sie kalkweiß wurde und leicht schwankte. Aber da musste sie jetzt durch. Er brauchte sie. So wie es aussah hatten sie nur einander, um einen Weg aus diesem Horror zu finden. »So wie ich auch, so wie auch ein Teil der anderen Gäste.«, stimmt er ihr zu. Sie hielt sich erstaunlich gut, wenn man bedenkt, was er ihr gerade offenbart hatte. »Wir – wir. Wir müssen die Polizei informieren! Das ist Mord, Noah!«

Ihr Stimme brach und Verzweiflung, aber auch Angst, verschleierten das klare Blau ihrer Elfenaugen. »Si. Aber jetzt blind zu agieren macht keinen Sinn. Wir brauchen einen Plan, da stimmst du mir doch zu, no?« »Ja.«, antwortete sie ihm knapp. »Gut, allerdings gibt es auf diesem verfluchten Schloss nur ein Telefon, von dem man nach draußen telefonieren kann und das steht im Arbeitszimmer meines Onkels. Kein Internet, kein Handyempfang, was gerade jetzt ziemlich scheiße ist.«

»Ich habe Empfang. Ich telefoniere täglich mit Kia.«, sagte Kass, ohne einen Gedanken darauf zu verschwenden. »Du tust bitte was?« »Sie ist meine beste Freundin.«, antwortete sie vorwurfsvoll und Noah zog belustigt eine Braue in die Höhe. »Und was erzählst du ihr heute?« Seine Stimme wurde tiefer und sein Blick anzüglich. »Dass du sehr neugierig bist! Jedenfalls kann ich so die Polizei informieren.« »No, das bringt uns nichts. Noch nicht. Sie werden nichts tun, solange es keine Beweise gibt oder Gefahr in Verzug ist. Ruf Kia an.«

»Was? Und dann?« »Du hast mir erzählt, sie ist bei der FAZ. Das ist gut. Sie und ein Team sollen sich bereithalten, wenn wir sie hochnehmen, ich will, dass die Presse es in jedem Fall mitbekommt, und sie soll dir etwas Material aus dem Internet für deine Recherchen zu dem Hermesstab besorgen, zur Materialbestimmung und ob sich in der Vergangenheit etwas finden lässt, Geheimgesellschaften die ihn für ihre Rituale genutzt haben oder nutzen wollen.« »Geheimgesellschaften – also doch so wie die Freimaurer?« Kass blieb der Mund offenstehen. »Si. Du hattest Recht mit deiner Vermutung. Mein Onkel und auch die anderen dieses Kreises gehören mindestens drei oder vier verschiedenen Logen an.« »Welchen?«

»Giovanni gehört den Cagliostros an. Dann wären da die Illuminaten, da er Reuß gefragt hat, ob diese nicht mehr hinter der Sache stünden, und letztlich Nate und seine Mutter. Hier bin ich mir nicht sicher. Crowley war Gründer des Order of the Golden Dawn, aber auch des Ordo templi orientis. Vielleicht vertreten sie beide Gesellschaften.« Es wäre nicht zum ersten Mal in der Geschichte der Hochzeit, dass ein Rosencreutz nicht rein genug wäre, um das Ritual abzuschließen, fiel Noah die Aussage dieses Lamprechts ein. »Und sie soll nach mir suchen, also nicht nach mir. Es ging um eine Hochzeit und dass es nicht zum ersten Mal wäre, dass ein Rosencreutz nicht rein genug wäre.«

Kass nickte und schnappte sich ihr Handy, zog das Laken mit sich und stellte sich in die Zimmerecke, wo sie kurz wartete, bis ihr Handy die begehrten Balken zeigte und sie auf Kia's Nummer tippte. Noah schien sich an seiner Nacktheit nicht im Geringsten zu stören. Im Gegenteil, ganz entspannt streckte er sich auf der Matratze und verschränkte seine muskulösen Arme hinter seinem Kopf. Meine Güte, so sexy, so sinnlich. Frech grinsend, so als ob er ganz genau wusste, was sie dachte, musterte er sie.

»Kass? – Kass!« »Kia, hi.« Fast hätte sie nicht mitbekommen, dass ihre Freundin schon abgehoben hatte. »Kass! Du bist ja spät dran! Da war wohl mehr drin als ein Kuss auf die Stirn.« Oh Gott, dass hatte er doch wohl nicht gehört! Seine hochgezogene Augenbraue allerdings zeigte, dass er es hatte hören können. Aber ihre Freundin war nicht mehr zu bremsen. »Na, was hat er mit dir angestellt dein gutaussehender Ritter? Ich wette, er hat die Finger gar nicht mehr von dir lassen können. Ihr habt gevögelt. Stimmts? Stimmts?« »Kia! Hör' auf!« Am liebsten hätte Kass einfach aufgelegt. Noahs Mundwinkel zuckten belustigt. »Was? Wieso denn? Ist was passiert? – Ist er etwa noch bei dir? Schläft er noch?« »Kia!«, rief Kass streng und begleitet von Noahs dunklem Lachen. »Oh, er ist noch da. Verstehe.«, schloss ihre Freundin kleinlaut und verstummte einen Augenblick. »Und wie wars?« »Kia, deswegen ruf ich dich nicht an!«, ignorierte Kass konsequent die letzte Frage ihrer Freundin. »Ach! Kann es da noch etwas Wichtigeres geben?« »Jap, ich will, dass du etwas für mich tust.«, begann Kass.

Die folgenden Minuten waren geprägt von Ausrufen des Unglaubens. Noah verfolgte das Gespräch zwischen den beiden Freundinnen amüsiert und erinnerte Kass, wo sie etwas vergaß, die letzten Endes den Lautsprecher aktivierte, damit sie zu dritt reden konnten, bis sie alles, was sie wussten und brauchten weitergegeben hatten. »Gut. Hab alles notiert.

Ich melde mich so schnell ich kann wieder. Noah, ihren Familiennamen? Schreibt man wie man spricht?« »No. Mit c wie Cäsar und tz.« »Ok – extravagant, na da wird doch was zu finden sein. Gut, Kinder, dann mach ich mich mal dran und wir hören uns!«

Sie beendeten das Gespräch und Kass lehnte sich an die Wand in ihrem Rücken. Was für ein Spießrutenlauf! Geschmeidig stand Noah auf und kam auf sie zu. Unweigerlich pochte ihr Herz schneller. »Du hast Kia's Frage nicht beantwortet.«, raunte er, stellte sich dicht vor sie und legte seine Hände rechts und links neben ihren Kopf an die Wand. »Welche Frage?«, hauchte sie heißer. Sie fühlte die Wärme, die von ihm ausging. »Und, wie wars?« Spitzbübisch blitzten seine Augen auf.

»Das Gespräch? Anstrengend.«, erwiderte sie, so als ob sie nicht genau wüsste, auf welche von Kia's Fragen er anspielte. »Das meine ich nicht, Kass.«, schmunzelte er auch postwendend und presste seinen nackten Körper an sie. »Knapp an fantastisch.«, hauchte sie schüchtern und fühlte schon im nächsten Moment seine Lippen auf den ihren, zart, sinnlich. Doch bevor sie sich in seinem Kuss verlor, ließ er von ihr ab. »Wir sollten duschen gehen und uns an die Arbeit machen.« »An die Arbeit machen?« »Wir müssen herausfinden, ob der Stab echt ist.« »Weil du damit ein Gott werden kannst?« »No, wie gesagt, daran glaube ich nicht. Dennoch: sollte er echt sein, müssen wir es vor meinem Onkel so lange wie möglich geheim halten.«

Erst als Noah selbstsicher und glücklich an Kass Seite aus ihrem Zimmer trat, fiel ihm wieder ein, dass sein Onkel seine

Lakaien vor ihren Zimmern hatte positionieren lassen. Erleichtert stellte er jetzt allerdings fest, dass weder Gruber noch Wolf auf dem Gang zu sehen waren, auch die Zimmertür ging heute völlig problemlos auf. Hatten sie die Türen etwa zusätzlich von außen abgesperrt? Auch etwas, an der ganzen Geschichte, die er noch nicht verstand, mit der er Kass, aber auch nicht beunruhigen wollte.

Nachdem sie abgeschlossen hatte, griff er wie selbstverständlich nach ihrer Hand, verschränkte seine Finger mit den ihren und gemeinsam machten sie sich auf den Weg in ihr Turmzimmer, nur unterbrochen von einem kleinen Zwischenstopp am Empfang, wo Noah ihnen ein Frühstück bestellte, das direkt in Kass Büro gebracht werden sollte.

»Gut. Ich denke, wir sollten uns aufteilen. Du recherchierst die Inhalte dieser Tabula Smaragdina, vielleicht habe ich etwas übersehen und ich werde mich wieder mit dem Stab und seiner Echtheit befassen, einverstanden?«, schlug Kass vor und stellte ihren doppelten Cappuccino ab, bevor sie nach dem Hermesstab griff. »Einverstanden, Bella.«

Kass schob die Lippen vor und betrachtete den Stab eingehend, bevor sie ihn mit sich zu der aufgebauten Chemiestation nahm und dort ablegte. Sie ging die vorhandenen Utensilien durch und griff schließlich zu einem Skalpell. »Was hast du vor?« »Wolltest du dich nicht den Texten widmen?«, beantwortete sie seine Frage mit einer Gegenfrage. »Si, werde ich, wenn du mir gesagt hast, was du vorhast.« »Wenn ich herausfinden will aus welchem Material er ist, muss ich eine Materialprobe davon nehmen und es testen. Da stimmst du mir zu?« »Si.« »Ich werde ihn nicht zerstören, keine Angst, ich weiß, was ich tue.«, lächelte sie ihn zuversichtlich an. »Das weiß ich, ich bin nur nervös.«

Noah setzte sich auf ihren Schreibtischstuhl und machte sich an die Arbeit und so auch Kass, die die folgenden Stunden eine Petrischale nach der anderen ansetzte. Sie nahm Proben vom Mittelstück des Stabes und von den gewundenen Seitenteilen und notierte eifrig was sie dabei herausfand. »Ich wusste nicht, dass in einer Künstlerin auch eine Chemikerin steckt.« Kass hatte nicht bemerkt, dass Noah zu ihr herübergekommen war und zuckte kurz zusammen. Es war schon weit nach Mittag, dennoch hatte sie kaum etwas von den Sandwiches, die Noah für sie hatte kommen lassen, gegessen, so sehr war sie in ihre Aufgabe vertieft. »Das wusste ich auch nicht.«, lächelte sie und griff sich eine der Schalen, um sie zuerst gegen das Licht zu halten und dann unter das Mikroskop zu legen. »So richtig gut sind natürlich die Chemiker in unserem Labor, aber Nöbritz verlangt von allen Kunstsachverständigen gewisse Grundkenntnisse.«

Kass warf einen Blick durch das Okular und staunte nicht schlecht. Konnte das sein? »Wie steht es da mit deinen Kenntnissen?«, fragte sie ihn und justierte das Gerät nochmals neu. »Schulbildung, vielleicht etwas mehr.« »Hm.«, sagte Kass abwesend, griff sich Skalpell, Petrischale und den Stab, um neuerlich etwas Material von dem mittleren Stück des Stabes zu nehmen. Allerdings diesmal von der unteren Spitze. Danach suchte sie das kleine Fläschchen auf dem sie vorhin Phloroglycin gelesen hatte und eine frische Pipette. »Gibst du mir mal die Pipette da drüben?« »Genügt dir die in deiner Hand nicht?«

Doch Kass schien ihn gar nicht zu hören. Sorgfältig tropfte sie etwas von der Lösung in die Petrischale und hielt ihm danach, ohne aufzusehen, auffordernd ihre Hand entgegen. Noah gab sie ihr und trat noch ein Stück näher, um besser sehen zu können. »Rot! Es wird tatsächlich rot!« Aufgeregt warf sie nochmals einen Blick durch das Okular des Mikroskops. »Das sehe ich, Kass, aber was heißt das? Ist er doch aus einem Erz?« »Nein, er besteht aus einem Mineral.«, grinste sie stolz. »Ich habe Proben des Mittelstabes unter anderem Fluorwasserstoffsäure ausgesetzt und, vielleicht willst du selbst einen Blick durch das Mikroskop werfen, es hat sich aufgelöst. Also handelt es sich höchstwahrscheinlich um Chalcedon.«

»Und die Farbe lässt jetzt Rückschlüsse zu ob du richtig liegst?« »Jap. Also auch. Chalcedon ist ein Mineral, dass häufig dann entsteht, wenn Holz versteinert. Dann habe ich an einer anderen Stelle eine Probe entnommen und Lignin nachweisen können. Daher handelt es sich hier bei diesem Mittelteil ursprünglich um Holz. Was Sinn macht, wenn man bedenkt, wie alt er ist oder sein soll oder aus welchem Material er ursprünglich gewesen sein könnte.« »Das ist ziemlich beeindruckend. Kannst du herausfinden was für ein Holz?« »Nö, nicht ohne ein vollständiges Labor.«

Kass nahm den Stab in die Hand und führte ihn sich dicht vor ihre Augen. »Allerdings bestehen diese zwei gewundenen Seitenteile nicht aus Holz. Es ist ein anderes Material. Die Struktur allerdings kaum noch vorhanden.« Ungeduldig entfernte sie den Objekttisch des Mikroskops und hielt ihn dann darunter. »Wirklich schwer zu sagen…«, murmelte sie. »Darf ich?«, fragte Noah und sie machte ihm Platz, damit er selbst einen Blick durch das Okular werfen konnte. »Hm. Hast du Natron hier?« »Natron?« »Si. Wir könnten eine der Geschichten um diesen Stab sofort negieren, wenn wir beweisen könnten, dass diese Teile keinen Schwefel enthalten.«

Kass runzelte die Stirn. »Warum Schwefel? – Ach, weil sich angeblich Schlangen um den Stab wanden.« Noah richtete sich auf und sah sie direkt an. »Si und weil Schlangenhaut oder Hornhaut Keratin enthält, das zur Gruppe der Aminosäuren gezählt wird, allerdings einen höheren Schwefelgehalt aufweist, kann man diesen mit Natron nachweisen.« »Cool und das weißt du woher?« Emsig sah Kass bereits die Fläschchen durch. »Mark. Er ist Pathologe. Wir haben uns gegenseitig abgefragt.«, zwinkerte er ihr zu. »Ah, dann hast du Ahnung von biologischer Chemie?« »Un poco.« Noahs Lächeln wurde anzüglich, doch Kass wollte sich nicht ablenken lassen, noch nicht, stattdessen streckte sie ihre Hand zwischen sie beide. »Hier das Natron.«

Noah machte sich an die Arbeit. »Was hast du herausfinden können?« Kass lehnte sich entspannt an die Tischplatte und verfolgte seine Bewegungen. »So wie ich die Übersetzung verstanden habe, unterstütze ich deine Theorie von sieben Stationen, die einen Menschen prüfen, damit er dann mit Hilfe des Stabes über alle zwölf Ebenen des Micro – und Makrokosmos herrschen kann als Gott.« Vorsichtig schabte Noah mit dem Skalpell etwas von einem der äußeren Stäbe in ein Reagenzglas und kippte dann etwas von der Natronlösung hinein, die er vorher angemischt hatte. »Und ich habe herausgefunden, was es mit Punkt drei auf sich hat – Reinheit. Wenn ich es richtig verstanden habe, dann geht es um eine Art messen desjenigen Auserwählten. Das Prüfen seiner Tugendhaftigkeit, schätze ich.« »Wie will man so etwas messen?« »Anhand seiner guten und schlechten Charaktereigenschaften.«

Noah hielt das Reagenzglas über die Flamme des Bunsenbrenners, den er gerade entzündet hatte. »Dio mio!«, rief er und seine Augen weiteten sich. »Es enthält Schwefel – sieh, die Farbe!« Die Mischung hatte sich schwarzbraun verfärbt. Kass schluckte. »Dann sollten wir die Theorie mit den Schlangen besser doch nicht verwerfen?« »Sieht so aus.«, brummte Noah. »Dann…« Kass schluckte, als ihr die Tragweite ihrer Entdeckung bewusst wurde. »Dann ist der Stab echt. Das hier ist der echte Hermesstab – der Caduceus.«, hauchte sie ehrfürchtig. Noah schob die Lippen zusammen, schnappte sich das Artefakt und drehte es nachdenklich in seinen Händen. »Jap.« »Was hat das zu bedeuten? Dass alles echt ist? Dass du mit dem Ding wirklich zu einem Gott wirst?« Zweifelnd schüttelte er den Kopf. »Ich weiß es nicht. Das ist so unvorstellbar, wie dem Weihnachtsmann zu begegnen.« »Schon.«, seufzte sie. »Und jetzt? Ich meine: was sagen wir deinem Onkel? Was machen wir denn jetzt?«

Noah legte den Stab zur Seite, sprang auf und begann damit im Zimmer auf und ab zu tigern. »Erst einmal: Ruhe bewahren und die Fakten zusammentragen. Als ich einem Piratenschatz am Petit Piton hinterhergejagt bin, habe ich die Nerven weggeschmissen, war keine gute Sache.«, erklärte er. Überrascht starrte Kass ihn an. »Das ist ein Berg.« Damit wäre dann ja alles gesagt. »Allora. Mein Onkel sagte, dass ich schon mittendrin stecke. Er hat eine Wäge Zeremonie erwähnt.« »Wäge Zeremonie?« »Jap. Ich weiß auch nicht, was das heißen soll.« »Ich aber schon.«, sagte Kass tonlos, deren Hirn auf Hochtouren arbeitete. »Diese sieben Schritte oder Säulen. Wenn du bereits mittendrinsteckst, was wenn dieses ganze Event bereits Teil dieses seltsamen Rituals ist.« »Was meinst du?« Mehr Unruhe braute sich in ihm zusammen.

»Naja. Offenbar ist das alles auf dich ausgerichtet. Ich weiß zwar nicht, ob du in der ersten Nacht hier im Schlaf berufen wurdest oder du dich gegen Zweifler durchsetzen musstest, aber deine Reinheit, wenn damit auch Tugendhaftigkeit gemeint sein kann, hast du bei der Jagd definitiv unter Beweis gestellt, als du mich gerettet hast. Danach würde Entsagung weltlicher Verführungen folgen und dann die Opferung, wobei ich eigentlich davon ausgegangen bin, dass der Auserwählte selbst geopfert werden sollte, auf die dann die Wiedererweckung, die Auferstehung also, folgt. Irgendwie passt es zusammen und doch nicht.«, zweifelte sie.

Wie kannst du das sagen, Giovanni, das Opfer der sechs ist vollzogen, wenn sie nicht wiederauferstehen, wäre das eine Katastrophe, erinnerte sich Noah an die Worte von Nates Mum. »Scheiße.« Verwundert zog Kass eine Braue in die Höhe. »Noah? Rede mit mir.« In seinen grauen Augen tobte ein Sturm. »Nachdem ich in Frankfurt von diesem Event erfahren habe, ich bin auf dem Sofa eingenickt im Hotel und habe irgend so einen Stuss geträumt. Ich musste Menschen retten, es war total seltsam irgendwie und normalerweise erinnere ich mich auch nicht an das, was ich träume und ich weiß auch nicht, ob ich dadurch berufen wurde, aber vergessen kann ich es auch nicht. Dann die Zweifler, ja?«, fragte er nach und Kass nickte unsicher.

»Irgendwie habe ich das Gefühl mich ständig hier gegen alles und jeden durchsetzen zu müssen. Als nächstes deine Rettung.«, er schnaubte und fuhr sich durch die Haare. »Ok, dann war das wohl diese Wäge Prüfung.« »Da bin ich mir ziemlich sicher, vor allem, weil du auch öffentlich geehrt wurdest mit dieser Collane, ein Ritter des goldenen Vlieses.«, murmelte Kass bestätigend. »Allerdings würde ich sagen, dass du dem folgenden Punkt, Entsagung, wohl kaum entsprochen hast.« Kass Mundwinkel zuckten leicht und auch Noah konnte sich ein Grinsen nicht verkneifen, das ihm dann allerdings gefror.

Das ist kein Problem, Kassandra Alighieri wird ihn nicht einmal mehr mit der Kneifzange anfassen, dafür habe ich gesorgt, fielen ihm Nates Worte aus der Bibliothek wieder ein. »Deswegen!«, brummte er. »Was?«, fragte Kass. »Nate! Der Arsch hat es absichtlich getan!« »Was?«, hakte Kass erneut nach und versuchte ihm zu folgen. »Gestern Abend, er hat nicht nur versucht sich zwischen uns zu drängen, er wollte mit allen Mitteln verhindern, dass wir beide miteinander im Bett landen.« »Hat nicht geklappt.« »Nope.« »Und was heißt das jetzt?« »Keine Ahnung.« Kass krallte sich nervös in den Stoff ihrer Jeans. »Und dann das Opfer. Wobei mir immer noch nicht klar ist, warum sie sechs Menschen ermordet haben.«, stöhnte Kass verzweifelt.

Noah fuhr sich über die Augen und schüttelte sich. Er konnte nicht klar denken, diese ganze Geschichte war viel zu abstrus, um wahr zu sein. Fakten, er durfte jetzt nicht durchdrehen. »Wenn ich eins über Logen und Geheimbünde weiß, dann ist es, dass es ihnen immer um zwei Dinge geht: Geld und Macht. Als ich gestern meinen Onkel gefragt habe, warum er den Stab wollte, ist er mir ausgewichen. Sie haben mich auserwählt, aber ich bin nicht der einzige im Rennen gewesen. Denn auch wenn ich gern glauben würde, dass Nate dich auch bei der Jagd absichtlich in Gefahr gebracht hat, damit ich dich rette, so war es nicht. Er wollte selbst siegen und sich damit vielleicht die Chance darauf sichern - zu einem Gott zu werden.«, schloss Noah irritiert, weil er sich Nate als Gott gar nicht vorstellen wollte.

»Sie wollen die Weltordnung neu aufstellen, sagte mein Onkel – ein Mitglied des Cagliostro Ordens. Dann noch Illuminaten und die »Crowleys«. Was wenn es auch darum ging zu bestimmen, welcher Geheimbund diese neue Ordnung anführt? Wenn jeder einen Vertreter ins Rennen geschickt hat?« Kass schauderte, musste ihm aber recht geben. »Klingt plausibel, schätze ich. Zu welchem Orden gehörst du dann?« Noah zuckte die Achseln. »Kann mich nicht erinnern, dass ich jemals in einen aufgenommen wurde.« »Zu den Cagliostros? Weil dein Onkel da dazu gehört?« Noah schüttelte hilflos den Kopf. »Das ist Irrsinn. Das alles.« »Si. Ist es.«

Das Noah nicht die Fassung verlor, half Kass ebenfalls einen einigermaßen kühlen Kopf zu bewahren. »Aber müssten es dann nicht sechs verschiedene Orden sein?«

»Wahrscheinlich.«, überlegte Noah. »Vielleicht sind auch Freimaurer darunter oder Nihilisten?« Kropotkin, als Russe wäre es nicht weit hergeholt ihn zu letzteren zu zählen. »Opus dei?«, warf Kass ein. Abwägend bewegte Noah den Kopf. »Ich weiß nicht, die Katholiken?« Kass schob nachdenklich die Lippen zusammen. »Vielleicht inkognito, nach strengreligiös und Selbstgeißelung sieht eigentlich keiner von denen aus, aber wer weiß.«, überlegte Noah. »Und jetzt?«

»Jetzt werden wir zurück auf dein Zimmer gehen und sehen, ob deine Freundin schon etwas herausfinden konnte, dann werden wir uns der Abendgesellschaft stellen müssen, wenn wir meinem Onkel begegnen, werden wir ihm eine hübsche Geschichte auftischen, irgendwas in der Richtung, dass du dir fast sicher bist, weil du endlich einen Hinweis auf die Echtheit gefunden hast, du es aber erst morgen mit Gewissheit sagen kannst. Danach wirst du den Caduceus und deinen sexy Hintern in Sicherheit bringen.« Bestimmt packte Noah ihre Unterlagen und Notizen zusammen und drückte sie ihr in die Hand, bevor er den Caduceus hinten in seiner Hose verbarg.

»Du wirst deinen Bericht verfassen, den Stab als echt deklarieren und verifizieren lassen und ihn den Katholiken verkaufen – teuer! Habgierig und unverschämt teuer.« »Was? Nein!« »Si naturalmente. Die Kirche scheißt Geld, außerdem ziehen sie verlässlich solche Artefakte aus dem Verkehr.« »Das meine ich nicht, Noah! Ich werde nicht gehen, ich werde dich sicher hier nicht bei diesem Haufen Irrer zurücklassen.« Mit einem milden Lächeln zog Noah sie näher an sich und streichelte sacht ihre Unterarme. »Doch, Bella. Das wirst du! Keine Widerrede, denn ich werde nicht riskieren, dass dieser Haufen Irrer dir irgendetwas antut.« »Aber…« »No, Kassandra! Finito. Du wirst gehen und du wirst diesen Stab mit dir nehmen.« »Und du?« »Ah – ich bin zäh und schließlich habe ich einen guten Grund zu überleben – dich.« Ein warmes Gefühl vertrieb die Unruhe in ihr. »Dann sehen wir uns wieder, also – ich meine, wenn das hier alles vorbei ist.« »Naturalmente, Bella. Mich wirst du nicht mehr los.«, raunte er sanft, bevor er sie zärtlich küsste.

Sie mussten vorsichtig sein. Deswegen würde Noah den Caduceus bei sich aufbewahren, bis zu dem Moment, in dem Kass ging und ihr dann, zusammen mit dem Kaufvertrag, geben. Er wollte genau so wenig wie sie, dass Kass ging, aber er musste sicher sein, dass ihr nichts mehr geschehen konnte und deswegen hatte Kass den Turm vor ihm verlassen und wahr allein auf ihr Zimmer gegangen, um sich für das Dinner umzuziehen.

Sein Blick glitt über den Schlosshof, während er wartete, dass ein paar Minuten vergingen, um sich dann selbst umziehen zu gehen, als ein weißer Lieferwagen durch das Tor in den Hof kam und anschließend an der Mauer entlang bis in den Küchenhof fuhr, der an das ehemalige Vorratslager angrenzte. Noah schmälerte die Augen und zog sein Handy aus der Hosentasche, öffnete die Fotoapp und startete eine Videoaufzeichnung, als eine kleine, alte Holztür aufschwang. Aus dem Vorratslager kam sein Onkel, gefolgt von Gruber und Wolf, die einen schwarzen Plastiksack zu dem Lieferwagen trugen und ihn auf die Ladefläche warfen. Darüber was sich in dem Sack verbarg, musste Noah nicht lange nachdenken. Sie schafften die Leichen weg. Volltreffer, wenn das mal nicht als Beweis dienen konnte, dachte sich Noah und zoomte dichter ran.

Die Show dauerte vielleicht zehn Minuten, dann waren sie fertig und der Lieferwagen, von dessen Kennzeichen Noah ebenso eine Nahaufnahme gemacht hatte, wie von den Gesichtern der Beteiligten, rollte wieder vom Schlossgelände. Keiner hatte von der Aktion etwas mitbekommen. Er bezweifelte sogar, dass man es von unten gesehen hat, aber von hier oben hatte er einen ganz hervorragenden Blick darauf gehabt. Zufrieden steckte er sein Handy ein und machte sich auf den Weg in sein Zimmer, um sich umzuziehen.

Kass schwirrte der Schädel. Nicht die Dusche, nicht das packen ihres Koffers und auch nicht die Auswahl der Abendgarderobe konnten sie ablenken, von dem was Noah und sie herausgefunden hatten. Diese ganzen erschreckenden Parallelen zu dem Ritual auf der Smaragd Tafel. Noahs völlig verrückter Onkel, der seinen Schutzbefohlenen nicht nur verprügelt hat, sondern ihn auch zu irgendeinem Unsinn zwingen wollte, der niemals wahr sein konnte. So wie die Dinge lagen, konnte sie momentan wohl froh sein, wenn sie beide heil aus der Geschichte herauskamen. Dann sollte sie den Stab auch noch den Katholiken verkaufen! Teuer verkaufen. Sie hatte keine Ahnung, wie sie das anstellen sollte. Der Caduceus gehörte ihr ja nicht einmal, ganz abgesehen davon, dass sie ein richtig ungutes Gefühl dabei hatte, mit dem wahrhaftigen Accessoire eines Gottes durch die Gegend zu fahren.

Es klopfte an der Tür. Ohne abzuwarten trat Noah ein. »Ciao, Bella. Alles ok?« »Hey.«, hauchte sie ein klein wenig verträumt, weil er in seinem Dreiteiler so unsagbar gut aussah. Schnurstracks kam er auf sie zu, schlang einen Arm um ihre Hüfte und gab ihr einen zärtlichen Kuss. Dieser perfekte Mann war in sie verliebt. Mit nichts von dem allen, was passiert war, hatte sie gerechnet, als sie sich auf den Weg hierher machte. »Du siehst fantastisch aus.« »Danke. Ich dachte, dass es gut zu einer Zaubervorstellung passt.«, erklärte Kass, packte den schwarzen Chiffon und drehte sich. Der Schnitt erinnerte an eine römische Toga mit einem tiefen V- Ausschnitt vorne und hinten, die von einem goldenen Gürtel auf ihren Hüften zusammengehalten wurde.

»Mich hast du schon verzaubert, genügt dir das nicht?«, neckte er sie zärtlich, dann wurde sein Blick ernst. »Der Stab ist in meinem Zimmer. Hast du deinen Koffer gepackt?« »Ja. Aber ich habe immer noch ein ungutes Gefühl bei der Sache.« »Calma, Bella. Wir bekommen das hin.« »Das sagst du so leicht.« Mit ihren großen, blauen Augen starrte sie ihn an und nickte schließlich. »Bene. Dann lass uns mal deine Freundin anrufen und hören, was sie so alles herausgefunden hat. Danach würde ich gerne meinen Freund Mark anrufen, weil ich etwas herausgefunden habe.«

»Und was wäre das?« »Ich habe beobachtet, wie sie die Leichen weggeschafft haben. In einem Lieferwagen. Ich habe die ganze Aktion mit dem Handy gefilmt. Da er, wie du weißt, Pathologe ist und für die Kripo arbeitet, werde ich ihn um Hilfe bitten. Sie müssen nach dem Wagen und dem Inhalt fahnden.« »Du hast es auf Video?« »Jap. Die ganze verfluchte Show. Mein Onkel, der Anweisungen gibt, Gruber und Wolf, die die Säcke auf die Ladefläche werfen.« »Lieber Himmel.« Kass hatte sich ihr Handy gegriffen und zog sich in die Zimmerecke zurück. »Wenn du gehst, wirst du mein Handy mit dir nehmen und es der Kripo Frankfurt übergeben.« »Aber…« »No, Bella. Über diese Punkte verhandle ich nicht und jetzt ruf sie an.«, zwinkerte er ihr aufmunternd zu.

Kia schien neben dem Handy gewartet zu haben, denn sie hob sofort ab. »Kass! Meine Güte, alles ok?« »Jap. Alles in Ordnung.« »Du weißt schon, dass ich mir ziemliche Sorgen um dich mache, seitdem ich das alles heute erfahren habe?« »Das ist lieb, Kia, aber das hilft uns jetzt auch nicht weiter. Ich werde so schnell wie möglich abreisen. -Noah will, dass ich gehe.«, setzte sie zögerlich hinzu und blickte ihm in seine grauen Augen. »Und da hat er recht, dein Ritter. Du solltest zusehen, dass du dort verschwindest und die restliche Arbeit der Polizei überlassen.« Bestätigend nickte Noah knapp und Kass seufzte leise. »Ich lasse ihn ungern allein zurück.«, brummte sie und verzog ihre Lippen zu einem Schmollmund. »Das ist Blödsinn. Der schafft das schon. Wo ist er eigentlich?« »Ich bin hier.«, sagte Noah deutlich und Kass machte den Lautsprecher an.

»Sehr gut. Also dann wollen wir mal loslegen, Kinder. Erstmal habe ich mich mit dem Stab per se befasst, da du gesagt hast, Kass, dass es sich nicht um ein goldenes Ding mit Flügeln handelt, sondern etwas Schlichterem, habe ich einen Kollegen, der in London für National Geographics arbeitet, angerufen.« »Du hast Andrew angerufen?«, fragte Kass erstaunt, die sich sehr wohl an die kurz und knackige Herzschmerzepisode im Leben ihrer besten Freundin erinnerte, die sie neben Peter erlebt hatte. »Ja! Jetzt mach kein Drama draus, Kass.« »Solange du keines draus machst?« »Er hat mich eingeladen ihn in London zu besuchen.«, erwähnt Kia nebenbei. »Du bist doch wohl hoffentlich nicht darauf eingegangen?«

»Könnten wir vielleicht beim Thema bleiben, Ladies?«, fragte Noah amüsiert dazwischen. »Von mir aus gerne, Herr Rosencreutz.«, stellte Kia sofort klar. »Jedenfalls hat Andrew mir eine Abhandlung über den ägyptischen Gott Toth und dessen Stab zukommen lassen, denn wie sich herausstellt, ist das wohl derselbe – also Toth ist Hermes.« Noah zog eine Braue in die Höhe und beobachtete Kass amüsiert, als sie ihre Lippen kräuselte. »Und?« »Dieser Historiker, Irdenberg oder - borg, ist sich sichcr, dass dessen Stab aus dem Zweig eines Olivenbaums war, der von zwei Schlangen umwunden wird. Ob echte Schlangen gemeint sind oder das nur so ein symbolisches Ding ist, konnte ich leider in der kurzen Zeit nicht herausfinden.«

»Echte Schlangen.«, antworteten Kass und Noah synchron. »Ähm – ok.«, sagte Kia verwirrt. »Dann habe ich mich mit Harry getroffen. Vielleicht erinnerst du dich noch, dass unser Archivar sich eine ganze Zeit mit Verschwörungstheorien und so Freimaurereizeugs und so beschäftigt hat?« »Sagtest du nicht mal, dass er nur ein Spinner ist.« »Tja. Spinner oder nicht: er hat eine Menge Ahnung davon. Er hat mir eine Liste mit diversen, in Europa aktiven Logen und Orden, samt den Namen ihrer Vertreter hier in Europa besorgt. Dein Auftraggeber, Giovanni Balsamo steht ziemlich weit oben auf der Liste. Seit 1970 ist er der Vorsitzende des Deutschen Cagliostro Ordens. Angeblich ist er ein direkter Nachfahre des Gründers Guiseppe Balsamo. Wussten sie das von ihrem Onkel, Herr Rosencreutz?« »Nein, davon hatte ich keine Ahnung.«, sagte Noah sofort.

»Dachte ich mir, ist ja auch ein Geheimbund. Jedenfalls sagte Harald, dass seiner Meinung nach alle möglichen Orden hinter dem Hermesstab her sind. Er ist wohl der feste Bestandteil eines hermetischen Rituals.« »Ja, wie ich dir erklärt habe…« »Nein, Kass, lass mich ausreden. Ein weiterer Orden auf Harrys Liste sind die Rosenkreuzer.« »Die Rosenkreuzer?«, wiederholte Kass ungläubig und starrte Noah an. »Jap.« »Das war ein geistlicher Ritterorden, oder?«, fragte Noah nach. »Genau, ein Ritterorden. Sehr tugendhaft und immer der guten Sache verschrieben.« Noah runzelte die Stirn. »Du hast davon gehört?«, fragte Kass. »Gehört ja, aber soweit ich weiß, haben die rein gar nichts mit mir zu tun.« »Aber es wäre – naheliegend.«, murmelte Kass. »Genau. Naheliegend.«, bestätigte auch Kia. »Ich bin aber kein Mitglied in irgendeinem Orden.« »Oh, bei denen gibt es kein Aufnahmeritual, Ritter der Rosenkreuzer zu sein ist ein

Geburtsrecht.«, erklärte Kass Freundin knapp und Noahs Brauen schossen in die Höhe.

»Dann hat Harry etwas von einer chymischen Hochzeit gebrabbelt. Da musste ich daran denken, Noah, dass sie auch eine Hochzeit erwähnt haben, also habe ich das gegoogelt.«, erzählte Kia weiter. »Und jetzt haltet euch fest: Im Jahr 1459 hat ein Christian Rosencreutz so eine Art Tagebuch geschrieben über genau diese Hochzeit.« »Und was hat der mit mir zu tun?«, fragte Noah und fuhr sich unwirsch durchs Haar. »Nun ja. Er schreibt sich wie sie, Superman. Mit c wie Cäsar und tz.« Noah weitete die Augen. »Er beschreibt seine Teilnahme an einer mehrtägigen Feierlichkeit in der Osterwoche. Er erzählt von seinem Versagen und beklagt Erwartungen nicht entsprochen zu haben, die man in ihn gesetzt hatte.« Kass wurde ganz mulmig. »Versagen? Was waren das für Erwartungen?«, hakte Noah nach.

»Ähm – Moment.«, brummte Kia und sie hörten sie mit Papier rascheln. »Die Feierlichkeiten dauern sieben Tage an. Jeder Tag ist mehr oder weniger eine Station. Passt eigentlich ganz gut auf das, was ihr da durchmacht.« Ein fester Knoten bildete sich in Kass Magen. »Sieben Tage. Sieben Stationen.«, sagte sie tonlos. »Jap, Süße, hab ich doch gesagt. Noah, ich darf doch Noah sagen? Eigentlich tue ich das ja schon die ganze Zeit. Wie sieht meine Freundin aus, geht es ihr gut?« »Sie ist etwas weiß um die Nasenspitze.« Und er konnte nur zu gut nachempfinden, warum das so war. »Die Hochzeit, Kia. Was war die Verfehlung?«, versuchte sich Kass zu konzentrieren. »Ja! Kommt ja schon, Fräulein Ungeduld. Das ist am fünften Tag passiert. Rosencreutz erlag »der Venus« und galt als unrein. Ich sag's ja – passend.«, kicherte Kia.

Der fünfte Tag - Kassandra die Venus. Noah schluckte. »Dann hat sich die Geschichte wiederholt. Dann wärst auch du nicht rein genug.«, murmelte auch Kass sofort. »Nicht so voreilig, Bella.« Er wollte es nicht glauben in was er hier hineingezogen worden war. »Bella?« Kass hörte das breite Grinsen ihrer Freundin, aber dafür hatte sie keinen Kopf. »Was gibt es da noch für Stationen bei dieser Hochzeit?«, hakte Noah nach. »Na hier. Er muss zum Schloss wandern. Er muss an einer Wäge Zeremonie teilnehmen, das schafft er sogar und wird dann in den Stand eines Ritters des goldenen Vlieses erhoben, dann ein Theaterstück...« Kass Augen weiteten sich. Die Kette! Die Zeremonie und die überraschte Reaktion des Prinzen, die sie jetzt in einem völlig neuen Licht sah. »Was für ein Stück?«, fragt Kass sofort.

»Das Stück ist völlig uninteressant. Interessant ist, dass die Gäste absolute Treue geloben mussten und Zeugen einer Enthauptung wurden und – jetzt kommts – sie haben sechs Mitglieder der königlichen Familie umgebracht.« Das besiegelte wohl endgültig was Noah und Kass bereits ahnten. »Scheiße.« »Was ist?« »Das trifft alles so ziemlich genau auf das zu, was hier abgeht. Nur dass wir wohl eine leicht abgewandelte Version davon feiern.« »Sag ich doch! Ziemlich krass, oder? Noah, ich will auf jeden Fall dabei sein, wenn sie die Bombe dort platzen lassen. Ich habe schon ein Team zusammengestellt, das jederzeit bereit ist nach Schloss Werode aufzubrechen.« »Bene, Kia. Halten sie sich in jedem Fall bereit.« »Aber selbstverständlich! So eine Story lasse ich mir nicht entgehen.« »Danke, Kia!«, sagte auch Kass. »Kein Ding, Maus. Sieh einfach nur zu, dass du heil nach Hause kommst.« »Versprochen.«, nickte Kass und legte auf.

»Es passt alles zusammen. Das Opfer der sechs...« »...die sechs Königsfamilien oder in unserem Fall Logen.«, beendete Noah ihren Satz. »Die Collane, die dich als Ritter des goldenen Vlieses auszeichnet.« »Ja und auch die Verfehlung.«, schmunzelte Noah sachte. »So gesehen, war die Mühe meines

Onkels komplett umsonst.« Sie runzelte die Stirn, dennoch das mit dem Opfer…

»Kann ich kurz dein Telefon benutzen, um Mark zu erreichen?« »Klar.« Sie tauschten die Plätze, doch bevor Kass ihm etwas Freiraum geben konnte, zog Noah sie an sich. »Kemmer?« »Ich bin's, Noah!« »Noah! Süßer! Hast du deine Nummer gewechselt? Meine Güte, was hast du denn jetzt wieder angestellt? Es hat sicher mit diesem Event zu tun, oder? Hast du dir Ärger eingehandelt? Gabs zu wenig Schicksen?« Kassandra schnaubte amüsiert in seinem Arm. »Mark! Stopp!« »Was denn? Du warst ja nicht gerade begeistert, dass du zu diesem Event musstest. Hatten sie nicht deine Sorte Kaviar lagernd?« »Mark, jetzt halt endlich die Luft an und hör mir zu. Ich brauche deine Hilfe. Die Lage ist verschissen Ernst.«

ALCHEMISTISCHE EXPERIMENTE

Am sechsten Tag finden alchimistische Experimente in einem der Schlosstürme statt. Es gelingt den Experimentierenden schließlich einen toten Vogel wiederzuerwecken. Dank dieses Experiments ist bewiesen, dass so auch ein neues Königspaar erweckt werden wird.

Nachdem Mark das Level »aufgescheuchtes Huhn« hinter sich gelassen hat, hatte er Noah Anweisungen erteilt weitere Beweise zu sammeln, die Kassandra ihm dann, zusammen mit Noahs Handy, nach Frankfurt bringen würde. Deswegen machten sie, bewaffnet mit einigen Gefrierbeuteln noch einen Abstecher in den Garten, vor dem Abendessen, um nochmals bei der Bühne vorbei zu sehen. Aber wirklich viele Spuren konnten sie nicht mehr sichern. Kassandra verbarg die karge Ausbeute in ihrer Handtasche, bevor sie sich wieder bei Noah einhakte und sie gemeinsam Richtung Festsaal gingen.

»Und du bist sicher, dass ich dein Handy ebenfalls mitnehmen soll?«, fragte Kass erneut unsicher. »Si naturalmente.« »Aber wenn du es nicht ins Büro deines Onkels schaffst, dann könntest du versuchen von meinem Zimmer aus die Polizei zu informieren.« »Keine Sorge, Bella. Es wird alles gut gehen. Mit Giovanni werde ich schon fertig und mit Nate übrigens auch.«, antwortete er ihr lässig und zeigte dabei mit seinem Kinn auf seinen Rivalen, der an der Bar seine Verletzung zur Schau trug. »Du hast ihn schlimm erwischt.« »Für diese Beleidigung dir gegenüber war es noch zu wenig und das weiß er auch.«, brummte Noah mitleidlos und manövrierte sie beide zu den Tischen im hinteren Bereich des Saals. Bewusst wählte er einen Tisch in der Mitte, damit jeder sie sehen konnte und bestellte ihnen Getränke und Essen, sobald der Kellner zu ihnen kam.

Lägen die Umstände anders, hätte Kass sich gefragt, warum jeder, wirklich jeder im Saal zu ihnen herüberstarrte, aber so versuchte sie es bestmöglich zu ignorieren und sich zu entspannen. »Was ist los, Bella?« »Ich frage mich, wer von den ganzen Geiern hier als erstes auf uns losgeht.« Noah lächelte und nahm einen Schluck von seinem Wein. »Normalerweise würde ich sagen, dass sie Charlie oder Nate vorschicken, aber den einen sehe ich nicht und der andere übt sich in Abstand halten.«, raunte Noah. »Macht er gut.«, setzte er mit einem Zwinkern hinterher und Kass kicherte leise auf.

Das Essen wurde gebracht und obwohl Kass dachte, dass sie keinen Bissen hinunterbekommen würde, schmeckte es ihr und sie unterhielt sich leise mit Noah. Mit dem Nachtisch kam dann auch Giovanni Balsamo an ihren Tisch. Ein Moment, vor dem Kass sich fürchtete, seitdem sie in den Saal gekommen waren, aber leider nichts, was sich verhindern ließ. »Signora Alighieri, buona sera. Ich hoffe, mein Neffe hat sie gut unterhalten.« »Guten Abend, Herr Balsamo. Das tut er zu meiner vollsten Zufriedenheit.« Ohne eine Aufforderung abzuwarten setzte ihr Auftraggeber sich zu ihnen. »Aber ich hoffe auch, dass du Signora Alighieri nicht so sehr abgelenkt hast, dass sie ihre Studien an dem Caduceus nicht vorantreiben konnte. Ich brauche wirklich ein Ergebnis. Subito!« Noah erwiderte das falsche Lächeln seines Onkels mit derselben Liebenswürdigkeit. »Ich bin mir sicher, dass du mit dem Outcome zufrieden sein wirst, Onkel.«

Giovanni Balsamo klopfte überrascht mit der flachen Hand auf den Tisch und Kass zuckte kurz zusammen. »Tatsächlich?«, fragte er erstaunt und nahm Kass ins Visier. Sie umklammerte den Löffel, den sie hielt, mit eiskalten Fingern. Ihr Puls raste und nervös, wie sie war, versuchte sie seelenruhig den mit leckerem Sorbet gefüllten Löffel in ihren Mund zu schieben, während sie sich eine Antwort zurechtlegte. »Nachdem ihr Neffe so freundlich war und mich heute unterstützt hat, bin ich ein gutes Stück vorangekommen, Herr Balsamo.« Noahs Onkel grinste zufrieden, wie eine Hyäne, die einen besonders dicken Kadaver gefunden hatte. »Das heißt, dass der Stab echt ist? Es ist der Caduceus?«

Sie fühlte Noahs Hand, die sich auf ihr Knie schob und es beruhigend streichelte, allerdings machte sie das nur noch nervöser und sie schüttelte ihn resolut ab. Wenn sie jetzt überzeugend lügen wollte, konnte sie keine Ablenkung gebrauchen. »In der Tat deutet alles darauf hin, Herr Balsamo. Es ist nur noch ein Testergebnis offen, das ich abwarten muss. Eine Induktionslösung, die ich angesetzt habe und die über Nacht ruhen muss.« »Aber genügt nicht, was sie bereits haben, um den Stab als echt zu deklarieren? Ich meine, was sagt ein Test mehr oder weniger schon aus, Signora Alighieri?« Kass setzte ihre ernste Unschuldsmiene auf, mit einem Hauch von Bedauern in ihrem Blick.

»Herr Balsamo, wie sie wissen arbeite ich für eines der größten Kunst – und Auktionshäuser in Westdeutschland. Sie selbst haben mir gesagt, dass sie mich nicht herbestellt haben, um Mutmaßungen zu erhalten. Sie wollen die Echtheit garantiert haben.« Das klang absolut nach seinem Onkel. Anerkennend nickte Noah. »Nöbritz ist ein renommiertes Unternehmen, das einen ausgezeichneten Ruf zu wahren hat.«, bestimmt legte Kass ihren Löffel auf den Unterteller zurück. »Da werden sie sicher verstehen, dass ich meine Arbeit absolut ernst nehmen muss und ihnen keine Halbwahrheiten verkaufen kann. Schließlich liegt das auch in ihrem Interesse.«, erklärte Kassandra seinem Onkel mit einer derartig resoluten Ernsthaftigkeit, dass sogar Noah ihr glauben würde, wüsste er es nicht besser. Still grinste er in sich hinein. Ganz schön gerissen, seine Assistentin Kass.

Ungestümer Jähzorn, weil sein Onkel Giovanni eben kein geduldiger Typ war, brandete kurz in dessen Augen auf, aber Kass hatte ihm keine Wahl gelassen, ihm standgehalten und ihm seine eigenen Worte um die Ohren gepfeffert. »Bene, Signora Alighieri. Dann erwarte ich morgen Vormittag, um halb neun, ihr definitives Urteil.« »Selbstverständlich, Herr Balsamo.«, erwiderte Kassandra demütig, obwohl eine kleine Gruppe von Kassandras in ihrem Kopf grad einen Champagnerkorken knallen ließen und sie für ihr taktisches Geschick feierten. »Bene. Dann wünsche ich ihnen beiden noch einen schönen Abend. Ihr seht euch die Zaubershow an, Ragazzo?« »Naturalmente, zio Giovanni. Wir lassen nichts aus.«, nickte Noah seinem Onkel zu, bevor der aufstand und ging.

»Das wäre überstanden.«, murmelte Kass und legte den Nachtisch ad acta. »Si. Du hast ihn ganz schön eingewickelt, Kass.« »Hm.«, brummte sie. »Du warst gerissen, sogar ich wollte dir glauben. Du wärst die geborene Spionin.« »Ach, ich glaube, ich bleibe lieber die geborene Künstlerin, die ich schon bin.«, zwinkerte sie ihm zu und nippte an ihrem Wein. »Ich hoffe, er hat es mir abgekauft.« »Das hat er, Bella. Selbst wenn nicht, bist du morgen nicht mehr hier, um ihn richtig sauer zu erleben.«, beruhigte er sie. Ein unangenehmer Schauer zog ihren Nacken zusammen. »Ich will dich immer noch nicht hier allein lassen.«, brummte Kass unglücklich.

»Aber das wirst du. Außerdem möchte ich, dass du Frankfurt verlässt.«, sagte er bestimmt und Kass Augen weiteten sich. »Was?« »Sobald die Kirche dir das Geld überwiesen hat will ich, dass du von dort verschwindest.« »Noah! Wie stellst du dir das vor? Mein ganzes Leben ist dort. Ich kann nicht einfach alles aufgeben und zurücklassen!« »Es könnte zu gefährlich sein, wenn du bleibst! Ich will nicht riskieren, dass sie dich finden und dir doch noch etwas antun!«, erklärte er ihr eindringlich und Kass sah die Sorgen, die er um sie hatte in seinen grauen Augen. »Aber wenn bei der Verhaftung alles gut geht, dann gibt es dazu doch gar keinen Grund.«, hielt sie dagegen. »No, finito! Du verlässt Frankfurt.«, knurrte er leise. Leise seufzt Kass und lehnte sich zurück. »Ok – ein Vorschlag. Wenn ich von Kia höre, dass etwas schiefgelaufen ist und nicht alle festgenommen wurden, verschwinde ich und bis dahin bin ich ohnehin die ganze Zeit unterwegs. Ich kann mich wehren.« Ungläubig starrte er sie an. »Muss ich dich daran erinnern, wie wir beide uns kennengelernt haben?«

Kass verdrehte die Augen, musste aber grinsen. »Du willst, dass ich dich hier bei Mördern zurücklasse, also musst du damit leben, dass ich selbst entscheide, wann ich mein Leben hinter mir lasse und von der Bildfläche verschwinde, Noah.« Seine grauen Augen musterten sie eine Weile ruhig. »Bene.«, sagte er schließlich, dann beugte er sich näher zu ihr. »Aber muss ich wieder deinen süßen Hintern aus irgendeinem Blödsinn retten, in den du dich mit deinem Eigensinn hineinmanövriert hast, werde ich ihn dir versohlen, Kassandra, bis er grün und blau ist, das schwöre ich dir.« Ein ekstatischer Schauer jagte durch ihren Körper und ihr Mund wurde schlagartig trocken. Was für ein Gott. Ein sexy, heißer, attraktiver Gott.

Noah schmunzelte, als sich ihre Wangen dunkelrot färbten. Wer hätte gedacht, dass ausgerechnet die junge Kifferin, der er im Park das Leben gerettet hatte, so eine bezaubernde Frau war. »Dieser chymischen Hochzeit zur Folge halten wir uns allerdings an den vorgeschriebenen Zeitplan, inklusive Verfehlung.«, wechselte er das Thema und nippte an seinem Espresso. »Das klingt fast so, als würdest du es bereuen?«, zog sie ihn mit funkelnden Augen auf. »No! Auf gar keinen Fall, Bella.« Kass fühlte das verliebte Grinsen auf ihrem Gesicht und hätte fast den Faden verloren. »Das mit dem Zeitplan stimmt zwar, allerdings stimmen die Stationen nicht überein.« Noah runzelte die Stirn. »Es gibt einen Unterschied?« »Oh ja. Laut Kia ist Christian Rosencreutz am fünften Tag der Venus erlegen.« »Si. So wie auch ich.« Noah ergriff ihre Hand und führte sie an seine Lippen, um ihr kleine, elektrisierende Küsse auf die Finger zu hauchen. »Laut Valentinus und der Smaragdtafel im Corpus Hermeticum folgt aber das Opfer der Entsagung und nicht umgekehrt.« Erstaunt zuckten Noahs Augenbrauen einen Augenblick nach oben, bevor er sich wieder ihren Fingern widmete. »Und du bist dir absolut sicher?«

»Naturalmente, Signor Rosencreutz.«, grinste Kass frech und entzog ihm seine Hand, bevor sie noch hier in der Mitte des Saals unanständig wurde, weil alles in ihr kribbelte. »Und wieder überraschen sie mich, Signora Alighieri.«, raunte er ihr zärtlich zu, als er Onkel Charlie entdeckte, der auf sie zukam. »Noah, Frau Alighieri. Ich habe gehört, dass es Fortschritte bezüglich des Stabes gibt?« »Ein definitives Ergebnis habe ich erst morgen, aber ich bin zuversichtlich Herrn Balsamo morgen mitteilen zu können, ob das vorliegende Artefakt echt ist.«

»Setz dich doch zu uns, Charlie.«, bot Noah an und der Prinz setzte sich zu ihnen. »Wir reden gerade über etwas, dass

Kass in den Unterlagen gefunden hat.«»Ach, tatsächlich? Was haben sie denn herausgefunden, Frau Alighieri?«, lächelte Noahs Wahlonkel sie freundlich an. »Grob geht es wohl darum, dass man sich mithilfe des echten Hermesstabs zu einem Gott aufschwingen kann.«, erklärte Kass zurückhaltend, da sie sich nicht sicher war, in wie weit Noah Charles traute, als der schallend auflachte. »Zu einem Gott, Charlie. Hast du das gehört?« »Klingt unglaublich. Und wie wird man wohl zu einem Gott?«, hakte der Prinz nach.

Noah kannte seinen Onkel gut und ihm entging nicht die kleinste Regung in Charlies Gesicht, als er antwortete. »Laut diesem Corpus Hermeticum…« Kass nickte unterstützend, als Noah fortfuhr. »…muss der Gottanwärter dabei einen Siebenstufen – Plan durchlaufen. Berufung – Abweisung – Reinheit – Entsagung – Opferung – Wiedererweckung und Aufstieg.«, erklärte Noah. »Interessant.«, nickte Onkel Charlie und nippte unschuldig an seinem Glas, als ob er nicht genau wüsste, wovon Noah sprach.

»Ziemlich.«, mischte Kass sich ein. »Während meiner Studienzeit bin ich mal über so eine alte Geschichte gestolpert, einer chymischen Hochzeit.« Kass sah, wie Noah neben ihr ein paar Zentimeter größer zu werden schien und dabei seinen Onkel musterte, als wäre der eine Maus und Noah die Schlange. »Eine chymische Hochzeit? Sie meinen doch sicher chemisch.« Kass stellte all ihr schauspielerisches Talent unter Beweis. Überlegte kurz mit zweifelndem Blick und schüttelte schließlich langsam den Kopf. »Nein, ich bin mir sicher. Chymisch. Diese Hochzeit weist jedenfalls unleugbare Parallelen zu den Aufzeichnungen im Corpus Hermeticum auf. Eigentlich unterscheiden sie sich nur in einem Punkt.«

»Ach?«, hakte Charles nach. »Yep.«, fing Noah das Gespräch wieder auf. »Bei der Hochzeit wird erst geopfert, dann entsagt, aber der alte Hermes behauptet, dass es genau andersherum wäre. Deswegen diskutieren Kass und ich jetzt, wer wohl recht hat: Kass oder der Gott.«, schloss Noah bewusst doppeldeutig und grinste Charly frech an, der, obwohl er sich wirklich glänzend gehalten hatte, jetzt kleine Schwächen zeigte. Anspannung, unsteter Blick, und Noah verstand, dass ihm das Gespräch doch endlich irgendwie unangenehm wurde. »Mit allem gebührenden Respekt vor ihrem Können und ihrer Intelligenz, Frau Alighieri. Ich hoffe, dass sie es mir nicht krumm nehmen, wenn ich in diesem Fall den Gott vorziehe.«, nickte Onkel Charlie Kass verbindlich an und zwinkerte Noah dann ebenfalls doppeldeutig zu, bevor er aufstand.

»So und jetzt muss ich mich entschuldigen. Morgen ist der letzte ereignisreiche Tag in einer Reihe ereignisreicher Tage und weil ich nicht mehr der Jüngste bin und noch etwas zu erledigen habe, damit dieses Event morgen ein stimmungsvolles Ende erhält, lasse ich euch beide jetzt allein.« Nachdenklich blickte Noah ihm nach. Irgendwie hatte er mit einer anderen Reaktion gerechnet. »Und was denkst du?«, brummte Kass leise, als Charles außer Hörweite war. »Er ist nervös geworden. Er steckt mit allen unter einer Decke und morgen wird ihnen alles um die Ohren fliegen.« »Hoffentlich ahnt er jetzt nichts.« Noah schnaubte und widmete ihr wieder seine volle Aufmerksamkeit.

»Ich hoffe er ahnt genug, um einen Fehler zu machen, wenn er damit zu meinem Onkel rennt und Giovanni Gruber oder Wolf nochmal nach den Leichen sehen lässt, würde das Mark in die Hände spielen.« »Ziemlich gewagt.« »Si, Bella. Wer nicht wagt, der nicht gewinnt.« »Und ein Noah Rosencreutz gewinnt immer.« »Ah – zumindest verliert er nicht gern.«, zwinkerte er ihr zu und küsste sie ohne zu zögern und hier vor allen Leuten. Kass flog glücklich auf einer rosafarbenen Glitzerrakete direkt in den siebten Himmel.

Nate blieb auch weiterhin auf Abstand und scharwenzelte wie ein Hündchen um seine Mutter herum. Kass ignorierte jeden seiner verstohlenen Blicke vehement, als sie mit Noah und den anderen Gästen die Stufen hinab in den Schlosskeller ging, in dem die Zaubershow stattfinden sollte. Fackeln erhellten stimmungsvoll das Gewölbe und unter anderen Umständen wäre Kass von dem Ambiente angetan gewesen. Noah und sie wurden von einem Angestellten zu einem Raum, der als Loge dekoriert war, gebracht. Seufzend setzte Kass sich auf einen der weichen Sessel. Nach einer kurzen Ansprache von Giovanni Balsamo ging es auch schon los.

Die Show war ähnlich verstörend, wie das Theaterstück, auch wenn es an erstaunlichen Illusionen nicht fehlte. Neben Klassikern wie Kartentricks und der geteilten Frau, zeigte der Zauberkünstler auch, wie er ein geköpftes Kaninchen und zwei Vögel wiedererweckte. Er veranstaltete ein großes Bimbamborium als er mit einem Zauberstab, bei dem sogar Gandalf der Graue neidisch geworden wäre, hin und her wedelte, fragwürdige Flüssigkeiten auf die angeblich toten Tiere kippte, um sie zu salben und danach Worte skandierte, die für Kass frei erfunden klangen. Das Publikum keuchte gehorsam überrascht auf, als die Tiere sich wieder bewegten.

Kass und Noah schüttelten synchron den Kopf, weil ihnen die tiefere Bedeutung des Treibens durchaus bewusst war. »Na, erkennst du dich wieder in der Rolle des Magiers?«, raunte sie ihm feixend zu. »Si. Demnächst plane ich mit einem eigenen Programm auf Tour zu gehen. Der göttliche Noah und seine Anhänger! Es sollen auch Zombies darunter sein. Du kommst doch auch?«, flachste Noah selbstironisch zurück.

»Denk nicht, dass ich mir dich in einem schwarzen Umhang mit aufgenähten silbernen Symbolen drauf entgehen lasse.«, kicherte sie. »Bene. Ich brauche nämlich dringend einen Fan.«, sagte er zärtlich, fasste nach ihrem Genick und zog sie näher an sich. »Dir ist also auch nicht entgangen, dass wir hier das sehen, was dir morgen bevorsteht.« »No. Wie könnte es, Bella?«

Applaus brandete auf, dem sich Kass und Noah verhalten anschlossen. Der Magier unten im Gewölbe verbeugte sich überschwänglich. Noah stand auf und streckte ihr die Hand entgegen. »Es wird Zeit. Wir sollten uns zurückziehen.« Kassandra nickte und ergriff seine Hand.

Natürlich schafften sie es nicht so zügig aus dem Schlosskeller, wie Noah es sich gewünscht hatte. Kropotkin und Graf Philippe zeigten sich ambitioniert darin, ihn und Kass in ein langweiliges Gespräch zu verwickeln, das sie leider nicht so schnell beenden konnte, wie Noah gehofft hatte. Höflich setzte sich Kass den Fragen der beiden Herren aus und beantwortete geduldig das vorgeheuchelte Interesse an Kunstwerken von Mainstream Meistern wie Monet und Picasso, und löcherten Noah, ob er nicht das eine oder andere Werk auftreiben könnte. Als sie die beiden endlich abfertigen konnten, ergriff Nate seine Chance und stellte sich ihnen in den Weg.

Noah, wild entschlossen seinen Schulkameraden zu ignorieren, schloss seine Finger fester um Kass Hand und ging unbeirrt weiter. »Na ihr Lovebirds, hat euch die Show gefallen.«, grinste er deplatziert. »Verschwinde, Nate. Du beleidigst Signora Alighieri durch deine Anwesenheit.«, knurrte Noah und schob Nate unmissverständlich aus dem Weg. »My Gosh!«, stöhnte der Amerikaner und quetschte sich zwischen Wand und Kass. »Dass du immer so dramatisch sein musst, Noah.« Prompt blieb Noah stehen und zog Kassandra in seinen Rücken. »Wenn du dich nicht augenblicklich in Luft auflöst, wirst du erleben, wie dramatisch ich werden kann, Nate.«, fauchte ihr attraktiver Gott, mit dem südländischen Temperament, den Blonden an.

»Ok, ok. Keep calm and grumble on. Ich verschwinde, wenn ich mich bei Kass für mein Verhalten entschuldigt habe.« Kass hörte Noahs frustriertes Stöhnen und blickte im nächsten Moment in seine stürmischen Augen. »Kassandra?« Was? Wollte er wirklich, dass sie das in Betracht zog? War das so eine versnobte Gesellschaftssache? Wahrscheinlich. Sie verdrehte die Augen. »Gut, dann höre ich mir seine Entschuldigung an.«, sagte sie und ließ ihre Stimme absichtlich schnippischer klingen. Noah gab den Blick auf Nate frei und Kass Augen hefteten sich kurz auf den kräftigen Bluterguss, den er Noah zu verdanken hatte, bevor sie dem Amerikaner in die Augen sah. »Also?«, fragte sie auffordernd. »Es tut mir leid, Kass, ich wollte Noah nicht in Misskredit bringen.«, sagte Nate und senkte den Kopf.

»Aber du hast es getan und du hast mich damit verletzt.« »C'mon. Das habe ich doch nur gemacht, weil du so eine atemberaubende, sexy Frau bist. Ich war nicht bei mir, ich wollte eben auch eine Chance bekommen.«, erklärte sich Nate. Doch Kass war sein hohles Blabla völlig egal. Nichts davon meinte Nate Westcliff ehrlich. »Also, verzeihst du einem dummen Mann, den du verzaubert hast?« Spitzbübisch leuchteten seine Augen auf und Noah neben ihr wuchs erneut. »Ich denke nicht, Nate.«, erwiderte sie ruhig und klammerte sich etwas fester an Noahs Hand. »But…what?« »Du hast die Dame gehört, Nate, und jetzt zisch ab.« »Du widerlicher Opportunist!«, fauchte er drauflos und verlor das höfliche Gesicht, dass er in den letzten Minuten so sorgsam aufrechterhalten hatte. »Immer nur du! Immer nur Noah

Rosencreutz! Alles immer per ragazzo.« Noah belächelte nachsichtig den Ausbruch seines Freundes. »Per il ragazzo.«, verbesserte er ihn mit neckendem Tonfall. »Es heißt - sempre tutto per il ragazzo. Keep your facts right, Buddy.«

Liebevoll zwinkerte Noah Kass zu und drehte sich mit ihr um, damit sie endlich von hier wegkamen. »Du angeberisches Arschloch! Willst du dich wirklich auf so etwas einlassen, Kass?«, rief Nate ihnen hinterher und Kass dachte schon, dass Noah jetzt der Geduldsfaden endgültig riss und er auf seinen Rivalen losging, doch der lachte nur dunkel auf und warf Nate einen letzten Blick über die Schulter zu. »Sei nicht neidisch. Du kommst auch noch dran, Hexer.«, griente Noah und wandte sich mit Kassandra endgültig zum Gehen.

Ohne zu zögern ging er mit ihr zu ihrem Zimmer, verpackte den Caduceus und sein Handy sorgsam, nahm ihr ihre Tasche ab, um sie dann zügig durch verschlungene Gänge hinten aus dem Schloss heraus zu lotsen. »Andiamo, Bella.«, raunte er und sie fühlte seine starke Hand in ihrem Rücken, als er sie rasch über den Schlossplatz und zu ihrem Wagen schob. »Du lässt das Licht aus, bis du vorne auf der Straße bist, schaffst du das?« »Aber natürlich. Ich kann fahren.«, erwiderte sie angespannt. »Bene. Ist ja gut.«, sagte er und Kass hörte das Schmunzeln in seiner Stimme. »Wann triffst du den Katholiken?« »Morgen hoffe ich.« »Perfetto. Lass ihn ordentlich bluten, Bella.« »Und davor oder danach bringe ich Mark die Sachen vorbei.«, ergänzte sie und schloss den Wagen auf. »Warte, ich hab hier noch etwas für dich.«

Noah griff in sein Jackett und zog einen dicken Umschlag hervor. »Das ist der Kaufvertrag für den Caduceus, ohne den wirst du den Stab nicht verkaufen können. Mein Onkel hatte ihn bereits gezeichnet und er ist bezahlt, du musst dir also keine Sorgen machen, dass irgendjemand Geld von dir will.«

»Du meine Güte.« Mit zittrigen Fingern pflückte sie ihm das Kuvert aus den Fingern. »Du bekommst das hin.« Selbstbewusstes Rosencreutz – Lächeln. »Wie bist du da drangekommen?« »Es wird Zeit, Bella.«, grinste er geheimnisvoll.

»Wann sehe ich dich wieder?« »So schnell wie möglich, ich verspreche es. Du wirst mich nicht mehr los, Bella.«, erwiderte er ernst und küsste sie, bevor er ihr die Tür öffnete. »Pass auf dich auf und halte nicht an, bis du dein Ziel erreicht hast!« »Ok.«, antwortete Kass. »Versprich es mir!«, verlangte er. »Ich verspreche es, Noah.« Ein weiterer zärtlicher Kuss folgte. »Bitte pass auf dich auf.«, flüsterte Kass an seinen Lippen. »Si – naturalmente, Bella.« Und noch ein letztes Mal tauchte Noah in ihren Mund ein, schmeckte sie, liebkoste ihre Zunge und entlockte Kass, seiner dunkelhaarigen Elfe, ein leises Stöhnen, bevor er sie losließ.

»Bis bald.« »A presto, mio tesoro.«, raunte er ihr sacht zu, bevor er die Tür schloss, sie den Wagen startete und Noah Rosencreutz und Schloss Werode hinter sich ließ.

Noah beobachtete von seinem Aussichtspunkt hinter dem Schloss aus, wie die Lichter an Kass Wagen angingen, wie er sich durchs Tal schlängelte und schließlich aus seinem Blickfeld verschwand, erst dann ging er, einigermaßen beruhigt, dass sie es schaffen würde, zurück zum Schloss. Er nahm nicht den Haupteingang. Er schlich sich in das Wirtschaftsgebäude von dem aus man zu den Verwaltungsräumen kam, als er Stimmen hörte. Er erkannte seinen Onkel Giovanni sofort.

»Dann willst du sagen, dass dir die kleine Zaubershow nicht imponiert hat, Charles?«, fragte der und damit klärte sich für Noah auch, mit wem er sprach. »Doch Giovanni, die Illusionen waren mehr als eindrucksvoll. Aber eben nur Illusionen.«, hörte er Onkel Charlie antworten. »Porca miseria, fängst du schon wieder davon an! Es wird alles glatt laufen. Seit Jahrzehnten jammerst du herum, untergräbst mich, zweifelst an mir. Du kannst froh sein, dass ich dich nicht vom Schloss gejagt habe, wie all die anderen Zweifler.« »Es tut mir leid dir Unannehmlichkeiten zu bereiten, aber ich fungiere hier lediglich als Stimme der Vernunft. Wenn etwas schief geht…«

Natürlich Stimme der Vernunft, dass Noah nicht lachte. Charles war wohl eher zu seinem Onkel gelaufen, weil Kass und er bei ihrem Gespräch mit Charlie vorhin ziemlich auf den Busch geklopft hatten. »Aber hier geht nichts schief, Charles! Alles verläuft nach Plan!« Die beiden Männer waren stehen geblieben und Noah duckte sich tiefer in die dunkle Nische, in die er sich schnell geflüchtet hatte. Anscheinend hatte sein Wahlonkel seinem ehemaligen Vormund gesteckt, dass sie herausgefunden haben, dass sie einen Fehler in der Reihenfolge ihres hermetischen Events entdeckt hatten, der wohl als absoluter Showstopper gilt und der nichts mit seiner Reinheit zu tun hatte. »Wenn du dich da mal nicht irrst, Giovanni. Du täuschst dich in deinem neuen Gott.« Wieder einmal brachte Charlie Noah unfreiwillig zum Grinsen.

»Hör' endlich auf damit! Finito! Ist auf der Insel alles vorbereitet für die Zeremonie?« »Natürlich, Giovanni.«, seufzte Onkel Charlie frustriert und Noah fühlte, dass es ihn um seinen Wahlonkel doch irgendwie leidtun würde, wenn sie ihn morgen mitnahmen. »Und für den Abend, für das Abschlussritual?« »Auch.« »Perfetto. Dann muss uns ja nur noch diese Alighieri die Echtheit garantieren und dann werden wir endlich die neue Weltordnung schaffen. Ich erwarte sie morgen Vormittag um halb neun in meinem Büro.« Wenn er sich da mal nicht täuschte, dachte Noah süffisant. »Und was, wenn es sich nicht um den echten Caduceus handelt, Giovanni?«, gab Charles nochmals zu bedenken.

»Er ist echt, basta. Sie wird es bestätigen und dann können endlich jeglichen Glauben der Menschheit auslöschen und neu erschaffen, mit dem Gott an der Spitze, den wir uns vorstellen.« »Giovanni, bei allem Respekt, ich glaube immer noch nicht, dass der Stab eines Gottes dazu dienen soll jeglichen Glauben auszulöschen, das ist doch paradox.«, da gab er Charlie recht. Allerdings war diese ganze Angelegenheit paradox. »Der Stab kann es nicht, aber der Junge wird es können! Endlich bin ich am Ziel! Seit ich diesen kleinen, lästigen Hosenscheißer damals aufgenommen habe, warte ich auf diesen Tag.« »Du meinst wohl eher, ihn aus den Armen seiner toten Eltern gestohlen hast.« Überrascht riss Noah die Augen auf. Was hatte Charlie da eben gesagt?

»Ah – ich habe gar nichts gestohlen. Andreas hat mich damals zu Noahs Paten gemacht, weil ich sein Schwager war, das ist alles. Und nach seinem und Marias überraschendem Ableben habe ich, ohne zu zögern, diese Verantwortung übernommen.« »Überraschendes Ableben, dass ich nicht lache. Du hast sie umgebracht, Giovanni! Du hast Andreas und Marias Leben auf dem Gewissen. Aus Wut, aus Zorn, weil sie ihren Sohn so erziehen wollten, wie sie es für richtig hielten, weil sie nicht wollten, dass du ihn für deine Machenschaften verwendest. Verhindern wollten, dass du ihn zu einem Gott formst. Sie war deine Schwester!« Noah wurde kurz schwarz vor Augen, sein Puls beschleunigte sich und er fühlte, wie er sich erhob, schwarze, große Flügel aus seinem Rücken brachen, ein Schwert in seiner Hand wuchs und er sich, als der

Racheengel, in den er sich soeben verwandelt hatte, auf seinen Onkel zustürzte und ihn mit einem Hieb köpfte.

Natürlich geschah nichts von alledem wirklich und er hockte nach wie vor in der Nische und versuchte zu verarbeiten, was er soeben erfahren hatte, aber seine aufgekommene Wut war so gleißend, dass er Giovanni Balsamo am liebsten auf der Stelle das Genick gebrochen hätte. »Dafür gibt es keine Beweise, Charles, und so langsam denke ich, es ist besser, wenn du dich zurückhältst, sonst werde ich Noah sagen müssen, dass es für dich keinen Platz gibt in unserer neuen Welt, capito?«

Und Onkel Charlie hatte es gewusst. Die ganze Zeit hatte er davon gewusst und ihm kein Wort davon gesagt. Man hatte ihn fast sein ganzes Leben verarscht. Noah überdachte seine Haltung gegenüber dem Prinzen und im speziellen strich er jegliches Mitleid für ihn aus seinen Empfindungen. »Natürlich, Giovanni.« »Bene, dann sehen wir uns morgen vor dem Frühstück. Gibt es sonst noch etwas?« »Nein, Giovanni. Ich wollte dich nur ein letztes Mal daran erinnern, dass manische Besessenheit einen nicht ans Ziel bringt.« »Si grazie und das hast du jetzt. Gute Nacht, Charles.« »Gute Nacht, Giovanni.« Sie würden alle bekommen, was sie verdienten.

RITTER VOM GOLDENEN STEIN

Am siebenten Tag wird die Gesellschaft auf zwölf Schiffen zur
Insel gefahren. Sie werden dort zum »Ritter vom Goldenen Stein«
geschlagen und müssen sich den fünf Ordensgeboten verpflichten.
Rosencreutz allerdings gerät noch vor der Abfahrt in ernsthafte
Bedrängnis. Durch die Entdeckung der schlafenden Venus gilt er als
unrein und muss deshalb zur Strafe selbst als Torhüter des
königlichen Schlosses antreten.

Es war kurz nach sieben, als Noah sich von seinem
unruhigen Schlaf befreite. Sein Herz raste und sofort dachte er
an Kass. Hoffentlich ging es ihr gut und sie war in Sicherheit
und hoffentlich befolgte sie seinen Rat und verließ Frankfurt
so schnell wie möglich.

Müde setzte er sich auf und fuhr sich übers Gesicht.
Wahrscheinlich blieben ihm ohnehin maximal zwei Stunden,
bis auffiel, dass Kass und auch der Stab nicht mehr auf Schloss
Werode waren. Doch bis dahin gab es noch eine Menge zu tun.
Er nahm sich den Eventplan zur Hand. Die illustre
Gesellschaft von geheimen Mördern würde nach dem
Frühstück zu einer Rheinrundfahrt aufbrechen und pünktlich
um 14 Uhr zum Nachmittagskaffee und dem anschließendem

Abschlussevent zurück sein. Also würde er dafür sorgen müssen, dass sowohl Kass Freundin von der FAZ, als auch die Polizei um kurz nach zwei hier waren zu seinem ganz persönlichem Abschlussevent und bis dahin musste er dafür sorgen, dass weder sein Onkel noch sonst irgendjemand Kass folgte. Optimal wäre gewesen, wenn sie es erst gar nicht bemerken würden, aber da ihr Wagen fehlte und sie um halb neun von seinem Onkel erwartet wurde, hatte Noah dahingehend keine große Hoffnung.

Frisch geduscht und in legerer Kleidung betrat Noah kurz vor halb neun das Büro seines Onkels. Er musste es schaffen ihn eine halbe Stunde aufzuhalten, denn dann wäre die Gesellschaft auf dem Weg und das Schicksal könnte seinen Lauf nehmen.

»Buon giorno, zio Giovanni.«, grüßte er die Tonsur seines Onkels und betrat ohne zu zögern den Raum. »Ah, ragozzo. Gut, dass du hier bist. So können wir gleich gemeinsam erfahren, was die hübsche Kunstexpertin herausgefunden hat. Sie gefällt dir, nicht wahr?« »Hat Nate dir das gesteckt?« »No, ich habe Augen im Kopf, Noah.«, sagte er uns schloss seine Arbeitsmappe. Noah brauchte nur noch einen Plan, um Zugriff auf das Telefon zu haben, dass wie sein persönlicher Siegerpokal vor seinem Onkel auf dem Schreibtisch prangte. »Ich heiße diese Verbindung gut, wenn sie dich nicht zu sehr von deinen Belangen ablenkt.« Oh wow, danke! Dafür sollte er ihm jetzt dankbar sein, oder, dachte Noah zynisch.

»Aber wer weiß, ob du das nach heute Abend noch möchtest.«, setze sein Onkel hinzu. »Was meinst du?«, hakte Noah nach, da er ohnehin Zeit schinden musste. »Mein Junge, ich denke, dass es an der Zeit ist, dir etwas zu erzählen. Setz dich doch.«, begann sein Onkel. »Du hast mich doch gefragt, wozu ich den Caduceus brauchen würde, um die Welt in Gut und Böse aufzuteilen. Du brauchst ihn.« Und dann erzählte ihm sein Onkel, was Noah schon längst wusste, auf eine derart irre und glorifizierte Art und Weise, dass Noah sich ernsthaft fragte, wie Giovanni es geschafft hatte, diesen latenten Hirnschaden so lange vor ihm geheim zu halten.

»Un momento, zio, du sagst, dass ich mit dem Hermesstab zu einem Gott werde.«, fragte Noah nach, als ob er sich verhört hätte. »Si, Ragazzo! Du hast es verstanden und damit wirst du die Welt neu ordnen. Du wirst die Macht haben alles zu tun.«, erklärte sein Onkel ihm mit manischer Begeisterung. Noah warf unauffällig einen Blick auf die Uhr. Kurz nach neun. Wenigstens zehn Minuten sollte er ihn noch hinhalten. »Das glaubst du doch nicht wirklich!«, lachte er deswegen schallend auf und schlug sich aufs Knie, doch sein Onkel blieb absolut ernst. »Noah! Du wirst tun, was man dir sagt! Diese ganze Geschichte ist seit Jahrhunderten vorbestimmt, also reiß dich gefälligst zusammen.«

»Seit Jahrhunderten? So alt bin ich doch noch gar nicht.«, sagte er lakonisch. »Lass deine flapsigen Scherze, hörst du! Die Lage ist ernst! Hast du das noch immer nicht verstanden?« »Wenn ich ehrlich bin: nein! Seit wir auf diesem seltsamen Schloss sind, verstehe ich, wenn ich ehrlich bin gar nichts mehr!«, ging Noah in den direkten Angriff über. »Du verschweigst mir doch etwas und bevor du mir nicht haarklein erklärt hast, was hier eigentlich gespielt wird, werde ich mich keinen Millimeter mehr bewegen. Hast du das verstanden?« »So redest du nicht mit mir, junger Mann!« »Du bist nicht mein Vater und dass du mein Vormund warst ist eine gute Zeit her, ich rede mit dir, wie ich es der Situation angemessen finde!« »Ragazzo! Du wirst zu einem Gott! Das Ritual endet heute mit deiner Inthronisierung.«

Dann warf auch sein Onkel einen Blick auf die Uhr. »Wo bleibt Frau Alighieri nur?« In dem Moment flog die Tür in seinem Rücken auf. »Giovanni, Gruber und Wolf haben vor ihrer Abfahrt bemerkt, dass der Wagen von Frau Alighieri verschwunden ist.« Scheiße, mit Onkel Charlie hatte er nicht gerechnet. »Prego?« Sein Onkel sprang auf. »Und der Caduceus?« »Das Labor ist verlassen, der Stab verschwunden.« »Porca miseria! Das ist eine Katastrophe! Und sie sind dennoch gefahren?« »Du selbst hast sie angewiesen deinen Zeitplan genauestens einzuhalten!«, verteidigte sich Charles und Noah fing sich langsam. »Merda!«, schrie sein Onkel aufgebracht, doch er zuckte nicht mit einer Wimper. »Du musst sie finden, Charles! Hörst du! Sofort!« »Giovanni, wie soll ich das anstellen? Ich habe weder einen Wagen, noch einen Führerschein und mit einem Pferd, werde ich sie kaum einholen.«, erklärte Onkel Charlie seinem Onkel, der sich von Giovannis epochalem Wutanfall ebenfalls nicht aus der Ruhe bringen ließ und stattdessen einfach ging.

Noah selbst beobachtete seinen Onkel noch eine Zeitlang bei seinem durchaus erheiterndem Wuttanz, bevor er ihn daran erinnerte, dass er noch immer hier war. »Du solltest dich nicht so aufregen Onkel, das ist nicht gut für dein Herz. Das alles ist sowie so hinfällig!«, schnaubte Noah, der keine Lust mehr hatte sich noch weiter die wüsten italienischen Verwünschungen anzuhören. Die Gesellschaft war auf dem Weg und sein Onkel war machtlos, weil er keine Chance hatte Kassandra zurückzuholen. Damit wurde es Zeit, dass etwas zu Bruch ging, dass die Träume von Giovanni Balsamo zu Bruch gingen.

»No, Ragazzo! Wir haben uns an die Vorgaben der chymischen Hochzeit gehalten und in ein paar Stunden wirst du dich zu einem Gott erheben! Dann wirst du deine sechs Könige, deine Vasallen, wieder auferstehen lassen und dann werden wir endlich über die Welt regieren.« »Wenn dann einer regieren würde, mio caro zio Giovanni, wäre das ich! Ich! Nicht wir!«, sagte Noah und lächelte seinen Onkel arrogant an.

»Aber wie schon gesagt: das alles ist vollkommen hinfällig, denn erstens folgt das Opfer auf die Enthaltung und zweitens, dein treuer Ragazzo Noah ist nicht rein genug! Sono impuro! Capito! Ich habe der Venus nicht entsagt! Nates mehr als dilettantischer Versuch das zu verhindern ist wie ein warmer, weicher Furz in die Hose gegangen. Das war's dann, finito! Also ist es auch scheißegal, wo dieser Caduceus oder Kassandra Alighieri sind, denn deine schöne Götterdämmerung ist abgeblasen!«

Noah verließ wütend wie ein Stier das Büro seines Onkels und hätte Charles beinahe einfach umgerannt. »Was war da drinnen los?« Charlie machte auf dem Absatz kehrt und folgte ihm. »Hast du gar nicht gelauscht?« »Noah, bitte.« »Nichts weiter.« »Nichts? Danach siehst du mir nicht aus!« Er blieb stehen und baute sich vor seinem Wahlonkel auf. »Ich habe Giovanni lediglich davon in Kenntnis gesetzt, dass euer feiner Plan nicht aufgeht, Charles. Ich bin nicht rein, ich habe mit Kassandra Alighieri geschlafen.«, donnerte Noah. »Und falls du jetzt hier bist, um herauszufinden, ob ich weiß, wo sie ist: ich weiß gar nichts!« Onkel Charlies Lippen verzogen sich zu seinem breiten Grinsen. »Ich weiß, Junge. Mir war klar, dass das passieren würde, als ich euch am ersten Abend hab tanzen sehen.«

Die lockere Reaktion des Prinzen nahm Noah sämtlichen Wind aus den Segeln. »Hättest du das dann nicht verhindern müssen?«, zischte Noah und ging weiter. »Warum sollte ich?« »Vielleicht damit nicht wieder ein Rosencreutz als unrein gilt für euer größenwahnsinniges Ritual?«, erwiderte Noah abfällig und stieß die Doppeltüren vor sich auf, die in den

Laufgang führten. »Dann wäre ich wohl nicht der Lauscher.«, konsternierte Onkel Charlie, aber Noah winkte nur ab. »Noah, ich kann verstehen, dass du aufgebracht bist und dich das alles mitnimmt.«, setzte Onkel Charly besänftigend an. »Mitnimmt? Seit dem Tod meiner Eltern weißt du, wer sie umgebracht hat und auch warum und dennoch lässt du es zu, dass Don Giovanni das Zepter führt.« »Weil es wichtig war, den richtigen Moment abzuwarten, Noah!« »Der richtige Moment wäre gewesen, den Mord an meinen Eltern zu verhindern.« »Niemand wusste, wann Giovanni das Attentat vorgesehen hatte.«

»Ah! Lasciami andare! Lass mich gehen!«, knurrte Noah und stiegt wütend die Treppen zum Turm hinauf. »Das kann ich noch nicht, Noah.«, hörte er Onkel Charlie hinter sich. »Ach und was willst du noch?« »Ich will wissen, ob du es zu Ende bringst?« Noah stutzte. »Hast du mir nicht zugehört? Ich gelte nicht als rein, ganz abgesehen davon, dass ich an diesen ganzen »Noah wird zu einem Gott«- Schwachsinn ohnehin nicht glaube.« Oben angekommen stieß er die Tür zu Kassandras Labor auf. Es war so leer hier ohne sie. Er hoffte wirklich, dass sie den Stab so schnell wie möglich loswurde und in Sicherheit war. »Dann solltest du vielleicht wissen, dass ich das auch nicht tue, Noah. Ganz abgesehen davon, dass die chymische Hochzeit einen gravierenden Fehler zu dem Orginalritual aufweist, dass angeblich von Hermes Trismegistos persönlich auf Smaragd festgehalten worden war.«, erklärte sein Onkel keuchend, aber ehrlich, als der jetzt in der offenen Tür auftauchte. »Erst die Entsagung, dann das Opfer. So, wie du und Kassandra Alighieri herausgefunden haben.«

Hatte er sich gerade verhört? »Che?« Prüfend sah er Onkel Charlie an. »Was tust du dann hier? Warum machst du dann mit bei dem ganzen mörderischen Schwachsinn?« »Weil ich ein Rosenkreuzer bin.« »Wir sind nicht verwandt.« »Das ist richtig, Noah. Aber dennoch bin ich Ritter des Ordens der Gold – und Rosenkreuzer und damit dir, dem letzten verbliebenem Nachfahren von Christian Rosencreutz, verpflichtet.« Ungläubig schüttelte Noah den Kopf. »Und nochmal: was?« »Seit du geboren wurdest habe ich dich und deine Entscheidungen unterstützt. Das mit Giovanni war nicht abzusehen, doch als er dann herausfand, wer du bist... Deine Eltern wollten dich immer beschützen vor Giovanni und seinen irren Machenschaften.« »Hat nicht funktioniert.«, brummte Noah und Onkel Charlie verzog den Mund zu einer kurzen Grimasse.

»Leider. Dein Vater hatte ihn als Vormund ausgewählt, es war wohl aus einer Laune heraus geschehen, weil er so glücklich war, dass er Vater wurde. Weder deiner Mutter noch mir hat sich diese Entscheidung jemals erschlossen.« Nachdenklich blickte Noah aus dem Fenster über das Tal. Ein Teil von ihm, der kleine Junge, der Onkel Charlie immer mochte, wollte dem Prinzen gerne glauben. Im Augenwinkel sah er, dass Onkel Charly sich neben ihn stellte und dasselbe tat.

»Was diese Götterdämmung betrifft jedenfalls will ich dir noch sagen, dass ich sehr stolz auf dich bin.« Also hatte Charlie doch etwas gehört. »Stolz?«, wiederholte Noah brummend. »Natürlich. Du hast dich deines Namens und deiner Herkunft mehr als würdig erwiesen und gehandelt, wie ein wahrer Ritter. Wie schon dein Vorfahre, hast du dich nicht blenden lassen von Macht und Ruhm. Niemand sollte sich zu einem Gott erheben, denn es gibt ja schon einen. Du hast dich für den tugendhaften Weg entschieden. Hermetisch gesehen magst du damit zwar nicht mehr als rein gelten, aber wen interessiert schon die Hermetik?«

Langsam atmete Noah aus. »Du wirst angeklagt werden, Charlie. Du wusstest von dem Mord an meinen Eltern und dem Opfer der Sechs.« »Das ist mir bewusst, Noah.« »Und du willst nicht fliehen?« »Nein. Es ist an der Zeit. Ich habe lange genug geschwiegen.« Er drehte sich zu seinem Onkel um, der ihm einen Schlüsselbund unter die Nase hielt. »Gruber und Wolf konnte ich euch vom Hals halten und falls du telefonieren musst, wirst du die brauchen. Ich sorge dafür, dass dein Onkel sein Büro verlässt. Gib mir zwanzig Minuten.« Noah nickte bedächtig und griff nach dem Schlüsselbund, der ihm die Tür zum einzigen funktionierenden Telefon auf Werode, öffnete, als er Charlies Hand auf seiner Schulter fühlte. »Wo auch immer Frau Alighieri und der Stab jetzt sind, ich hoffe, sie sind in Sicherheit.«, schloss Charlie und ließ Noah allein.

»Himmel, Kass!« Kia sprang vom Sofa auf, stürzte auf sie zu und umarmte sie, bis sie keine Luft mehr bekam. Frohe Ostern, Maus!« »Danke, dir auch.« »Wann bist du nach Hause gekommen?« »Gegen drei heute Morgen.« »Ich bin so froh, dass du zurück bist! Ich habe mir solche hammermäßigen Sorgen um dich gemacht! Geht's dir gut?« »Den Umständen entsprechend.«, antwortete Kass. »Ich mache uns einen Kaffee und Frühstück und dann musst du mir alles erzählen, ok? Jedes schmutzige Detail! Und dabei bemalen wir traditionell Eier!«, zwinkerte Kia ihr zu, bevor sie Kass losließ und voraus in die Küche ging. »Machen wir, aber zuerst will ich noch einen Kunden von uns kontaktieren.« »Einen Kunden.« »Jap. Ist dringend. Glaub mir, wenn das vom Tisch ist, dann geht's mir wirklich besser. Dann muss nur noch Noah hier auftauchen und dann ist alles in Butter.«, lächelte Kassandra verträumt. »Oh man, dich hats ganz schön erwischt Alighieri.«, kicherte Kia und schaltete die Kaffeemaschine an. »Jap« »Ihn auch!« »Oh ja!«, seufzte Kass.

In einem anständigen, dunkelblauen Kostüm wartete Kass zwei Stunden später im Café Extrablatt auf Kardinal Vorknitz. Der beleibte Kirchenvertreter war erstaunlich schnell in die Gänge gekommen, nachdem Kass die Worte Merkurstab und möglicherweise gefunden ausgesprochen hatte. »Frau Alighieri, ich freue mich sie so rasch wiederzusehen!«, begrüßte der Mann sie und setzte sich nach einem feuchten Händedruck auf die Sitzbank, die damit voll war. Gut, dass sie den Sessel gewählt hatte. »Sie haben am Telefon gesagt, dass sie Neuigkeiten für mich haben?« Ein Kellner kam und nahm Vorknitz Bestellung entgegen.

»So ist es, eure Eminenz. Wie sie sich ja erinnern können, haben wir bei unserem letzten Gespräch über den Hermesstab gesprochen.« »Richtig. Und? Haben sie einen Hinweis auf dieses Artefakt?«, hakte der Mann aufgeregt nach. »Nun einen Hinweis würde ich es nicht nennen.«, betonte Kass und lehnte sich lässig zurück. »Was, wenn ich in der Position wäre ihnen den Merkurstab zu verkaufen?« Die kleinen Augen des Kirchenmannes glänzten ungläubig auf. »Dann würde ich verlangen, mir Unterlagen zukommen zu lassen, die eine Fälschung ausschließen.« »Sagen wir, ich hätte auch diese Unterlagen. Was wäre ihnen der Stab wert?«

Gierig leckte sich Vorknitz über die schwülstigen Lippen und musterte Kassandra eindringlich. »Nun, bei bestätigter Echtheit, würde ich ihnen...« Der Kardinal beugte sich vor und raunte Kass eine Summe zu, die sie beinahe nach Luft schnappen ließ. Du meine Güte. Mit so einer Summe konnte man sicher eine kleine Insel erwerben und das Lotto spielen aufgeben. Mit einem milden Lächeln auf den Lippen lehnte sie sich zurück und versuchte sich zu beruhigen. »Das ist ein großzügiges Angebot, eure Eminenz.«, sagte sie charmant und nippte an ihrem Kaffee. »Allerdings sind sie nicht der einzige Interessent, den ich für diese Artefakt habe.«, log sie kühn. Der Kellner brachte die Bestellung des Kardinals, der seinen Löffel vor lauter Nervosität fast auf den Boden fallen ließ.

Dann musterte der Kirchenmann sie eindringlich. »Nennen sie mir den Preis. Wir, die Kirche, sind in der Lage jeden Bewerber zu überbieten.« Zufrieden faltete Kass ihre Hände in ihrem Schoß zusammen. »Gut, dann müssten sie das doppelte bezahlen, Kardinal Vorknitz, um den Hermesstab zu erwerben.«, verlangte sie frech. »Das ist eine Menge.«, brummte der Kirchenmann und lehnte sich auf der Sitzbank zurück. Doch Kass wusste, dass er das Ding wollte und hatte unschlagbare Argumente. »Das ist der Stab eines wahrhaftigen Gottes, eine Reliquie von eigentlich unschätzbarem Wert, eure Eminenz, mit einem Echtheitszertifikat.«, setzte sie salopp hinzu und eine kleinere Version ihrer selbst grinste sie stolz und zufrieden an.

»Nöbritz hat eine gute Verkäuferin in ihnen.« »Sie schließen den Verkauf nicht mit Nöbritz ab, sie schließen ihn mit mir ab. Wenn sie einverstanden sind und das Geld noch bis heute Abend auf meinem Konto eingegangen ist, dann werde ich ihnen Stab und Papiere persönlich zustellen. Den Vertrag habe ich hier.«, entgegnete Kass kühn.

»Er enthält eine Rücktrittsklausel? Falls unser eigenes Labor feststellt, dass es sich doch um eine Fälschung handelt?« »Selbstverständlich, Kardinal Vorknitz.«, antwortete Kass verbindlich, die schon jetzt wusste, dass er von dieser Klausel niemals Gebrauch machen würde. »Gut, Frau Alighieri, dann machen sie mir die Papiere fertig.« Und mit einem Schlag hatte sie ein unvorstellbares Vermögen verdient.

Kia bekam Schnappatmung, als sie von der Summe hörte. »Dann kannst du dich jetzt zur Ruhe setzen. Scheiße! Mit so einem Batzen Kohle kannst du dich glatt zweimal zur Ruhe setzen.« »Strenggenommen gehört mir das Geld nicht, es gehört Noah.« »Ist das dein Ernst? Er hat dir doch den Stab gegeben, damit du dich mit der Kohle absetzen kannst.« »Ja, aber ich habe den Stab für ihn verkauft. Es gehört ihm.« »Dann willst du jetzt was tun?« »Nichts. Abwarten, bis er sich meldet.« »Na gut, dann muss dein Ruhestand eben noch ein paar Tage warten. Aber eine Provision hast du doch wohl hoffentlich mit deinem Ritter verhandelt?« »Ich werde es nicht anrühren, Kia.«, grinste Kass.

»Ok, Madame Korrekt. Dann werde ich mich mal fertig machen und mit den Jungs nach Werode fahren. Die sind schon ganz aufgeregt. Eierlikör und Schokolade dann morgen. Dein Noah hat nämlich in der Redaktion angerufen und ausrichten lassen, dass wir uns gegen Mittag bereithalten sollen.«, sagte Kia, sprang auf und ging sich umziehen. »Er hat es zum Telefon geschafft.« »Jap. Alles wird gut, Maus, mach dir keine Sorgen, ok?« Kass nickte, obwohl sie ein ungutes Gefühl im Magen hatte, aber das würde sich wohl erst geben, wenn die ganze Geschichte wirklich vorbei war und sie Noah wiedersah.

Als nächstes fuhr Kass zur Kripo Frankfurt. Sie erkannte den schlaksigen, überschwänglichen Kerl, der Noah ins Oceans begleitet hatte, trotz des weißen Arztkittels und der Brille sofort und übergab ihm alles, was sie und Noah an Beweisen zusammengetragen hatten. Nachmittags erhielt

Kassandra einen Anruf von einem völlig verdatterten Bankmenschen, der ihr das Eintreffen einer beträchtlichen Summe Geld auf ihrem Konto ankündigte. Man hätte auch zu ihrer eigenen Sicherheit genau geprüft, ob es sich um einen Fehler handelte. Allerdings handelte es sich um eine Direktanweisung an sie und jetzt schlug er ihr vor, in einem persönlichen Gespräch natürlich, mit ihm gemeinsam zu überlegen, was sie mit dem Geld machen könnte. Dankend lehnte Kass ab und wunderte sich über die Dreistigkeit des Beraters, legte auf und kontaktierte Vorknitz, um ihm eine halbe Stunde später den Stab auszuhändigen.

Erst nachdem der Stab endlich mit Vorknitz in dessen Mercedes davonfuhr, atmete Kassandra erleichtert aus und machte sich wesentlich entspannter auf den Heimweg. Jetzt musste nur noch für Noah alles glatt gehen. Es dauerte nicht nur gefühlt ewig, bis Kia zurückkam, es dauerte tatsächlich lange und erst am späten Abend wurde die Tür zu ihrer Wohnung aufgesperrt. »Was ist geschehen?« Kass wartete hinter der Wohnungstür auf Kia. Aufgeregt trat sie von einem Fuß auf den anderen. Sie war wild entschlossen Frankfurt nicht zu verlassen, wenn alles gut gegangen war. »War ein riesen Sermon, dass sag ich dir!«, stöhnte Kia sofort und schleudert ihre Pumps von den Füßen. »Sie wollten gerade aufbrechen, um dich und den Hermesstab zu suchen, da sind wir, quasi zeitgleich mit der Polizei, dort eingetroffen.« »Und?« »Sie haben alle in Handschellen abgeführt.« Kassandras Augen wurden groß.

»Alle?« »Jap, alle.« »Auch Noah?«, fragte sie fast verzweifelt. »Auch Noah.« »Aber du hast doch noch mit ihm sprechen können? Du sollst mir doch sicher irgendwas von ihm ausrichten?«, hakte Kass erneut nach. Kia biss sich auf die Lippen und schüttelte den Kopf. »Leider nein, Süße.« »Aber…wo haben sie sie hingebracht?« »Keine Ahnung, tut mir wirklich leid.« »Aber, wenn er ins Gefängnis muss?« »Warum sollte er? Entspann dich, Maus. Sicher wird er sich bald bei dir melden. Er wird seine Aussage machen müssen, dann prüfen die Bullen die Fakten und dann kommt er sicher so bald wie möglich zu dir.« Und sie würde hier auf ihn warten.

Im April glaubte das Kass ihrer Freundin noch. Aufgeregt verfolgte sie die Nachrichten, allerdings wurde von dem ganzen Prozess kaum etwas an die Öffentlichkeit weitergegeben. Im Mai hatte sich Noah Rosencreutz noch immer nicht bei ihr gemeldet und auch wenn Kia noch immer überzeugt davon war, dass er sicher bald auftauchen würde, da das zwischen ihnen ja schließlich nicht so ausgesehen hatte, als ob er es nicht ernst gemeint hätte mit ihr. Kassandra versuchte wirklich ihr zu glauben, daran festzuhalten, doch als der halbe Juni dann vergangen war und Noah noch immer wie vom Erdboden verschluckt war, verlor sie langsam den Glauben und die Hoffnung daran, ihn jemals wieder zu sehen und versuchte die Tatsachen zu akzeptieren, wie sie waren.

Sie musste sich wohl damit abfinden, dass sie für den gottgleichen Noah Rosencreutz doch nicht mehr, als eine Bettgeschichte gewesen war. Mit Blick auf ihr Konto eine Bettgeschichte, für die er sie mehr als fürstlich entlohnt hatte, dieses kaltherzige Arschloch. Nein! Keinen Cent davon wollte sie behalten. Vielleicht würde sie einfach alles einem Wohltätigkeitsverein spenden.

Anfang Juli beschloss Kass dann endgültig mit der Causa Rosencreutz abzuschließen, nachdem sie sich in der Pathologie der Kripo Frankfurt lächerlich gemacht hatte – drei Mal - als sie erneut versuchte Mark Kemmer, seinen Freund zu kontaktieren, der aber keine Zeit für sie hatte oder nicht da war. Mit ihrer Wut, kehrte auch ihr Stolz zurück. Voller Elan stürzte sie sich wieder in ihre Arbeit bei Nöbritz, um sich abzulenken, um ihrem Leben endlich wieder einen realistischen Sinn zu geben.

»Kassandra, hier bist du?« Bert Brühtner wirkte ein wenig gehetzt als er in ihr Büro kam. »Wo sollte ich sonst sein? Ich arbeite hier, Bert.« »Ja. Selbstverständlich.«, erwiderte er verdattert. »Jedenfalls habe ich soeben einen Anruf erhalten von einem neuen Klienten.« »Name?«, fragte Kass kurz angebunden. »Sandro Rosetti.« »Italiener?« »Ja, Kassandra.« Kass verzog den Mund. Von Italienern hatte sie die Nase gestrichen voll. »Ok, und weiter?« »Er hat vor kurzem ein Anwesen geerbt und braucht jetzt eine Kunstsachverständige, die den Wert des Ganzen schätzt, katalogisiert und eventuell veräußert.« Das hörte sich nach einer Menge Arbeit und damit Ablenkung an. »Ok. Gibt es schon irgendwelche Unterlagen dazu?« »Eigentlich nur eine Adresse und ein paar Bilder.« »Kann ich sie sehen?« »Natürlich. Das heißt, du bist bereit das zu übernehmen?« »Klar.«, erwiderte sie knapp.

»Das ist gut. Denn es wird wirklich Zeit, dass du hier mal wieder rauskommst, Mädchen.« Irritiert blickte Kass auf. »Rauskommen? Was meinst du?« »Naja. Die Burg kann nicht nach Frankfurt transportiert werden. Der Auftrag erfordert deine Anwesenheit vor Ort. Ich habe dem Klienten gesagt, dass du gerne dazu bereit bist. Du kennst das doch jetzt schon.« »Was?« »Na deine Arbeit auf Werode.« »Aber eigentlich will ich Frankfurt gar nicht verlassen, Bert. Ich bin gar nicht so der abenteuerliche Typ.«, versicherte Kass schnell, um das schlimmste zu verhindern.

»Ach, Papperlapapp, es sind vielleicht zwei oder drei Tage. Was gut für Nöbritz ist, ist gut für dich, Kassandra. Ich maile dir die Unterlagen zu. Bestelle dir für morgen Vormittag einen Mietwagen.« »Ich denke wirklich, dass ich ablehnen sollte, Bert.« Ihr Chef verdrehte die Augen. »Also geht es um Geld?

Gut, ich lege nochmal fünf Prozent auf das angebotene Honorar drauf und, sollten Kunstwerke aus dieser Sammlung veräußert werden, können wir sicher über eine kleine zusätzliche Provision reden.« Kass schnaubte. Na großartig, was hatte sie dem schon entgegen zu setzen. Nichts.

CHYMISCHE UMSTÄNDE

Wenn eine Geschichte endet, von der man weiß, dass man nie
vergessen wird, wie sie begonnen hat.

Kia war, ganz im Gegensatz zu ihr, völlig begeistert davon,
dass sie mal wieder rauskam. Ihre Freundin redete unentwegt
von einem Neuanfang und einer super Chance, half ihr emsig
beim Packen und setzte sie am nächsten Morgen nach einem
ausgiebigen Frühstück in den Mietwagen. Kass musste nach
Burg Linau am Neckar und hatte ein gutes Stück Weg vor sich.
Die Gegend war schön und die Straße frei und so langsam
freundete Kass sich mit dem Gedanken an. Immerhin gab es
dort Internet und sie war auch nicht gezwungen auf dem
Anwesen zu bleiben. Der Auftraggeber hatte ein Zimmer im
Dorf für sie reserviert. Die Kunstwerke und die Teile der Burg
auf den Fotos waren recht vielversprechend.

Sie schaltete einen Gang zurück und fuhr die Anhöhe
hinauf, auf der dieser Besitz lag. Der Asphalt endete und
wurde durch Pflastersteine ersetzt und nach zwei weiteren
Kurven kam die Burg in Sicht. Kass fuhr auf den Hof und
stellte den Wagen ab. Die Aussicht über das Tal mit dem Dorf,
dass sich unten an den glitzernden Neckar schmiegte war

geradezu lächerlich romantisch. Hier könnte man Landschaften malen. Sie atmete tief durch, griff ihre Tasche etwas fester und ging entschlossen auf den Eingang zu. Ein älterer Herr im Blaumann öffnete ihr die Tür.

»Hallo. Mein Name ist Kassandra Alighieri und ich habe hier einen Termin mit dem Eigentümer, Herrn Rosetti.« Der Mann runzelte kurz die Stirn, als ob er nicht wüsste, worum es geht. »Ah, die Dame aus Frankfurt.« »Ja.«, nickte sie freundlich und streckte dem Mann die Hand entgegen. »Ich bin hier nur der Elektriker, aber kommen sie rein, ich bringe sie ins Büro und gebe Bescheid, dass sie hier sind.«, erklärte er, während er ihre Hand ergriff und sie herzlich schüttelte.

Stirnrunzelnd folgte Kass den Mann in die Burg hinein. Das fing ja schon wieder gut an. Schnell überprüfte sie ihr Handy auf Empfang. Er war hervorragend, dass beruhigte sie etwas. »Die Burg war lange unbewohnt, wissen sie? Sie ist nur eines der kleineren Objekte, aber das einzige, dass sich noch immer in Privatbesitz befindet. Eine Erbschaftsgeschichte.«, zwinkerte der Mann ihr vertraulich zu. »Und in wessen Privatbesitz?« Der Mann blickte sie einen Augenblick verständnislos an, so als ob er die Frage nicht verstanden hätte. »Hier sind wir. Das Arbeitszimmer.« Er öffnete eine Tür und gab den Blick auf ein modern eingerichtetes Büro frei.

Die Möbel standen im völligen Gegensatz zu dem Gemäuer. Sie waren hauptsächlich aus Glas, gebürstetem Stahl und schwarzem Leder, bis auf einen ausladenden Schreibtisch aus dunklem Holz. »Wird nicht lange dauern. Er wird sicher gleich hier sein.«, nickte ihr der Elektriker zu und verschwand. »Danke.«, brummte Kass ihm hinterher und ging tiefer in den Raum hinein.

Sie entdeckte einige Gemälde auf Leinwand ohne Rahmen, die auf einer Seite an die Wand gestapelt waren und ging darauf zu, schließlich war sie ja genau deswegen hier.

Vorsichtig zog sie die erste Leinwand etwas zurück, um einen Blick auf das Bild werfen zu können. Scheinbar kein Werk aus der Ahnengalerie. Es war ein Oppenheimer. Eine Landschaft in Österreich, vermutlich um Wien. Das nächste Bild war schon etwas älter. Albrecht Altdorfer. Donnerwetter! Allein diese beiden waren locker ein paar Millionen wert. Neugierig zog sie das nächste zurück. Konnte das ein Monet sein? »Gefallen ihnen die Bilder?« Eine Frauenstimme riss Kass aus ihren Überlegungen. »Die kleine Auswahl, die ich gesehen habe ist eindrucksvoll.«, nickte Kass höflich. »Mein Name ist Kassandra Alighieri.« »Von Nöbritz. Ich freue mich. Mein Name ist Siggi Spengler. Ich bin zuständig für Restaurationsarbeiten hier an der Burg.«

So langsam wurde Kass unruhig. »Freut mich. Ich warte hier auf den Eigentümer. Mir wurde gesagt, dass er gleich hier ist?« Die Frau, Siggi, lächelte Kass verbindlich an. »So ist es. Ich habe mich, wenn ich ehrlich bin, vorgedrängt, als ich gehört habe, dass sie bereits eingetroffen sind, da ich mich schon sehr auf die Zusammenarbeit mit ihnen freue.« »Zusammenarbeit? Ich glaube sie haben da etwas falsch verstanden, ich werde nur ein oder zwei Tage hier sein, um…« »Siggs! Was soll das? Wo steckst du?«

Als Kass den volltönenden Bariton hörte, wurden ihre Knie weicher Glibber, ihr Herz setzte einen Schlag aus und ihre Atmung beschleunigte sich, als sein dunkler Schopf endlich in der Tür auftauchte. »Du!« Zu mehr waren ihr Stimmbänder nicht mehr fähig. »Naturalmente, Bella. Ich habe dich gewarnt, du wirst mich nicht mehr los.« Was hatte er hier verloren? Noah Rosencreutz stemmte sich lässig in den Türrahmen und grinste sie frech an. »Verschwinde, Siggs.«, befahl er der Restaurateurin nebenbei. Klasse! Hatte er sie etwa hierher beordert, um ihr zu zeigen, dass er jemand neuen hatte? Diese Siggs war ziemlich hübsch. Blond! Wenn er glaubte, dass sie hier für ihn und sein Liebchen arbeiten würde, dann hatte er sich aber geschnitten.

»Aber Mark hat gesagt, dass ich auf jeden Fall…« »Du Arschloch!«, zischte Kass aufgebracht. »Wozu hast du mich hierher bestellt?«, fügte sie hinzu, weil sie endlich ihre Sprache wiedergefunden hatte. »Wow! Sie kennt dich gut, obwohl sie dich erst so kurz kennt.«, kicherte diese Siggi in seine Richtung. Noahs Augen wurden schmal. »Ok a domani, Siggs, hau schon ab!«, fauchte er die Frau an, die offensichtlich auch seinen Freund aus der Pathologie kannte, wie sie am Rande erfahren hatte. In Kassandras Magen braute sich ein wütendes Gewitter zusammen. Von wegen Sandro Rosetti. Er hatte sie aufs Glatteis geführt, um sie vorzuführen. »Maaann, hoffentlich hebt sich deine Stimmung jetzt endlich. Sie gefällt mir!«, brummte Siggi und ging murrend davon.

Wütend fixierte Kass Noah, der sie amüsiert musterte. »Sandro Rossetti?«, blaffte sie, weil es das Erste war, was ihr in den Sinn kam. »Schrecklicher Name, ich weiß. Das war übrigens Marks Schwester, Sigrid Spengler.« »Interessiert mich nicht!«, schnappte Kass, als er sich aus dem Türrahmen löste und langsam auf sie zuging. »Ich will eine Antwort! Kia sagte, dass sie dich in Handschellen abgeführt haben. Dann verschwindest du für fast vier Monate komplett von der Bildfläche! Einfach so! Ich suche dich, ich mache mich bei der Kripo Frankfurt zum Affen, aber ich komme einfach nicht an dich dran und jetzt bestellst du mich einfach so hierher, unter einem falschen Namen!«

»Si.«, antwortete er ihr grinsend. Sein Körper sehnte sich nach ihr und sein Blut sammelte sich bereits schmerzlich in seiner Hose. Nur für sie hatte er die letzten Monate ertragen. Er hatte so lange auf diesen Moment gewartet und jetzt würde er aufs Ganze gehen.

Kass machte vorsorglich einen Schritt zurück, als er ihr zu nahekam, weil ihre Knie nicht mit ihr zusammenarbeiten wollten, sondern einfach noch weicher wurden. »Beruhige dich, Bella. Wir haben genug Zeit…«, raunte er zärtlich. »Genug Zeit?!«, wiederholte Kass spitz. »Nein! Genug Zeit habe ich darauf verschwendet auf dich zu warten und mir die Augen nach dir auszuheulen.« Kass fühlte, wie ihr die Tränen in die Augen stiegen und hielt sie konsequent zurück.

Er hatte sie vermisst, diese kleine, temperamentvolle Elfe mit den strahlend blauen Augen und dem süßen, knackigen Hintern. Nachdem alles, was auf Schloss Werode vor sich gegangen ist, aufgeklärt war und die ganze Bande hinter Gittern saß, hatte die Kripo verstärkt mit ihm zusammengearbeitet, um gegen den Mord an seinen Eltern zu ermitteln. Allerdings musste Noah sich absolut bedeckt halten. Auch wegen Kassandras Sicherheit. Charlie hatte Wort gehalten und gegen seinen Onkel ausgesagt und so hatten sie Giovanni Balsamo schließlich hinter Gitter gebracht.

Bevor auch Onkel Charlie für Mittäterschaft für eine Zeit ins Gefängnis ging oder besser seine Zeit mit einer Fußfessel am Bein auf Schloss Werode absaß, hatte er Noah noch einen Brief gegeben. Es war das Testament seiner Eltern, dass er jetzt, wo Giovanni keine Chance mehr hatte, es sich unter den Nagel zu reißen, antreten konnte. Zu der Erbmasse gehörte, unter anderem, Burg Linau. Eine malerische Burg am Neckar. Als Noah das alte Gemäuer zum ersten Mal gesehen hat, wusste er, dass er hier sein Leben verbringen wollte, zusammen mit ihr – seiner Assistentin Kass. Aber er brauchte allein einen Monat und Siggs dringende und kostspielige Unterstützung, bis die Burg überhaupt bewohnbar gewesen war.

»Du hast dir die Augen nach mir ausgeheult, Bella?«, schmunzelte er und ging ihr nach, doch das machte Kass nur noch wütender. »Das ist lange vorbei!«, antwortete sie mit einem möglichst vernichtenden Unterton in der Stimme. »Daverro? Wirklich?«, raunte er und Kass fühlte, wie Gänsehaut verräterisch ihren Rücken hinunterschlich. »Ja!« Nein, war es nicht, sie liebte ihn noch immer, erinnerte sie eine kleine Kassandra in ihrem Hinterkopf maulend. Kass klammerte sich fester an ihre Arbeitsmappe. »Das hättest du nicht tun müssen, ich habe dir gesagt, dass ich mich in dich verliebt habe.«, erwiderte er in seiner unumstößlich selbstbewussten Art.

»Du bist monatelang verschwunden und hast mich einfach allein gelassen!« »Das wollte ich nicht, Bella! Glaube mir, ich…« »Aber du hast es getan!«, unterbrach sie ihn harsch und schluckte. Sie musste hier weg, das führte doch zu nichts. Ganz offensichtlich war ihm das alles völlig egal. Er spielte doch schon wieder mit ihr und bevor sie Gefahr lief, wieder auf ihn hereinzufallen, würde sie jetzt die Beine in die Hand nehmen und gehen. Genau! Sie würde jetzt gehen und ihm dann sein Scheißgeld überweisen.

Sie hatte Angst um ihn gehabt, hat sich große Sorgen um ihn gemacht. So wie er sich um sie. Er hatte sich vorgenommen, sie überall auf der Welt zu suchen. Seine großangelegte Suchaktion endete nach seinem ersten Telefonat mit dem Auktionshaus Nöbritz. Er verstand ihre Aufregung, aber er wusste auch, dass Kass in dieser Stimmung, keinen Gegenwind vertrug, er musste abwarten, bis sie sich von sich aus beruhigte und bereit war, mit ihm zu reden, doch dazu war sie gerade jetzt viel zu sauer. Bevor Noah einen weiteren Schritt machen konnte, um Kass zwischen ihm und der Wand gefangen zu nehmen, machte sie einen raschen Satz zur Seite und wich ihm hastig aus.

»Ich hab den Caduceus übrigens, wie gewünscht, unverschämt teuer verkauft. Vielleicht kann mir jemand deine Kontonummer nennen, bevor ich aufbreche, damit ich dir das

Geld überweisen kann.« Noah runzelte kurz die Stirn. Er würde sie nicht gehen lassen! Keinesfalls! »Aber das Geld ist für dich, Bella. Damit hättest du dich absetzen sollen. Ich habe überhaupt nicht damit gerechnet, dass du noch immer in Frankfurt bist.«, erklärte er ruhig und sah dabei so perfekt ehrlich aus, dass Kass ihm fast glaubte. Sie schnaubte abfällig. »Danke, aber ich brauche dein Geld nicht. Ich brauche überhaupt nichts von dir!«, fauchte sie, machte auf dem Absatz kehrt, bevor er ihren Oberarm erwischte und rauschte wütend davon.

Schnell trugen ihre Füße sie über die Marmorplatten, die hier verlegt waren. Wieder einmal fragte sie sich, was sich dieser Rosencreutz, dieser unglaublich gutaussehende Mann, dieser arrogante Arsch, eigentlich einbildete. Sie bog nach rechts ab, weil sie hoffte, dass das der Weg nach draußen wäre. Ich habe dir gesagt, dass ich mich in dich verliebt habe… Und sie liebte ihn, verdammt! Warum war er nur einfach so verschwunden? Warum tauchte er erst jetzt wieder in ihrem Leben auf? Das wollte ich nicht, Bella… Was wollte er dann? Strenggenommen hatte sie ihm ja keine Gelegenheit gegeben sich zu erklären. So wie immer, Kass, dachte sie zynisch. Abrupt blieb sie stehen. »Scheiße.«, murmelte sie. Sie hatte schon wieder einen Fehler gemacht.

Noah folgte ihr. Beobachtete fasziniert den inneren Kampf, der durch den perfekten Körper von Kassandra Alighieri tobte und der Platz in seiner Hose schmolz auf ein bedenkliches Minimum. Leise hörte er sie fluchen, als sie sich bereits umdrehte und direkt in seine breite Brust lief. Schnell umfing er sie mit seinen Armen und zog sie dichter an sich. »Was ist, mio tesoro? Hast du etwas vergessen? Meine Kontonummer vielleicht?«, neckte er sie und auch wenn er wusste, dass er sie damit vielleicht wieder wütend machte, er konnte einfach nicht anders, er liebte sie. »Wo warst du?«, verlangte Kass zu wissen und spannte sich in seinen Armen an.

»In einem Safehaus der Kripo Frankfurt. Allein. Man hat mir nahegelegt für die Dauer der Ermittlungen zu niemanden Kontakt aufzunehmen, um Aufmerksamkeit zu vermeiden. Ich hatte dort viel Zeit zum Lesen und habe bezüglich der chymischen Hochzeit und meinen Vorfahren viel gelernt.«, lenkte er sie geschickt ab, weil er wusste, dass sie bei diesem Thema nicht widerstehen könnte. »Ach und was?« »Ich glaube, dass Rosencreutz die Stationen absichtlich vertauscht hat, als er seine Geschichte aufschrieb.« »Was?«, fragte Kass ungläubig nach. »In seiner Eigenschaft als Ritter war er Gott verpflichtet und da gibt es nur einen.«, erklärte Noah mit einem Zwinkern, als er an Onkel Charlies Worte dachte.

»Er hat die Wahrheit über die Tabula Smaragdina und den Caduceus gekannt. Unterlagen und Briefe deuten es an und er hat das Ritual umgeschrieben. Wenn er auch nur ein bisschen wie ich war, es wäre genau mein Humor.«, schloss Noah seine Theorie und Kass war machtlos, als sich ihre Mundwinkel nach oben zogen und ihn angrinsten. »Das heißt, hätten sie das Ritual richtig gemacht und sich an die Schrift aus dem Corpus Hermeticum gehalten, dann wärst du zu einem Gott…« Sie grinste ja noch immer! Schnell blickte sie zur Seite, runzelte die Stirn und musterte ihn wieder ernst.

»Ich habe mir Sorgen gemacht um dich, Noah! Große Sorgen. Ich dachte, dass es nur eine Geschichte war.« »Das weiß ich, Bella, und es tut mir leid, dass es sich so lange hingezogen hat, aber die Situation war generell zu angespannt. Ich wollte, dass du in Sicherheit bist. Geschichte warst du für mich nie.« »Also warst du in Gefahr.«, sagte Kass vorwurfsvoll. »Un poco. Aber viel wichtiger war, dich und den Stab aus allem herauszuhalten. Mit einem kleinen Trick haben wir das auch geschafft.«

»Einem Trick?«, hakte Kass neugierig nach. Es fühlte sich unglaublich himmlisch an von ihm gehalten zu werden. Sie hatte ihn so sehr vermisst. »Si. Wir haben eine Fälschung anfertigen lassen.« »Wir?« »Mark, seine Schwester Siggs und ich.« »Dann ist sie wohl eine sehr fähige Restaurateurin?«, brummte Kass erstaunt. »Ich gehe davon aus, dass du mit ihr zufrieden sein wirst.«, versicherte er ihr mit einem atemberaubenden Rosencreutz -Lächeln. »Warum ich?« Zärtlich strich er ihr eine Haarsträhne aus dem Gesicht.

»Weil du als künftige Burgherrin dafür verantwortlich bist, dass hier alles zu deiner und meiner Zufriedenheit erledigt wird. Natürlich nur, wenn du dazu bereit bist Frankfurt endlich hinter dir zu lassen.« Ihr Herz pochte so laut durch ihren Kopf, dass Kass Noah kaum noch verstand. »Burgherrin?« »Si. Zuerst wird renoviert und restauriert, hier gibt es genug Platz für ein Atelier, und danach könntest du hier deine Kunstwerke ausstellen. Wie du weißt, Bella, bin ich nicht nur Artefaktjäger, sondern auch Kunsthändler. Ich habe viele Kontakte und die werden wir nutzen und dann…« Atelier! Ausstellen! Wir! »Dann?«, krächzte Kass mit ausgetrocknetem Mund in seinen Armen und versuchte noch immer zu verstehen, was Noah Rosencreutz ihr da gerade sagte.

Sein Duft, seine hellgrauen Augen, seine ganze Statur ließen sie keinen klaren Gedanken mehr fassen. »Dann, wenn du noch immer in mich verliebt bist und du dich über die Jahre mit meinem impulsiven und sturen Wesen abgefunden hast, werde ich dich fragen, ob du meine Frau wirst.«, raunte er zärtlich, gefolgt von seinem unwiderstehlichen, frechen Rosencreutz- Grinsen. Sie war gestorben und im Himmel! Ganz sicher. »Allora, Bella. Glaubst du, du hältst mich aus?« »Und das alles willst du? Renovieren, das Atelier für mich…du willst mich wirklich heiraten?«, hakte sie verdattert nach, das alles war viel zu überwältigend. »Über die Reihenfolge können wir noch diskutieren, aber, si, ich werde dich heiraten. Das steht fest.« Dieser Mann und seine Ansagen. Fragend zog sie eine Braue in die Höhe. »Das steht also fest?«, neckte sie ihn liebevoll. »Naturalmente, Bella. Hast du geglaubt, dass ich dich je wieder gehen lasse?«, fragte er und senkte liebevoll seine fordernden Lippen auf die Ihren.

PERSONENVERZEICHNIS

Hauptprotagonisten

Noah Andreas Rosencreutz
Der letzte Erbe der Rosenkreuzer
Artefakt Jäger und privater Kunst Händler

Kassandra Alighieri
Junge, temperamentvolle Frau mit italienischen Wurzeln
Ehemalige Kunststudentin und Kunstsachverständige im
Auktionshaus Nöbritz

Saskia Meinart
Kassandras beste Freundin
Reporterin der FAZ

Giovanni Balsamo
Vorstehender des Deutschen Cagliostro Ordens
Noahs Patenonkel und Vormund

Charles Louis, Prinz von Werode
Ritter der Gold – und Rosenkreuzer
Noahs erklärter Wahlonkel

Jonathan »Nate« Westcliff
Mitglied des Ordo templi orientis; Urenkel Alastair
Crowleys
Noahs ehemaliger Schulkollege

PERSONENVERZEICHNIS

Nebenprotagonisten

Markus »Mark« Kemmer
Noahs bester Freund, Pathologe der Kripo Frankfurt
Robert »Bert« Brühtner
Kassandras Vorgesetzter im Auktionshaus Nöbritz
Harald Lamprecht
Mitglied der Gold – und Rosenkreuzer
Dimitri Kropotkin
Russischer Oligarch; Mitglied der Nihilisten
Gustav Reus
Mitglied der Illuminaten
Graf Philipp Louis Saint – Florentin
Mitglied der Freimaurer, Meister vom Stuhl Frankreich
Elisabeth Hill
Enkelin von Alistair Crowley, Vorsitzende des Order of the
Golden Dawn
George & Poppy
Mitglieder des Ordo templi orientis
Gruber & Wolf
Handlanger von Giovanni Balsamo, Mitglied des Caliostro
Ordens
Kardinal Vorknitz
Kassandras Kunde im Auktionshaus Nöbritz
Franco
Noahs Fahrer

Lightning Source UK Ltd.
Milton Keynes UK
UKHW010633170921
390736UK00003B/571

9 783754 339541